中國語言文字研究輯刊

五　編

許　鋑　輝　主編

第 15 冊

殷墟花東H3甲骨刻辭所見人物研究（中）

古　育　安　著

花木蘭文化出版社

國家圖書館出版品預行編目資料

殷墟花東 H3 甲骨刻辭所見人物研究（中）／古育安 著 ―
初版 ― 新北市：花木蘭文化出版社，2013〔民 102〕
目 4+206 面：21×29.7 公分
（中國語言文字研究輯刊 五編；第 15 冊）
ISBN：978-986-322-518-8（精裝）
1. 甲骨文 2. 研究考訂
802.08   102017819

中國語言文字研究輯刊
五 編 　 第十五冊 　 　 ISBN：978-986-322-518-8

殷墟花東 H3 甲骨刻辭所見人物研究（中）

作 者 古育安
主 編 許錟輝
總 編 輯 杜潔祥
出 版 花木蘭文化出版社
發 行 所 花木蘭文化出版社
發 行 人 高小娟
聯 絡 地 址 235 新北市中和區中安街七二號十三樓
　　　　　　 電話：02-2923-1455／傳真：02-2923-1452
網 址 http://www.huamulan.tw 信箱 sut81518@gmil.com
印 刷 普羅文化出版廣告事業
初 版 2013 年 9 月
定 價 五編 25 冊（精裝）新台幣 58,000 元

殷墟花東 H3 甲骨刻辭所見人物研究（中）

古育安　著

目 次

第四章　花東子家族臣屬考（一）

第一節　受到子「呼」、「令」、「使」的人物

一、個別人物

（一）𢀛（𢀛）

1.「𢀛（𢀛）」字的本形與本義

「𢀛（𢀛）」是花東卜辭中最活躍的人物之一，字形作 𣎵（𣎵），此字舊有卜辭中多見，爲人、地名，過去對其本形、本義有諸多異說，茲簡述如下。

𣎵（𢀛）、𣎵（𢀛）同字，〔註1〕由於與 𣎵（兆）、𣎵（長）等字字形相近，學者往往將其釋爲「兆」或「長」。裘錫圭指出林巳奈夫最早將甲骨文的 𣎵 與金文的 𣎵 字視爲同字，可知 𣎵 下部爲刀形的一部分，而刀背上的折劃于省吾也指出即所謂「𦙶子」。裘先生又受到劉楚堂釋「史墻盤」的 𣎵 字爲「𢀛（懲）」的啓發，而進一步聯繫金文、《說文》小篆等相關字形，認爲甲骨文的 𣎵、𣎵、𣎵 是「徵」字的初文，可隸定爲𢀛、𢀛。〔註2〕林澐再進一步從人形與刀形的不同區分相關字形，指出：

〔註 1〕 裘錫圭，〈古文字釋讀三則〉，《古文字論集》，頁400。
〔註 2〕 〈古文字釋讀三則〉，《古文字論集》，頁401～402。

甲骨文中另有一個 ♂ 字,由金文中有 ♂ 可確知是背部有齒形裝飾刀子的象形符號,和 ♂、♂ 根本不是一個字。島邦男在《殷墟卜辭綜類》中已經把兩者分立字頭。可是他當時還沒有認識到 ♂ 是刀形,仍把它排在人形類中,而且誤把黃組卜辭中由 ♂ 形演變成的 ♂ 字歸入 ♂、♂ 字條。孫海波也把 ♂ 和 ♂ 分爲兩字,卻誤把略去手指形的 ♂ [註3] 字歸入 ♂ 字條中。還有不少研究者一直把這兩個字混在一起,如《殷墟甲骨刻辭類纂》即把他們都歸爲 0035 號字,都釋作 岂、敳、微。……源於人形者釋髟字;源於刀形者,我認爲裘錫圭提出的釋徵的意見是可取的。[註4]

林澐也對裘說有所修正,將卜辭中的 ♂ 與 ♂、♂ 區隔開,認爲「史墻盤」的 ♂ 字並非「岂」,應釋爲「髟」,此字特點爲人形有分叉的手指,而「徵」字初文 ♂ 則應與 ♂(「大克鼎」),♂、♂(「曾侯乙墓石磬」),♂(「曾侯乙墓鐘架」),♂(《說文》「徵」字古文)一脈相承。[註5] 至於 ♂(長)與 ♂、♂、♂ 等形上部判然有別,二位先生都有提及,此不贅述。本文從裘、林二位先生之說,將 ♂、♂ 隸定爲岂、崀。

2. 舊有卜辭所見人物岂(崀)的身分

岂(崀)多見於武丁時期的卜辭中,顯示此人當時非常活躍,[註6] 如:

乙未卜:王令岂☐。　　《合》4562

☐卜,宁貞:〔象〕☐。

〔註3〕林先生原本在〈釋史墻盤銘文的「逖虘髟」〉一文中釋 ♂ 爲岂、釋 ♂ 爲髟,其後在〈說飄風〉中改釋 ♂、♂ 皆爲髟,又在《林澐學術文集》收入的〈說飄風〉「補記」中補充郭店簡的資料,認爲 ♂、♂ 仍應分爲髟、岂二字。

〔註4〕〈說飄風〉,《林澐學術文集》,頁34。學術界也有完全相反的看法,王恩田認爲甲骨文 ♂ 與金文的 ♂ 非同字,♂ 爲牙刀,♂ 之、♂ 爲個別的族徽符號,♂ 從人不從刀,爲「微」字。見《〈金文編·附錄〉中所見的複合族徽》,《古代文明》第 3 卷(2004),頁 295。

〔註5〕〈釋史墻盤銘文的「逖虘髟」〉,《林澐學術文集》,頁175。

〔註6〕朱鳳瀚對此人曾有詳細的研究,見〈武丁時期商王國北部與西部之邊患與政治地理——再讀有關邊患的武丁大版牛胛骨補辭〉,《中國國家博物館藏文物研究叢書·甲骨卷》,本文以朱先生的研究爲基礎,作進一步申論。

☑〔卜〕，爭貞：屮南☑。

☑〔卜〕，□貞：令望☑。　　《合》4563

戊辰卜，爭貞：望亡田（憂）。屮（贊）王史（事）。

貞：望其屮☑。屮（贊）王史（事）。　　《合》5448

令望以望人雙（秋）于禜。　　《屯南》751

貞：望其喪。　　《合》4564 正

望亡田（憂）。

貞：望不喪。　　《合》4565

貞：望亡田（憂）。

貞：不其征（延）雨。

貞：征（延）雨。　　《合》4566

貞：不其卩（孚）。

今丙午不其征（延）雨。

望其屮（有）田（憂）。

貞：今丙午征（延）雨。

貞：□其隹（唯）□。

貞：望亡田（憂）。　　《合補》495 正（《合》3286 正+4570）

☑卜，爭貞：望亡〔田（憂）〕。　　《合》4567

□未卜，爭貞：望其屮（有）田（憂）。四月。　　《合》4569 正

☑曰望不〔克〕☑。　　《合》4573

貞：望亡田（憂）。　　《合》7075 正

王固（占）曰：吉。望亡田（憂）。　　《合》7075 反

丙午卜，爭貞：望其係羌。　一　《合》495

貞：望不其受年。

貞：畬不其受年。　　《合》9791 正

貞：望受年。

貞：□受年。　　《合》9791 反

□不其以▲（祕）。　　《外》263、《六清》146

此人受到商王的呼令，並佐助王事（「屮王事」），王亦關心其吉凶。蔡師哲茂指出卜辭中「屮王事」的內容包括了防禦舌方、甕田、勞役、工事、田獵、征伐等事項，〔註7〕從歷組卜辭的《屯南》751「令□以望人秋于禜」來看，□可能曾佐助商王農事。裘錫圭指出賓組卜辭中有「奠望人」之事，即安置臣屬的望族族人，認為此條卜辭「可能與役使被奠於并的望人有關」。〔註8〕而「奠」即「蕾」，「蕾」本義為蝗蟲，卜辭有「蕾雋（再）」、「告蕾」、「寧蕾」等詞，義為「蝗蟲大舉」、「向神靈告祭蝗害」、「向神靈祈求蝗害平息」，卜辭「奠」、「蕾」也有「秋天」之義，為引申或假借義。〔註9〕關於奠字的意義，溫少峰、袁廷棟曾認為：

甲骨文有奠字，字象火燒蝗蟲之形，……此字在卜辭中借為季節之名，即「穗」，今寫作「秋」。但是，如果滅蝗之事不是經常舉行，就不可能造出這個奠字，……所以郭若愚同志在《釋蕾》中認為：「蕾字似乎告訴我們，他們已採用燒火滅蝗的辦法」。這個論點是可以成立的。《詩·小雅·大田》中就有：「去其螟螣，及其蟊賊，無害我田稚，田祖有神，秉畀炎火。」的記載，「螣」就是蝗（見《呂氏春秋·不屈》高誘注：「今兗州謂蝗為螣」）。毛傳訓「炎火，盛陽也。」不確。故朱熹《集傳》訓為：「必去此四蟲，然後可以無害田中之禾。然非人力所及也，故願田祖之神為我持此四蟲，而付之炎火之中也。姚崇遣使捕蝗，引此為證，夜中設火，火邊掘坑，且焚且瘞，蓋古之遺法如此。」王先謙《詩三家義集疏》亦「謂巫取而畀之炎火也」。《呂氏春秋·不屈》：「蝗螟，農夫得而

〔註7〕詳見〈釋殷卜辭的屮（贊）字〉，《東華人文學報》第 10 期。

〔註8〕〈說殷墟卜辭的「奠」——試論商人處置服屬者的一種方法〉，《中央研究院歷史語言研究所集刊》64.3（1993），頁 666。

〔註9〕詳見溫少峰、袁廷棟，《殷墟卜辭研究——科學技術篇》（成都：四川省社會科學院出版社，1983），頁 91～92、218～219；彭邦炯，〈商人卜蟲說〉，《農業考古》1983.2。各家說法可參《詁林》，頁 1829～1836。另外周聰俊有〈春秋之秋取象於蝗蟲說質疑〉一文，釋「蕾」為「蟋蟀」，見《國立編譯館館刊》30.1/2（2001）。

殺之。奚故？謂其害稼也。」由這些記載可知，殷周的確有以火滅蝗的事實。〔註10〕

《屯南》751 的「叀」從火作 ，爲動詞，或許「宐以望人秋于豐」就是宐帶領望人到豐地除蝗害的卜問，是宐佐助商王農事的卜問。又從「受年」來看，此地有經濟生產的條件，是商王仰賴的經濟來源之一。另外從「係羌」看，其提供俘獲的羌人給商王，可知此族有一定程度的武裝。宐還曾「以柲」，即向商王貢納矛、戈等武器的柲。〔註11〕除了王卜辭之外，武丁時期的非王卜辭也出現此人與此地，如：

己丑卜，爭貞：宐不其（殟）。 《綴集》265（《乙》1295+1310）+《乙》757【宋雅萍綴】〔註12〕

庚辰卜，貞：宐亡若。 《合》21954

正受禾。

宐受禾。 《合》22246（《合》22247 同文）

此人在花東子家族中也非常活躍（詳下文），顯示非王家族族長亦對此人表示關心。而婦女卜辭中「宐受禾」的卜問，林澐、黃天樹二位先生都認爲是卜問該家族在此地的農業收成。〔註13〕

從以上討論來看，可以大致看出該族在武丁時期狀況：商王對此人常表示關心，也常命令他辦事，並在經濟生產上對他有所仰賴；非王家族族長也關心他的生死，在婦女卜辭中還有「受禾」的卜問，可見該地農業生產不只提供給

〔註10〕《殷墟卜辭研究──科學技術篇》，頁 219～220。彭邦炯也認爲 字「原意爲用火驅殺蝗蟲」，見〈商人卜螽說〉，《農業考古》1983.2，頁 310。

〔註11〕〈釋「柲」〉，《古文字論集》，頁 22。

〔註12〕人物宐在《乙》757 上，《殷合》401 爲《乙》757+《甲》620，黃天樹先生在〈簡論「花東子類」卜辭的時代〉一文中所引此條卜辭改爲《乙》757+《乙》620。以上綴合皆誤，正確的綴合分別爲：《乙》757+《綴集》265（《乙》1295+1310），見宋雅萍，《殷墟 YH127 坑背甲刻辭研究》（台北：政治大學碩士論文，蔡哲茂先生指導，2008），頁 67；以及《乙》620+1843+7843 見蔣玉斌，《殷墟子卜辭的整理與研究》，頁 201。

〔註13〕〈從子卜辭試論商代家族形態〉，《林澐學術文集》，頁 53；〈婦女卜辭〉，《黃天樹古文字論集》，頁 121。

商王。又從「係羌」、「以秘」來看，也可知該族有武裝。

事實上，該族對商王室確實有舉足輕重的重要性，有一批吾方攻擊殷西邊地的卜辭也與崀有關，辭例如下：

〔癸亥卜，□貞：旬亡田（憂）〕。王固（占）曰：𡴆（有）求（咎），其𡴆（有）來婎，气（迄）至七日己巳允𡴆（有）來婎自西。崀友角告曰：吾方出，𢦏（侵）我示鑾田七十人。五〔月〕。　《合》6057正

〔癸卯卜〕，徕〔貞〕：旬亡田（憂），王固（占）曰：𡴆求（咎），陷業其𡴆□四日丙午允𡴆來〔婎〕☑友唐告曰：吾方☑入于莧☑。　《綴集》135（《合》6065+8236）

☑自崀友唐：吾方𢽳（三自圍）☑𢼸（窮）畓示易。戊申亦𡴆（有）來自西。告牛家。　《合》6063反+《東文研》B0388a【松丸道雄綴】

癸未卜，敵貞：旬亡田（憂）。〔王固（占）曰：𡴆（有）〕求（咎），其𡴆（有）來婎。气（迄）至七日己〔丑〕允𡴆（有）來婎自西，崀戈化乎（呼）告曰：吾方圍于我奠☑壬辰亦有來自西，畓乎（呼）☑圍我奠，𢼸四☑。　《合》584正反甲+9498正反【蕭良瓊綴】+《合》7143正反【劉影綴】+《東文研》B0571ab【李愛輝綴】

〔癸未卜，□貞：旬〕亡田（憂）。王固（占）曰：𡴆（有）求（咎），𡴆（有）夢，其𡴆（有）來婎☑七日己〔丑〕允𡴆（有）來婎自〔西〕，崀戈化乎（呼）告〔曰：吾〕方圍于我示☑四日壬辰亦有來自西，畓乎（呼）告☑。　《合》137反+7990反+16890反【蕭良瓊綴】

癸未卜，永貞：旬亡田（憂）。七日己丑崀友化乎（呼）告曰：吾方圍于我奠豐。七月。　《合》6068正

☑〔𡴆（有）〕來婎☑〔崀□化〕乎（呼）告曰：☑〔我奠〕豐。七月。　《懷》439+《合》7151正【趙鵬綴】

☑婎崀☑吾圍于我☑辰亦𡴆來☑日吾☑四邑。　《綴集》140（《合》6067+7866正）

上引卜辭爲與崀有關的「崀友化（崀戈化）」、「崀友唐」、「崀友角」等人向商

王報告殷西邊地「我示爨田」、「我奠豐」、「畬示易」等地被舌方侵擾的狀況，並提到殷西異族「莧」。〔註14〕商王常關心戰爭或農業生產中是否「喪眾」（即卜問族眾是否傷亡），「侵我示爨田七十人」可能就是指被舌方劫掠的人數，〔註15〕前引「坣其喪」、「坣亡憂」等辭很可能也與舌方侵略坣有關。而坣地本身也曾遭舌方攻擊，如：

　　坣𢦏（翦）。

　　舌方其𢦏（翦）坣。　　《合》6366

　　弗其𢦏（翦）。

　　舌方其𢦏（翦）。

　　坣𢦏（翦）。　　《合》6367

　　舌𢦏（翦）。

　　坣𢦏（翦）。　　《合》6368

　　坣弗其𢦏（翦）。　　《合》7709 正

　　戊☑𢦏（翦）坣。　　《合》7986 反

從《合》6366「舌方其𢦏坣」可知「坣」有被舌方「翦」的危險，「坣𢦏」為被動句，如同《合》6947 正的「亘執」。〔註16〕這幾條卜辭可能是對同一事件的卜問。由上引戰爭卜辭可知坣地為商王朝西部的重要屏障。

　　然而，舊有卜辭中卻有征伐寏（㱡）、坣的卜問，如：

　　貞：叀（惠）戊。

　　貞：叒（舉）及寏、坣。　　《綴集》69（《英》341+《合》5457）〔註17〕

　　貞：多☐其及☐坣。

〔註14〕相關問題於本章第三節「某友某」處詳論。

〔註15〕〈關於商代的宗族組織與貴族和平民兩個階級的初步研究〉，《古代文史研究新探》，頁325。

〔註16〕《合》6947 正有「崔追亘，有獲」與「亘執」、「亘不其執」，張玉金認為「亘執」為被動句。見《甲骨文語法學》，頁259。

〔註17〕蔡師哲茂指出本組與《合》5454、5455、5456同文，見《綴集》，頁374。

貞：多犬及畏、𡉚。

貞：多犬弗其及畏、𡉚。 　　《合》5663

貞：叀（惠）𨐖乎（呼）坒（往）于𡉚。 　　《合》5478 正

貞：叀（惠）𨐖令坒（往）于𡉚。 　　《合》5479

貞：叀（惠）𨐖令旋（奔）畏、𡉚。 　　《合》6855 正（《合》6856 同文）

☑雀伐畏。三月。 　　《合》4170

壬子卜：王令雀、聑伐畏。 　　《合》6960（《合》6961 同文）

「及」字多見於戰爭卜辭中，爲「追及」之義。〔註18〕「旋」字一般釋爲「旋」，姚萱認爲此字應釋爲「奔」，「古常訓爲『馳』、『逐』，用於戰爭，指向敵方奔馳，或指發起衝鋒，或指發起追擊」。〔註19〕姚萱對字形的解釋合理，字義則可商，周鳳五先生提醒筆者「奔」字於戰爭中訓爲敗逃，釋爲奔馳、追擊未必合理，因此筆者認爲此「奔」字也可能爲「使之敗逃」或「驅逐」之類的意思，如《穀梁傳・宣公十八年》「捐殯而奔其父之使者」的「奔」爲「逐」義。上舉卜辭中被「及」、「奔」的𡉚應爲商王朝的敵人，但與前述𡉚族的一般形象有異，這種現象或許可解釋爲此族曾是商王朝的敵國或曾背叛商王朝。畏、𡉚同時被征伐，二地應該相近，林小安曾指出伐畏、𡉚的戰爭是由「雀」「聑」、「多犬」、「𢆷」、「𨐖」等人行之，由於「雀」爲武丁早期人物，故判斷此戰爭發生於武丁早期。〔註20〕關於人物「雀」的時代，學者還有進一步討論，裘錫圭認爲此人屢見於賓組早期卜辭，也出現在𠂤組卜辭，故黃天樹先生指出「雀主要活動

〔註18〕 《詁林》，頁 108～111。

〔註19〕 《初步研究》，頁 99～114。

〔註20〕 〈殷武丁臣屬與征伐行祭考〉，《甲骨文與殷商史》（上海：上海古籍出版社，1986）第 2 輯，頁 229～230。林先生將「𡉚」與「髟」皆釋爲「党」，所引用的《人》345「雀其獲伐党」的「党」實爲「髟」，其他辭例的「党」皆爲「𡉚」。王恩田對所舉伐「畏𡉚」的卜辭有不同看法，他認爲「畏」是「周」字，又釋「𡉚」爲「微」，「微」又稱「周微」，是周族的分支，見〈釋　、畀、　──兼説畀、弗字形〉，《古文字研究》第 25 輯（2004）。董珊則認爲「𡉚」是「私名」，見〈試論殷墟卜辭之「周」爲金文中的妘姓之琱〉，發表於「復旦大學出土文獻與古文字研究中心」網站（http://www.guwenzi.com/SrcShow.asp?Src_ID=769），2009 年 4 月 26 日。本文將「𡉚」視爲族名，至於是否爲「畏」的分族，有待考證。

在武丁早期至中期這段時間」。〔註21〕黃先生還將上舉雀伐暴的卜辭歸在主要是武丁中期的「𠂤賓間 A 類」，〔註22〕可能暴族在武丁中期還未臣服於商王朝，至武丁中期之後才臣服而受到重用。另外還有：

戊申卜，𣪊貞：叀（惠）𠂤乎（呼）生（往）于暴。

戊申卜，𣪊貞：叀（惠）黃乎（呼）生（往）于暴。　　《合》7982

☑𠂤令 ✦（惢）暴。　　《合》4242

「✦」字裘錫圭釋為「惢」，「惢暴」即對暴人加以敕戒鎮撫使其順從之意，卜辭中還有「惢沚」、「惢易」，〔註23〕而暴、沚、易剛好都是前面曾提到受到舌方侵擾並向商王報告軍情的地方，可知該族可能因曾與商王朝為敵，又因地處邊陲易受敵人侵擾，故商王派兵鎮撫之。最後，還有一版歷組卜辭內容特殊：

壬辰卜：炆 ▨。雨。　　二

壬辰卜：炆暴。雨。　　二　　《合》32290

裘錫圭指出「炆」後的賓語多數是被焚以求雨者的名稱，多為女巫，〔註24〕暴應指該地的女巫。

3. 花東卜辭中的暴

暴在花東卜辭中非常活躍，曾替子處理對外事務，如奉命西行鎮撫「子媚」〔註25〕：

乙未卜：子其史（使）暴生（往）西哭（惢）子媚，若。　　一

戊戌卜：又（有）至艱（艱）。　　一　　《花東》290

戊卜，鼎（貞）：暴亡至艱（艱）。　　一　　《花東》208

「戊戌」為「乙未」後第三日，暴亡至艱應該是卜問暴出行的吉凶。郭靜雲認為《花東》208 的「暴」（✦）為「芒」（✦），與「艱」字義反，讀為「媺」，「媺亡至艱」與《周禮》的「媺惡」一樣是表達吉與凶的對立，又說

〔註21〕〈子組卜辭研究〉，《黃天樹古文字論集》，頁 96。

〔註22〕《殷墟王卜辭的分類與斷代》（北京：科學出版社，2007），頁 117。

〔註23〕〈釋秘〉，《古文字論集》，頁 24～25。

〔註24〕〈說卜辭的焚巫尪與作土龍〉，《古文字論集》，頁 220～223。

〔註25〕關於「子媚」及相關卜辭的討論，詳見本文第三章第二節。

卜辭中的「崒」（）與「屴」（）非一字。〔註26〕此說實誤。其一，「崒」、「崒」非二字：《花東》208 的「崒」作，字形背上有折劃（腓子），與屴（）不同，前文已提到裘錫圭指出「崒（）」、「崒（）」同字，而《花東》372「乙酉卜：惠崒耤」與《花東》220「乙酉卜：呼崒耤」同卜一事，也可知「崒」、「崒」同字。其二，「崒亡至艱」與「燉惡」無關：花東卜辭中「某亡至艱」與「某有至艱」的卜問相當多，「亡艱」、「有艱」相對，「某」為人名，如上舉《花東》208、290，茲再舉幾例如下：

己卜：子又（有）夢馭裸，亡至莫（艱）。　一

己卜：又（有）至莫（艱）。　一　《花東》403

壬戌卜，才（在）□利：子耳鳴，隹（唯）又（有）祠，亡至莫（艱）。一二　《花東》450

壬辰卜：（向）癸巳夢丁裸，子用瓚，亡至莫（艱）。　一《花東》493

己亥卜：子夢〔人〕見（獻）子（珛），〔亡〕至莫（艱）。　一　《花東》149

己亥卜：其又（有）至莫（艱）。　一　《花東》179

己巳：利亡莫（艱）。　一　《花東》240

庚子卜：子利其〔又（有）〕至莫（艱）。　一　《花東》416

丁丑：歲且（祖）乙黑牝一，卯胴。子卩（占）曰：未（妹），其又（有）至莫（艱），其戊。用。　《花東》220

壬卜：卜宜不吉，子弗杂（遭）又（有）莫（艱）。　一　《花東》286

「亡至艱」與「亡艱」、「亡小艱」表達類似的狀況，如：

戊卜：子夢，亡莫（艱）。　一　《花東》124

庚卜：弜，子耳鳴，亡小莫（艱）。　一　《花東》39

而「艱」與「憂」義近，如：

子鼎（貞）：□豐亡至旧（憂）。

〔註26〕郭靜雲，〈論屴、敫、微、燉、美字的關係〉，《古文字學論稿》，頁 392、391

鼎（貞）：妻亡其囏（艱）。　一　　《花東》505

舊有卜辭中也有很多「亡來艱」的辭例（見《類纂》，頁 105，此從略）。顯然「某亡至艱」的「某」應爲人名，「亡至艱」指沒有憂患之事發生。「𡉈亡至艱」與「燉惡」無關，本不待辨而自明。

　　𡉈奉子之命鎮撫「子媚」，此人應有一定的軍事實力，又從《花東》226「宜𩎟牝眔𡉈狃」的「𡉈狃」來看，𡉈也向子家族貢獻犧牲，[註27] 可見𡉈應該是有軍事及經濟能力的大族，此種形象也與王卜辭中的𡉈類似。不過花東卜辭中的𡉈主要的工作卻是爲子處理爲內部事務，𡉈常出現在行獻禮的卜問中，如：

辛亥卜：子其吕（以）帚（婦）好入于狀，子乎（呼）多钔（御）正見（獻）于帚（婦）好，攺（肇）紒十，生（往）霝。　一

辛亥卜：發攺（肇）帚（婦）好紒三，𡉈攺（肇）帚（婦）紒二。生（往）霝。　一

辛亥卜：叀（惠）發見（獻）于帚（婦）好。不用。　一　　《花東》63

辛亥卜：子吕（以）帚（婦）好入于狀。用。　一

辛亥卜：子攺（肇）帚（婦）好𢍰（琡），生（往）霝。才（在）狀。
一二

辛亥卜：乎（呼）𡉈面見（獻）于帚（婦）好。才（在）狀。用。　一

辛亥卜：叀（惠）入人。用。　一　　《花東》195

壬子卜：子吕（以）帚（婦）好入于狀，攺（肇）𢍰（琡）三，生（往）
霝。　一二

壬子卜：子吕（以）帚（婦）好入于狀，子乎（呼）多ㅂ（賈）見（獻）
于帚（婦）好，攺（肇）紒八。　一

壬子卜：子吕（以）帚（婦）好入于狀，子乎（呼）多钔（御）正見（獻）
于帚（婦）好，攺（肇）紒十，生（往）霝。　一二三四五　　《花東》

[註27] 此辭張玉金認爲是向將牡、牝至於案上給𡉈、卲，見〈殷商時代宜祭的研究〉，《殷
都學刊》2007.2，頁 10。本文對「宜」的解釋仍從舊說，將此辭解釋爲用此二人
貢納的祭牲行宜祭。

37

弜乎（呼）🐾（發）🀄。　一

乎（呼）崖🀄。不用。

乙亥卜：弜乎（呼）崖🀄。用。　一

乙亥卜：弜乎（呼）多中（賈）見（獻）。用。　二　《花東》255

乙未卜：乎（呼）崖🀄見（獻）。用。　二

乙未卜：乎（呼）崖🀄見（獻）。用。　二　《花東》290

叀（惠）〔崖〕□又🀄（瞿）〔註28〕，若。　一　《花東》289

《花東》255「乙亥卜：弜呼崖🀄」的「崖」原摹釋為🀄，姚萱指出應為崖，〔註29〕可從。上引《花東》63、195、37是子在犾地對婦好獻禮的卜問，韓江蘇釋「發」、「崖」為「彈」、「微」，又認為崖即《花東》267的「子彭」，而曰：「《花東》63、195為婦好到犾地祭祀時，『子』命令彈、微向婦好貢納紵，說明了微是『子』同姓貴族的史實」。〔註30〕本文從林澐🀄與🀄、🀄不同字之說，故認為崖與子彭無關。而上舉《花東》37的卜問中，被子命令向婦好獻禮的人物還有「多御正」、「多賈」，可知從對婦好貢納來看並不能說明崖和子有血緣關係。

除了行禮之外，崖也受到子的命令行祭，子還為崖行禦祭禳除疾病，如：

乙酉卜：乎（呼）崖🀄，若。用。

乙酉卜：乎（呼）崖🀄，若。用。　一二　《花東》220

乙酉卜：叀（惠）崖🀄。用。　一

乙酉卜：叀（惠）子〔🀄〕。不用。　《花東》372

辛卯卜，鼎（貞）：帚（婦）女（母）又（有）言（歆），子从崖，不从子臣。　一

壬辰卜：乎（呼）〔崖〕叩（禦）于又（右）示。　《花東》290

〔註28〕從楊州所釋，見楊州，〈說殷墟花園莊東地甲骨文「🀄」〉，《北方論叢》2007.3。

〔註29〕《初步研究》，頁303。

〔註30〕《殷墟花東H3卜辭主人「子」研究》，頁199。

癸酉：歲癸子龀，崖目卲（禦）。　一

其崖卲（禦）生（往）。　一　《花東》214

庚申：卲（禦）崖目癸子，曹伐一人，卯宰。　一

辛酉：宜黐牝眔崖龀，戾改。　一二

辛酉：宜黐牝眔崖龀。　《花東》226

乙丑：歲且（祖）乙黑牡一，子祝，口（肩）卲（禦）崖。才（在）𠬝。　一

乙丑：歲且（祖）乙黑牡一，子祝，口（肩）卲（禦）崖。才（在）𠬝。　一二　《花東》319

乙丑：歲且（祖）乙黑牡一，子祝，口（肩）卲（禦）崖。　二　《合》22172+22351【姚萱綴】〔註31〕

丁丑卜：才（在）丝（茲）生（往）崖卲（禦）癸子，弜于狀。用。　一　《花東》427

《花東》220、372 內容有關，應爲同一件事，〔註32〕鼐字還見於以下二版：

戊戌卜：其宜，子鼐丙（丙）。用。　一　《花東》324

甲辰卜：子生（往）宜上甲，屮用鼐。　《花東》338

或認爲是「祭名」，〔註33〕或認爲是「鼎名」。〔註34〕從《花東》220 的「呼崖鼐」來看，「鼐」應爲動詞，可解釋爲命令崖進行「鼐」的行爲。《花東》324 的「丙」字爲姚萱所補，並認爲丙可釋爲丙日。〔註35〕《花東》324、338 都是宜祭之後有「鼐」的行爲，「鼐」可能是與宜祭後續活動有關的動詞，從《花東》372 來看，「鼐」是子與崖都能作的事，其具體字義待考。關於出現在此類卜辭的

〔註31〕　《初步研究》，頁379～380。並指出從兆序看應與《花東》319 爲成套卜辭。

〔註32〕　《初步研究》，頁330、173。

〔註33〕　《花東·釋文》，頁1647。韓江蘇舉認爲鼐字是「以鳥爲祭牲的煮祭」，見《殷墟花東 H3 卜辭主人「子」研究》，頁200。不過此字隹形在有蓋鼎上，而非於鼎中，未必有煮物之義，隹也可能是聲符。

〔註34〕　《校釋》，頁998、1024。

〔註35〕　《花東·釋文》，頁1647；《初步研究》，頁397～399。

𡧊的身分，或許會有學者會以「民不祀非族」爲原則，認爲𡧊與子同姓，事實上此原則未必適用於商代，本文認爲並不能從祭祀關係判斷𡧊與子是否有血緣關係。〔註 36〕這幾條卜辭顯示𡧊可行禦祭，子也爲他行禦祭，可見此人地位極高，不亞於任何一位「子某」。

最後還有一條殘辭其中與𡧊有關的事和「匄馬」同日卜問，即：

〔戊〕子卜：迺▨眔𡧊。

戊子卜：其乎（呼）子妻匄〔馬〕，不死。用。　一

戊子卜：其匄馬，又力引。　一　《花東》288

目前無法確定𡧊是否與匄馬之事有關。

4. 𡧊（𡨄）在花東卜辭與舊有卜辭中的差別及其意義

舊有卜辭中的𡨄多見於賓組，與花東卜辭時代接近，學者一般認爲就是花東卜辭中的𡧊。從上引卜辭來看，舊有卜辭中作[illegible]形者較多，花東卜辭中以[illegible]形爲主。黃天樹先生曾認爲以下二辭同卜一事：〔註 37〕

乙丑：歲且（祖）乙黑牡一，子祝，囗（肩）ㄓ（禦）𡧊。　二　《合》22172+22351【姚萱綴】

己丑卜，𣪊貞：𡨄不[illegible]（殙）。　《綴集》265+《乙》757【宋雅萍綴】

《合》22172+22351【姚萱綴】該辭亦見於《花東》319，前者爲二卜，後者爲一卜，姚萱指出二者爲成套卜辭。趙鵬則認爲以下卜辭同卜一事：〔註 38〕

𡨄亡囚（憂）。　《合》4566

庚辰卜，貞：𡧊亡若。　《合》21954

戊卜，鼎（貞）：𡨄亡至艱（艱）。　一　《花東》208

《合》4565「𡨄亡憂」同版有「貞：𡨄不喪」，前文提到典賓類的《合》4565、4566 可能與一系列𡨄被𢀛方侵擾的事件有關，而《花東》208 可能與《花東》290 卜問「西𢦏子媚」有關，此三辭未必爲同一事件。

此人在王卜辭與花東卜辭中都受到占卜主體的呼令，究竟該如何界定他

〔註 36〕關於「民不祀非族」的討論詳見本文第一章第二節。

〔註 37〕〈簡論「花東子類」卜辭的時代〉，《古文字研究》第 26 輯，頁 27。

〔註 38〕《殷墟甲骨文人名與斷代的初步研究》，頁 302。

的身分，本文提出以下推測。前引《花東》290 辛卯日的卜問值得注意，産、子臣都是子「从」的對象，産與子臣地位似乎相當，韓江蘇認爲産與子臣並列可知産非子的官吏，而是王室官吏，〔註39〕可參。産雖常受到子的指揮，與子有臣屬關係，但可能並非子家族內部的僚屬。如前所述，産在王卜辭中替商王辦事，也受到其他非王家族的關心，其地同時提供商王和非王家族從事農作，又處於西方軍事要衝，推測産可能是服屬於商王朝的異族首領，爲商王朝統治階層（即王室：包括商王與諸同姓貴族）在殷西重要的農業與軍事基地，因此除商王之外，非王家族也需與之保持互動。而花東卜辭的産也受到子的呼令，且屢屢替子向商王行禮，並受到子的高度關心，其間的互動甚至比産與商王間的關係更爲密切。從卜問內容來看，王卜辭中多因邊事而卜，也有一些「受年」、「屮王事」與納貢的卜問；花東卜辭中則多爲宮廷事務的卜問，還有少數外派與納貢的卜問，也可說明此人近子遠王。産族爲殷西國族，由此或可見子對殷西服屬的異族有一定的影響力。〔註40〕又常耀華舉以下二辭：

　　　己丑卜，鬲貞：産不**㦰**（殰）。　　《綴集》265＋《乙》757【宋雅萍綴】

　　　□申卜，鬲貞：子不**㦰**（殰）。　　《合》21609 甲

認爲子組卜辭的族長子與人物「産」並提，地位大致相當，〔註41〕或許花東子家族的族長「子」地位高於子組卜辭的「子」。

　　此外還可進一步推測，王卜辭中的産正受到舌方的侵略，花東卜辭中的産卻多從事靜態的獻禮、祭祀之事以及出外鎮撫其他地方，目前所見的花東卜辭中未見任何有關舌方的卜問，很可能花東卜辭的時代是在商王朝與舌方的戰事平息後，産族的軍事威脅已經解除之時。而花東卜辭中有伐召方的卜問，基本上伐舌方見於賓組卜辭，伐召方見於歷組卜辭，兩組時代雖有重疊，但在歷組卜辭中不見舌方，在賓組卜辭中幾乎不見召方，〔註42〕很可能是因爲伐召方的

〔註39〕《殷墟花東 H3 卜辭主人「子」研究》，頁 299。

〔註40〕從本章第二節的「峀」、「伯或」，以及第五章第一節的「周」、「壴（貫壴）」都對子有貢納之事來看，也可說明子對殷西異族的影響力，相關人物的討論詳下文。

〔註41〕《子組卜辭人物研究》，收於《殷墟甲骨非王卜辭研究》，頁 82。

〔註42〕李宗焜指出賓組卜辭的《合》8441、14807 正《醉古集》330（《合》8443+4102）有

時代晚於伐舌方，反映在花東卜辭中，就是崖已脫離舌方侵擾，其後活躍於子家族中。

（二）大、發〔註43〕（射發）

1. 花東卜辭中的「大」

「大」是花東卜辭中常見的人物，如：

戊辰卜：大〔又（有）〕疾，亡延（延）。　一

其延（延）。　一　《花東》299

乙卯卜：其钐（禦）大于癸子，曹豤一，又豈。用。又（有）疾。　一二三　《花東》76

乙卯卜：其钐（禦）大于癸子，曹豤一，又豈。用。又（有）疾子戌（金）。一二三　《花東》478

大示五。　《花東》184

〔大〕〔示〕□。　《花東》192

辛卜：其宜，叀（惠）豕。　一

辛卜：其宜，叀（惠）大入豕。　《花東》139

甲午：歲且（祖）甲牝一，叔豈一，□祝大牝一。　一二二　《花東》149

鼎（貞）：大。　一　《花東》307

《花東》76 的「大」字原摹爲🏃，釋爲「疾」，〔註44〕姚萱指出從照片及拓本看實爲🚶，而《花東》478 與此辭同卜，也可知此字應爲「大」。〔註45〕《花東》139 的「大入豕」三字，原釋文爲「大象」，認爲「象」可能是「家」的簡體，〔註46〕朱歧祥、姚萱認爲「象」應爲「入豕」二字，趙偉從之，並進一步指出

「召方」，見〈沚夏的軍事活動與敵友關係〉，《古文字與古代史》第 2 輯，頁 83～84。

〔註43〕「發」字一般釋爲「彈」，本文從裘錫圭之說釋爲「發」，詳見〈釋「勿」「發」〉，《古文字論集》。

〔註44〕《花東》，頁 209；《花東·釋文》，頁 1590。

〔註45〕《初步研究》，頁 252。《校釋總集·花東》（頁 6500）、《校勘》（頁 17）皆從之。

〔註46〕《花東·釋文》，頁 1613。《校釋總集·花東》爲「大家」（頁 6511）。

甲骨文未見⋀簡寫為𠆢者，此種簡化最早見於春秋中期「欒書缶」的「寶」字，且從拓片看𠆢與𢦏之間有一定的間隔，未必為一字。〔註47〕《花東》149「大牝」指人物大所貢的牝，如同上文提到《花東》226用於宜祭的「勎牝」與「崖犾」。

《花東》307辭例特殊，學者或以為花東卜辭的「大」為貞人，不過此「貞：大」可能是子對大身體狀況卜問，其是否為貞人，本文暫持保留態度（相關討論詳見本文第五章第二節「同版關係」第一組）。最後，《花東》439還有一條卜辭，原釋文為「大、庚、𢀰于夕，〔其〕。」韓江蘇認為此「大」為人名，而趙偉指出此辭原釋文摹釋錯誤，應為「𠧪、己、庚、𢀰于夕，〔其〕」，〔註48〕可從，本辭應無「大」字。

從上引卜辭可知子非常關心「大」的身體狀況，並為他行「禦祭」禳除疾病，大的地位應該很高。大也有對子家族貢納「豕」、「牝」的記錄，由此可知大族有一定經濟生產能力。此外甲橋反面的記事刻辭還有大交付（示）甲骨給子家族之事。〔註49〕至於花東卜辭中的大是否為貞人目前無法判斷。

2. 大與發同受子的呼令

大與發（射發）曾同受子的呼、令，地位應該相近，如：

　庚戌卜：子叀（惠）發乎（呼）見（獻）丁，眔大亦𡿺。用。昃。　一
　　《花東》475

本版為庚戌日子命令大與發對丁的行獻禮的卜問。姚萱認為《花東》475可與《花東》34、454繫聯，認為發、大就是此二版「多臣」中的兩人（詳下文「多臣」處），可知發、大都是子的臣屬。又如：

　壬辰卜：子乎（呼）比射發㫃，若。　一

　弜比㫃。不用。　一

　壬辰卜：子乎（呼）射發复（復）取又（有）車，若。　一

〔註47〕　《校釋》，頁982～983；《初步研究》頁267；《校勘》，頁26。

〔註48〕　《殷墟花東H3卜辭主人「子」研究》，頁220；《校勘》，頁62。

〔註49〕　「示」有「交付」之義，參方稚松，〈談談甲骨文記事刻辭中「示」的含義〉，《出土文獻與古文字研究》第2輯。

癸巳卜：子叀（惠）大令（命），乎（呼）比發取又（有）車，若。 《花東》416

關於「子乎射發复取又車」，原釋文將「射」、「發」、「复」用頓號斷開，視爲三人，韓江蘇則以「射發」、「复」爲二人名，〔註50〕林澐認爲「射發」是人名，曰：

> 壬辰次日即是癸巳。先是占卜派發（「射」可能是發的職官名，如賓組卜辭常見的「射甾」）去索要車，同日又占卜是不是派人和發一起去。次日則占卜派大和發一起去好不好。從這裏可以看出，發和大的身份大體相當。〔註51〕

本文同意「射發」爲人名，「射」爲職官名，而「复」應解釋爲「返回」。李旼姈已指出壬辰日的「射發」在癸巳日中省爲「發」，可知「發」即「射發」，「复」字作 𦥯，與卜辭中常見的 𣥺 同字，並認爲「复」爲副詞，義爲「重複」，〔註52〕朱歧祥也認爲射是官名，𦥯、𣥺 同字，但認爲此「复」與《花東》21 的「子雍友教又复」、《花東》401 的「丁乎多臣复」的「复」用法相同，〔註53〕本文認爲朱說可參。姚孝遂指出甲骨文「复」字的動詞用法有「返」、「往來」之義，「此言『復』，猶他辭之言『歸』」，而楊逢彬認爲「复」與「來」、「歸」、「出」等動詞同類，稱爲「不及物趨止動詞」。〔註54〕從以下辭例來看，「复」與「來」、「歸」義近，如：

辛亥卜，爭貞：𡎸（執）亙。

壬子卜，設貞：王乎（呼）雀复，若。 《合》6904

貞：亙隻（獲）。

甲寅卜，爭貞：曰雀來复。

貞：勿曰雀來复。 《合》7076

〔註50〕 《花東・釋文》，頁 1722；《殷墟花東 H3 卜辭主人「子」研究》，頁 265。

〔註51〕 〈花東子卜辭所見人物研究〉，《古文字與古代史》第 1 輯，頁 20。

〔註52〕 《甲骨文字構形研究》，頁 234～235。

〔註53〕 《校釋》，頁 1034。

〔註54〕 《詁林》，頁 864；《殷墟甲骨刻辭詞類研究》（廣州：花城出版社，2003），頁 48～53。

叀（惠）王令目歸。　　《合》32929

☑並來歸，隹（唯）ㄓ示。　　《綴集》287（《合》1238+4394）

丁卯卜，卹貞：彶五月乎（呼）帚（婦）來歸。

《綴續》408（《合》25123+21653）

《合》6904 與《合》7076 事類相同，干支相連，很可能是對同一事件的占卜，
「复」即「來复」，可知「來复」是二字義近的「並列式複合詞」，〔註55〕「來
复」應與「來歸」意義接近，「歸」、「來歸」的關係也應與「复」、「來复」的關
係相同。蔣玉斌提到「复」有「返還」之義，如「兆（逃）其得，复又（右）
行」（《合》19755+20923【宋雅萍綴】〔註56〕），對此辭的解釋爲「貞問的內容
是，逃亡的羌人捕獲了，返還『右行』」，〔註57〕《合補》1245 的「乙酉卜，宁
貞：呼征复ㄓ（右）行。十月」、《英》834 的「貞：勿呼征复ㄓ（右）行比酒」
也是同樣的例子。綜上，《花東》416 的「复」應該可以解釋爲「返回」。另外，
「又車」《花東・釋文》作「右車」，韓江蘇釋爲「右撑」。朱歧祥指出「『取又
車』或即『取車』。又字用作詞頭」，〔註58〕可從，此「又」的用法也與《花東》

〔註55〕甲骨文中有「往于」一詞，應該也是「並列式複合詞」，郭錫良指出：「『于』和『往』
　　　　義近，都表示從甲地到乙地的行爲，『往』重在表明離開甲地要去乙地的意向，『于』
　　　　重在表明從甲地到達乙地的進程。」見〈介詞「于」的起源和發展〉，《古漢語語
　　　　法論集》（北京：語文出版社，1998），頁 90。伍宗文指出：「並列式複合詞是漢語
　　　　詞匯史上最早出現的複詞類型之一，在先秦漢語複合詞中也是公認數量最多的類
　　　　型之一。就並列成分的意義關係而言，A、B 可能相同或相近、相反或相類。先秦
　　　　漢語的並列式複詞中，A、B 意義相同相近的是多數……。」也提到許多與「來復」、
　　　　「來歸」類似者如「趨走」、「還歸」……等詞，見《先秦漢語複音詞研究》，頁 222
　　　　～228。而金文中還有「來復」一詞，即「子軋（犯）宕（佑）晉公左右，來復其
　　　　邦」（子犯編鐘），蔡師哲茂曾指出與上舉《合》7076「雀來復」用法一脈相承，「來
　　　　復」指「返回」，見蔡哲茂，〈再論子犯編鐘〉，《故宮文物月刊》13.6（1995），頁
　　　　131。
〔註56〕《殷墟 YH127 坑背甲刻辭研究》，頁 65～66。
〔註57〕〈釋殷墟𠂤組卜辭中的「兆」字〉，《古文字研究》第 27 輯，頁 105。蔣先生將一
　　　　般釋爲「涉」的字釋爲「逃」，本文第六章第三節「軟（虜）」處有相關討論。
〔註58〕《校釋》，頁 1035。「又」通「ㄓ」，張玉金指出「ㄓ」可作爲「虛詞性詞素」之名
　　　　詞詞頭，見《甲骨文語法學》，頁 95；《甲骨文虛詞詞典》，頁 257～258。喻遂生

490「匄又妾」的「又」相同。〔註59〕

最後再談「旋」字，此字韓江蘇認爲是人名，孟琳認爲是「軍事動詞」，林澐將「旋」釋作「使」，〔註60〕從上舉林先生對本版的解釋「同日又占卜是不是派人和發一起去」來看，似乎他認爲所「旋」者爲「取車」之事。「旋」字從「扩」從「史」，舊有卜辭中也曾出現此字，見於：

　　壬辰卜：同父乙𢀥旋〔註61〕。　三　《合》22202

　　王弜令受𢔘旋里（壅）〔註62〕田于童。　《屯南》650

另外於《輯佚》中又見一例：

　　〔叀（惠）〕大旋令及方□，弗悔。　《輯佚》645

黨相魁認爲「旋」字：「出使者所持之旌節……𦥑乃旌節之象形也。《屯南》650『受禾于旋』，用爲地名。《輯佚》645：『惟大旋令及方』，蓋用其本義。」〔註63〕《屯南》650「𢔘」字原釋文摹爲𢔘，《小屯南地甲骨考釋》釋爲「禾于」，溫明榮認爲是「𢔘」字異構，〔註64〕韓江蘇也釋爲「𢔘」，認爲旋是人名。〔註65〕卜辭中往往卜問「某地受禾」、「今歲受禾」或「奉于河」、「燎于河」以求「受禾」，〔註66〕可見某地、某歲是否「受禾」是屬於上天的權能，故黨先生從《小屯南地甲骨考釋》將卜辭讀爲「王弜令受禾于……」是不合理的，本文從韓說。《輯佚》645從文例來看可能是「大」、「旋」二人，也可

對卜辭中「有+N」的辭例有詳細的討論，也認爲「有」爲詞頭，見〈甲骨文的詞頭「有」〉，《甲金語言文字研究論集》。

〔註59〕「匄又妾」的相關討論可參本文第六章第一節「妾」處。

〔註60〕《殷墟花東 H3 卜辭主人「子」研究》，頁 265；《《殷墟花園莊東地甲骨》詞滙研究》，頁 9、47；〈花東子卜辭所見人物研究〉，《古文字與古代史》第 1 輯，頁 20。

〔註61〕字形作𢀥，李宗焜的《殷墟甲骨文字表》（北京：北京大學博士論文，裘錫圭先生指導，1995）頁 274，與沈建華、曹錦炎的《甲骨文字形表》頁 135 隸定爲旋。

〔註62〕裘錫圭指出　爲壅字的省寫，釋爲壅，見〈甲骨文中所見的商代農業〉，《古文字論集》，頁 180。

〔註63〕〈《輯佚》文字隸釋稿〉，《輯佚》，頁 25～26。

〔註64〕〈《小屯南地甲骨》釋文定補〉，《考古學集刊》第 12 集（1999），頁 261。

〔註65〕《殷墟花東 H3 卜辭主人「子」研究》，頁 265。

〔註66〕參《類纂》，頁 524～526。

能「旟」是一詞，即「大史（使）」。至於《合》22202 的「旟」字義不詳，目前無合理的說法。不過金文中「旟」字的意義則相當明確，有通「事」者，如：

卿旟（事）寮（僚）

西周早・矢令方尊、矢令方彝（《集成》11.6016、16.9901）

卿旟（事）易（賜）小子𥃝貝二百。　殷・小子𥃝簋（《集成》7.3904）

珥（揚）見旟（事）于彭。　西周早・揚方鼎（《集成》5.2612）

有作人名者，如「師旟」〔西周晚・元年師旟簋、五年師旟簋（《集成》8.4279～82、《集成》8.4218）〕。

綜上所述，《花東》416 的「旟」字可能是人名或動詞「使」，卜辭中「比」字後接人名的例子常見，但接兩個並列人名（如比 A、B）的例子則少見。若為動詞，則「弜比旟」為「弜比射發旟」的省略，「旟」即「使」，指使於某地，或即林澐所說為同版「复取又車」之事，此說可通讀卜辭。

3. 花東卜辭中的「發」

除了與大同版，出現在有關獻禮的卜問中，發還與㞷、多賈、多御正同版，如：

辛亥卜：子其㠯（以）帚（婦）好入于狀，子乎（呼）多邟（御）正見（獻）于帚（婦）好，攷（肇）紤十，坒（往）鑾。　一

辛亥卜：發攷（肇）帚（婦）好紤三，㞷攷（肇）帚（婦）紤二。坒（往）鑾。　一

辛亥卜：叀（惠）發見（獻）于帚（婦）好。不用。　一　《花東》63

甲寅卜：弜宜丁。　一

甲寅卜：弜言來自西，且（祖）乙口又伐。　二

弜乎（呼）發來。　一

乎（呼）㞷來。不用。

乙亥卜：弜乎（呼）㞷來。用。　一

乙亥卜：弜乎（呼）多𧶠（賈）見（獻）。用。　二　《花東》255

另外，發爲子家族的貞人，與劃相提並論，兩人地位應該相近，如：

> 劃鼎（貞）。　一
>
> 發鼎（貞）。　一　《花東》174
>
> 丁丑卜：其□合發眔劃。　一
>
> 丁丑卜：弜合〔發〕眔〔劃〕。　一
>
> 丁丑卜：弜合☑。　二　《花東》370

發還有向子家族納貢的記錄，如：

> 癸卯卜，才（在）糞：發呂（以）馬。子卩（占）曰：其呂（以）。用。
>
> 二　《花東》498
>
> 傳五牛，酚（酒）發呂（以）〔生（牲）〕于庚。　四　《花東》113

劉一曼、曹定雲指出卜辭中的糞地是商王與王室貴族的田獵地，《花東》498是發對子獻納田獵用馬匹的卜問。〔註67〕發除了致送馬匹以外，還曾致送祭牲。章秀霞將《花東》113的「發以生」解釋爲「『發』這個人帶來的物品『生』」，〔註68〕可從。關於「生」字，蔡師哲茂指出卜辭中的「生」字疑有讀作「牲」的例子，如《合》20637「己巳卜，王貞：呼弜攸生于東」、《合》15862正「☑娥生☑」，攸爲娥之省體，「攸生」或即「攸牛」、「攸羊」之類，〔註69〕可知「發以生」即發所送來的祭牲。而「庚」爲「妣庚」之省。〔註70〕本辭辭意爲子用「發」此人致送的犧牲爲祭品祭祀妣庚。〔註71〕發族能貢納犧牲，應有一定的經濟生產能力。

　　又子非常重視「發來」，並爲之告祭妣庚，可能是發辦完事歸來或致送貢物

〔註67〕〈殷墟花東 H3 卜辭中的馬——兼論商代馬匹的使用〉，《殷都學刊》2004.1，頁6～7。

〔註68〕〈殷商後期的貢納、徵求與賞賜——以花東卜辭爲例〉，《中州學刊》2008.5，頁191。

〔註69〕蔡哲茂，〈卜辭生字再探〉，《中央研究院歷史語言研究所集刊》64.4（1993），頁1060～1062；〈甲骨文釋讀析誤〉，《第十三屆全國暨海峽兩岸中國文字學學術研討會論文集》，頁168。

〔註70〕《初步研究》，頁38。

〔註71〕關於「某以某」的相關討論，下節「𦉪（附：舟嚨）」處還有詳論。

之事，如：

　　歲□羊于庚，〔告發來〕。　一

　　歲二羊于庚，告發來。　二　《花東》85

可見子對發此人的重視。

　　4. 比較花東卜辭與舊有卜辭中的「大」、「發」

　　舊有卜辭中的「大」爲出組（祖庚、祖甲時代）貞人，鄭杰祥曾指出「大」爲「大」族居地，又稱「大方」，近「襄」（《合》28188），爲殷東方國，曾與商王朝爲敵（《合》10223、27882、6798），而歸附商王朝後有納貢之事（《合》11018），商王也在此地田獵（《京》4412、《屯南》1098）。〔註72〕武丁時代提到人物「大」的卜辭較爲少見，《合》11018爲賓組卜辭，已有較完整的綴合：

　　令夆取大，呂（以）。

　　弗其呂（以）。

　　乎（呼）取大。

　　貞：𦥑呂（以）大。

　　弗其呂（以）大。　　《醉古集》307（《合》11018正+《乙》4084【鄭慧生綴】〔註73〕+《乙補》2471【林宏明加綴】）

內容是商王向「大」徵取貢物的卜問，從「以大」來看，「大」可能指來自「大」的奴隸之類。賓組甲橋刻辭有「臣大入一」（《合》914反、《丙》33），張秉權認爲「大」是「貞人大」，蕭良瓊認爲「臣大」可能是「大臣」之倒，與「小臣」相對。〔註74〕甲骨文並無「大臣」一詞，而「小臣」大多地位很高，與後代「大臣」義近，〔註75〕此「大」較有可能是人名。花東卜辭的大也有貢納之事，且受到子的關心，地位很高，或許與賓組卜辭中的大是同一個人。黃天樹先生與趙鵬將《合》914反的「臣大入一」與《花東》139的「大入豕」、《花東》184的「大示五」、《花東》192「〔大示〕□」比較，說明花東卜辭應爲武丁晚期卜

〔註72〕鄭杰祥，《商代地理概論》（鄭州：中洲古籍出版社，1994），頁200～201。

〔註73〕本爲實綴，蔡師哲茂認爲應爲遙綴，見《醉古集》，頁602。

〔註74〕〈卜辭文例和卜辭的整理與研究〉，《甲骨文與殷商史》第2輯，頁364。

〔註75〕關於「小臣」，詳見本文第五章第二節「小臣」處。

辭，黃先生曰：「花東和出組的『大』如果是同一個人，則說明把花東時代定在『武丁前期』顯然偏早了。」〔註 76〕

「大」爲服屬於商王朝的異族，向商王稱臣、納貢、入龜，也向子納貢、交付甲骨，並受到子的呼令與關心，大與子的關係可能較爲密切。從記事刻辭來看，大對商王「入」，對子「示」，有所差異，方稚松指出：

> 「入」、「以」、「來」、「乞」所記之辭表示的只是龜骨的來源地，而「示」表示的是龜骨交付至占卜機構的這一過程。對於一些「入」、「以」、「來」的龜甲，在性質上我們還是有疑問的，它們有可能是仍需整治的整龜或龜甲版，需先經過整治機構的整治，然後才能交付到占卜機構用於占卜。這種交付工作就是由「示」者完成的。〔註 77〕

至於「示者」的身分，方先生檢視了目前所見的記事刻辭，指出：

> 「示」前名稱由表三可知婦名佔的比例最大，這些婦應爲商王及王室成員的配偶，她們是生活在商王城内的。……「示」者中也有與「入」、「來」、「以」者相同的。〔註 78〕

前文提到大位於殷東，從「示」的關係來看或可說明子的領地與大族居地較近。結合前述子對大常表示關心，以及大受子的命令向商王行獻禮的卜問來看，大方雖爲服屬於商王朝的異族，卻與非王家族關係更爲密切，很可能是因爲地緣關係。

舊有卜辭中也有人物「發」，在𠂤組與賓組卜辭中有被商王呼令的紀錄，如：

丙戌卜，：令發。　《合》20238

辛未卜，：勿乎（呼）發正（征）。十二月。　《合》20557

令發求奠臣。　《合》7239 正

〔註 76〕〈簡論「花東子類」卜辭的時代〉，《黃天樹古文論集》，頁 154；《殷墟甲骨文人名與斷代的初步研究》，頁 299。

〔註 77〕《殷墟甲骨文五種記事刻辭研究》，頁 129。

〔註 78〕《殷墟甲骨文五種記事刻辭研究》，頁 118。

　　☑乎（呼）☑發☑。　　《合》19664

　　貞：勿乎（呼）發出羊五百、豕五百。

　　貞：勿乎（呼）發出羊〔五百、豕五百。〕　　《商周甲骨總集》1036+《合》
19752【黃天樹、方稚松遙綴】

多爲替商王徵取貢物、奴隸或貢納犧牲之類卜問。最後一例來看，發的家族擁
有龐大牲畜群，有很強的經濟實力。〔註79〕發也有作爲貞人的例子，如：

　　丙〔午〕卜，發鼎（貞）：𠂤不☒（殟）。

　　丙午卜，發鼎（貞）：元不☒（殟）。

　　丙午卜，發鼎（貞）：並不☒（殟）。

　　丙午卜☑。

　　丙午卜，發鼎（貞）：𡥼不☒（殟）。

　　丙午卜，發鼎（貞）：𠂤不☒（殟）。

　　丙午卜，發鼎（貞）：𡥼不☒（殟）。

　　丙午卜☑。　　《殷合》58（《合》21903+《吉》283）

黃天樹先生曾認爲《花東》498「發以馬」之事可能與《合》9094 的「貞：敓其
以」爲同事。〔註80〕裘錫圭認爲「敓」即「敖」，又稱「子敖」（《合》6057），
而發從不加子稱，發與敖可能不是同一人，因此用不同寫法作區別，〔註81〕則
《花東》498 與《合》9094 未必同事。至於武丁時代王卜辭中的「發」與花東
卜辭的「發」分別爲商王與子的貞人，可能不是同一人，𠂤組卜辭的發可能是
武丁中期人，早於花東卜辭的發。從上引卜辭來看，發族有強大的經濟實力，
對商王與子都有貢納的紀錄，而花東卜辭的發與大相同，也受子命令向商王行
禮，可能與子的關係較爲密切。

　　至於花東卜辭的大與發，兩人地位接近，都是子家族多臣中的一員，從目
前出土的花東卜辭來看，子關心大的疾病，並爲他行「禦祭」，與發比較，似乎
大與子的關係更爲親近。

〔註79〕〈甲骨綴合九例〉，《黃天樹古文字論集》，頁 259。

〔註80〕〈簡論「花東子類」卜辭的時代〉，《古文字研究》第 26 期，頁 27。

〔註81〕〈釋「勿」「發」〉，《古文字論集》，頁 76～77、79。

（三）𠛬、剾

花東卜辭有人物「𠛬」、「剾」，魏慈德已指出「𠛬」爲子的家臣，同時也有貞人身分，〔註 82〕趙鵬認爲「𠛬」爲該地之長，是子的家族之臣，〔註 83〕關於此二人，韓江蘇已有詳細的研究，〔註 84〕本文再作一些補充。此人爲子家族的貞人，常與「發」相提並論，如：

𠛬鼎（貞）。　一

發鼎（貞）。　一　《花東》174

辛未卜：子𡳿（往）𠛬，子利〔乍（？）〕子□叀覃。

丁丑卜：其□合發眔𠛬。　一

丁丑卜：弜合〔發〕眔〔𠛬〕。　一

丁丑卜：弜合☒。　二　《花東》370

《花東》174 字形作，《花東》370 作爲花東卜辭「𠛬」的一般寫法，卜辭索、糸作爲偏旁往往互通，〔註 85〕、應爲一字。《花東》370 同版有作地名的「𠛬」。此人也受到子的呼令：

甲戌卜：子乎（呼）𠛬妨（㔟）帚（婦）好。用。才（在）。　一　《花東》480

庚申夕卜：子其乎（呼）剾、𠛬于，若。用。　三　《花東》437

《花東》480 的「妨」字本文釋爲「㔟」，有「慰勞」之義，此辭爲子命令「𠛬」對婦好行「慰勞」之禮的卜問。〔註 86〕《花東》437 是命令剾、𠛬二人前往地的卜問，剾字作，《花東・釋文》中曰「本作，H3 新出之字」，〔註 87〕朱歧祥認爲摹本稍誤，應爲「取」字異體，〔註 88〕然此字從「」從「刀」，「取」

〔註 82〕《殷墟花園莊東地甲骨卜辭研究》，頁 94。

〔註 83〕〈從花東子組卜辭中的人物看其時代〉，《中國社會科學院歷史研究所學刊》第 6 集，頁 5。

〔註 84〕《殷墟花東 H3 卜辭主人「子」研究》，頁 239～241。

〔註 85〕參李旼姈，《甲骨文字構形研究》，頁 110～112。

〔註 86〕參本文第二章第二節。

〔註 87〕《花東・釋文》，頁 1728。

〔註 88〕《校釋》，頁 1037。

字從「耳」從「又」，字形與辭例都無法說明二字爲異體關係。韓江蘇認爲剆爲人名，[註89] 可能性較高，但此人未見於舊有卜辭，僅此一見，其身分地位不明。

另外，勮也曾向子納貢：

辛酉：宜勮牝眾崖狘，昃改。　一二

辛酉：宜勮牝眾崖狘。　《花東》226

辛卯卜：子隉宜，叀（惠）幽廌。用。　一

辛卯卜：子隉宜，叀（惠）〔勮□〕。不用。　一　《花東》34

「勮牝」即族長「勮」或該地所貢納之牝。《花東》34「勮□」爲姚萱所補。[註90]「勮□」與祭牲「幽廌」相對，可能即「勮牝」之類爲「勮」所貢之物。

綜上所述，「勮」爲子家族的貞人，受子差遣，並向子納貢，而此人不見於舊有卜辭，可能爲子家族的私臣。

（四）庚

1. 花東卜辭與舊有卜辭、商代金文中的「庚」

花東卜辭有「庚」此人，受到子的呼令，並見於甲橋反面記事刻辭，對子家族有納貢紀錄，相關辭例如下：

丁卜：子令（命）庚又（侑）又（有）女（母），乎（呼）求囟，薊子人。

子曰：不于戊，其于壬人。　一　《花東》125

庚〔入五〕。

庚〔入〕五。　《花東》190

庚入五。　《花東》362

韓江蘇已指出《花東》125 的「庚」爲人名，[註91] 從「侑有母」與「求囟」來看，此人受子的命令進行祭祀及獵首方面的工作。[註92]《花東》190 原釋

[註89]《殷墟花東 H3 卜辭主人「子」研究》，頁 241。

[註90]《初步研究》，頁 240。

[註91]《殷墟花東 H3 卜辭主人「子」研究》，頁 251。

[註92] 本辭的釋讀見本文第三章第三節「　子」處。

文左甲橋為「庚入五」，右甲橋為「庚入二」，認為庚此人分別貢納二塊及五塊龜甲，劉一曼、曹定雲認為二辭左右對稱，花東卜辭中左右甲橋都有字的僅此例，為兩次貢龜紀錄。〔註93〕朱歧祥不同意此說，認為：

> 過去未曾見同一塊甲骨刻寫二次貢甲骨數之例。且貢甲數不同，一版如何判別為第一次抑第二次的貢物？拓片見（1）（2）辭分見於左右甲橋的反面，唯「入」字都不清晰，辭例的意思仍待考。〔註94〕

事實上，一版刻有多條關於龜骨來源的記事刻辭的例子並非前所未見，方稚松指出見於《合》9389、9445、35211、35191 等，也將《花東》190 此例列入，〔註95〕不過《花東》190 是否為「庚入二」、「庚入五」，趙偉仍有不同的意見，指出二辭被鑽鑿打破，應刻於鑽鑿之前，右甲橋的「二」字上端可見一斜筆，應為「五」字，而由於「入五」被鑽鑿打破，故補刻於左甲橋，其後左甲橋的「庚入五」又被鑽鑿打破，故在原「五」字左下補刻「五」字，原「五」字字跡尚存。〔註96〕此說可從。《花東》190、《花東》362 二版大小接近，左甲橋「庚入五」刻於相同部位，可能是同一批進貢的龜甲。〔註97〕學者多已注意到舊有記事刻辭中也有「庚」貢納龜甲的記錄，所舉卜辭如下：

〔庚〕入十。　　《合》685 反

庚入一。　　《合》974 反

庚入十。　　《合》6016 反

庚入十。　　《合》11460

〔註93〕《釋文・花東》，頁 1634；〈論殷墟花園莊東地 H3 的記事刻辭〉，《2004 年安陽殷商文明國際學術研討會論文集》，頁 40。韓江蘇從之，見《殷墟花東 H3 卜辭主人「子」研究》，頁 250。

〔註94〕《校釋》，頁 993。

〔註95〕《殷墟甲骨文五種記事刻辭研究》，頁 133～134。

〔註96〕《校勘》，頁 35。方稚松也指出了左甲橋的「庚入五」補刻的狀況，見《殷墟甲骨文五種記事刻辭研究》，頁 128。

〔註97〕方稚松認為貢納數量大且內容相同的記事刻辭應多為同次進貢的記錄，而數量較小的雖難證明，但「由所見內容相同的記事刻辭之龜版數很少多於記事刻辭本身所記錄之貢入數這一現象看，這些內容相同的記事刻辭多數還是屬於同一次貢納的」。見《殷墟甲骨文五種記事刻辭研究》，頁 143～144。

《合》6016 反爲賓一類，《合》685 反、《合》974 反、《合》11460 爲典賓類，與花東卜辭時代接近，應爲同一人。韓江蘇指出：

> 庚是武丁時期人、族名，由其貢納刻辭可知庚與商王及 H3 卜辭主人「子」保持「君臣」關係。由王卜辭和 H3 卜辭可知，庚以「干支」命名，是商王的臣屬，也向「子」貢納稱臣的事實，説明他是武丁時期一人物。〔註98〕

此人也受到商王武丁的呼令，商王還爲他行禦祭希望他不要死去：

　　乙卯卜：翌丁巳令庚步。　　《合》21863

　　乙酉卜，亘貞：乍（作）钔（禦）斬（祈）庚不囟（殙）。　　《合》17086

　　□〔酉〕卜，㞢貞：斬（祈）庚〔不〕囗。　　《合》17087

趙鵬認爲典賓類的《合》17086「庚不殙」，是祈求此人不會死去的卜問，應該是花東卜辭中「庚」入龜之事的時間下限，又提到此人也見於子組卜辭的《合》21727，〔註99〕其辭如下：

　　乙丑子卜貞：今日又（有）來。

　　乙丑子卜貞：翌日又（有）來。

　　乙丑子卜貞：自今四日又（有）來。

　　乙丑子卜貞：自今四日又（有）來。

　　乙丑子卜貞：庚又（有）來。

　　丙寅子卜貞：庚又（有）事。　　《合》21727

不過從另一版子組卜辭來看，此「庚」也可能爲日干名：

　　丁酉余卜：今八月又（有）事。

　　隹（唯）今八月又（有）事。

　　丁酉余卜：壬又（有）事。

　　于癸又（有）事。　　《合》21586

〔註98〕《殷墟花東 H3 卜辭主人「子」研究》，頁 250～251。「庚」此人涉及卜辭中以「干名」爲人名的問題，目前尚無定論，相關討論見本文第二章第一節。

〔註99〕《殷墟甲骨文人名與斷代的初步研究》，頁 202、208。

「有事」在子組卜辭中指有「王事」需要佐助，商王會派人通知子家族，而子組卜辭的「又來」可能就是商使來告，相對於王卜辭的「史人于某」。〔註100〕此二版的「有事」都是卜問族長子在該日是否有「王事」，「庚有來」指商王使者是否於庚日來。

關於族名「庚」，商代金文中有族徽銘文「庚」、「𩰲」，曹淑琴指出「𩰲」即「庚」，不應釋爲「庚丙」，黃類卜辭中還有「庚方」，與「𧑐方」、「羌方」、「羞方」合稱「四封（邦）方」（《合》36528 反）可知庚爲方國，地近「𧑐」、「羌」、「羞」。〔註101〕關於商代金文中「庚」的身分，嚴志斌指出：

> 庚與冊常復合出現，冊常以庚爲軸心對稱安排在兩側，這樣的銅器有 18 件，可達商代庚銘銅器的近半數，作冊一職是庚族的世職。另外，與「亞」共出的 1 件（7228），表明庚族曾任亞官，但宰㭪角（9105）表明，宰㭪也屬於庚族，並任「宰」職。〔註102〕

綜上所述，庚應該是殷西方國，卜辭中的庚在武丁中、晚期對商王與花東子家族都有貢龜的記錄，此時的庚族應爲服屬於商王朝之異族。從銅器銘文來看，不少庚族人任官於商王室，而目前所見武丁時期的卜辭中，商王與子可命令人物庚辦事，而他生命有危險時商王甚至爲他行禦祭，可見此人在當時應有一定的地位，至於武丁時期的庚是否任職於商王朝，目前無法確定。

最後，《花東》439 還有一條卜辭原釋文爲「大、庚、𢆉于夕，〔其〕。」孟琳認爲此「庚」爲人名，〔註103〕前文「大」處已說明趙偉指出此條卜辭原釋文摹釋錯誤，應爲「𣱥、己、庚、𢆉于夕，〔其〕」，可知此「庚」應非人名。

2. 特殊辭例「庚咸卩」的解釋

花東卜辭中還有一條與「庚」有關的特殊辭例，即：

己卜：子又（有）夢𡪾裸，亡至莫（艱）。　一

己卜：又（有）至莫（艱）。　一

庚咸卩。　《花東》403

〔註100〕《殷墟 YH127 坑甲骨卜辭研究》，頁 102～103。

〔註101〕〈庚國（族）銅器初探〉，《中原文物》1994.3。

〔註102〕《商代青銅器銘文研究》，頁 152。

〔註103〕《《殷墟花園莊東地甲骨》詞匯研究》，頁 53。

韓江蘇對「庚咸𠚩」的解釋爲：

> 咸，《說文》：「皆也，悉也。」「庚咸𠚩」之庚可能是「𩂋」省略，《花東》403辭義爲𠣫這一人物或部族去爲害（或討伐𠚩或其他的對方國）有無災禍出現？〔註104〕

此說可商。「庚咸𠚩」位於右甲橋正面尾端，無卜兆，應爲記事刻辭，〔註105〕而「庚」與「𠣫」是否一人？「庚咸𠚩」與「夢𠣫裸」是否有關？皆無從考證。花東卜辭的「𠚩」通「召、邵」，指子的臣屬「𠚩」、「妾友𠚩」或「召方」，「庚」可能是人名或日干名，而「咸」應爲動詞。以下從「咸」字切入試論「庚咸𠚩」之義。

卜辭中「咸」字的用法一般爲人名或副詞，〔註106〕但此「咸」爲動詞，可能表示對「𠚩」的某種行爲。武振玉認爲「咸」本義爲「殺」，而引申出「完結」義，對「咸」字的本義有如下整理：

> 關於「咸」的本義，吳其昌謂：「咸爲一戉一砧相連之形……故咸本義爲殺。」其釋形雖不可據，然其釋義以及視《尚書·君奭》「咸劉厥敵」和《逸周書·克殷解（按：應爲世俘解）》「則咸劉商王紂」中的「咸」用本義是合理的。陳直《讀金日札》謂：「『咸』字在甲骨文金文，皆從戉，從口。《逸周書·世俘篇》云『咸劉商王紂』，是用其本義，訓爲殺也。」「咸」由本義「殺」很容易引申出「完成」、「結束」義。……《諸子平議·揚子法言二》有「迄始皇三載而咸」俞樾按：「咸，讀爲𢦏，絕也。」《漢語大辭典》在「咸」的「畢、終結」義項下引有此例。且引于省吾《雙劍誃諸子新證·法言新證》「咸謂畢也……言至始皇三載而畢」爲證，這是完全正確的。〔註107〕

這裏涉及的問題爲文獻中「咸劉」的「咸」是否能訓爲「殺」。《尚書·君奭篇》「咸劉厥敵」與《周書·世俘篇》「咸劉商王紂」的「咸」俞樾皆讀爲「𢦏」，

〔註104〕《殷墟花東H3卜辭主人「子」研究》，頁262。

〔註105〕胡厚宣曾指出有非五種記事刻辭的特殊記事刻辭，其中一例（《合》28011）刻於左甲橋正面，見〈武丁時五種記事刻辭考〉，《甲骨學商史論叢初集（外一種）》，頁347。「庚咸𠚩」可能也是同類的記事刻辭。

〔註106〕本文第二章第二節已有相關討論，此從略。

〔註107〕〈試論金文中「咸」的特殊用法〉，《古漢語研究》2008.1，頁34。

引用《說文》「戔，絕也，讀若咸」之說。〔註108〕高本漢反對俞說，認爲「戔」字僅見於《說文》，於古書中無例證，假借爲「戔」從聲音上來看又不如朱駿聲假借爲「戔」（即「戴」字，釋爲殺）合理，而高氏贊同舊說釋「咸」爲「皆」。〔註109〕從目前所見的戰國文字來看，有大量「今」、「含」及「欽」、「含」互通的例子，而「咸」也分別與「虘」、「欽」互通，顯示「今」與「咸」二字音近，也增加了「戔」、「咸」互通的可能性，但文獻中未見通假的證據。另外，有釋「咸劉厥敵」的「咸」通「減」者，楊筠如曰：

> 《廣雅》：「減，殺也。」《逸周書·世俘篇》、《漢書·律曆志》並引《武成》「咸劉商王紂」。文十七年《左傳》「克減侯宣多」，又昭二十六年《傳》「則有晉鄭，咸黜不端」，《正義》：「咸，諸本或作『減』。」是咸、減並謂殺也。〔註110〕

據《正義》所言「咸黜不端」的「咸」字當時有作「減」者，而先秦兩漢的資料中，「咸」、「減」通假的例子很多，王輝的《古文字通假字典》中有：

> 馬王堆帛書《老子》乙本卷前古佚書《十六經·成法》：「夫是故讒（讒）民皆退，賢人減起，五邪乃逃，年（佞）辯乃止。」影本減讀爲咸。睡虎地秦簡《日書》甲《衣》：「五丑不可以巫，啻（帝）以殺巫減。」「巫減」即「巫咸」……按《史記·酷吏列傳》：「減宣者，楊人也。」《漢書·酷吏傳》簡作咸。〔註111〕

「咸劉厥敵」的「咸」很可能通「減」，可釋爲「殺」，而「咸」與「劉」皆有殺滅之義，則「咸劉」爲義同或義近的並列式複合詞。此類複合詞在金文中常見，廖序東曾有整理，如：「屡伐」（兮甲盤，與宗周鐘的「戲伐」同）、「臺伐」（宗周鐘）、「搏伐」（虢季子白盤）、「廣伐」（不嬰簋）、「宕伐」（不嬰簋）、「各

〔註108〕俞樾，《諸子平議》卷三十五「揚子法言二」，頁八上，收於《續修四庫全書》編纂委員會編，《續修四庫全書·子部·雜家類》（上海：上海古籍出版社，1995）第 1162 冊，頁 272。

〔註109〕高本漢，《先秦文獻假借字例》（台北：中華叢書編審委員會，1974），頁 252；《高本漢書經注釋》（台北：中華叢書編審委員會，1970），頁 892～893。

〔註110〕《尚書覈詁》，頁 373。

〔註111〕《古文字通假字典》，頁 782。

伐」（兮甲盤）、「柬伐」（康侯簋）、「𩫖戜」（不嬰簋）。〔註 112〕莊惠茹有進一步整理與考證，補充了「戡伐」（禹鼎）、「斬伐」（逨盤）、「𩫖伐」（禹鼎、晉侯蘇編鐘）、「宕伐」（四十二年逨盤），並加入「刷伐」（叔尸鐘）、「戜伐」（寽鼎）二例。〔註 113〕而文獻中的例子除上舉《左傳》昭公二十六年的「咸黜不端」外，還有《詩經・周頌・武》的「勝殷遏劉」、《左傳》成公十三年的「虔劉我邊陲」、《詩・大雅・常武》的「鋪敦淮濆」、《詩・小雅・六月》的「薄伐玁狁」等。伍宗文也列舉了許多先秦文獻中的並列式複合詞，其中類似的有「剿絕」、「虔劉」、「殺戮」、「殄滅」等。〔註 114〕

綜上所述，「庚咸𠁩」的「咸」很有可能作爲動詞，釋作「殺」、「滅」之義，或與文獻中「咸劉」的「咸」字一脈相承。花東卜辭的𠁩可指子的臣屬，也有指敵國召方者，此𠁩應爲後者，因此「庚咸𠁩」可解釋爲庚此人（或於庚日）殺敗召方。

（五）射告、南

東卜辭中有「射告」、「南」這兩個人物：

> 己未卜，才（在）𫧀：子其乎（呼）射告眔我南正，隹（唯）矢（陳）若。　一二
>
> 弜乎（呼）眔南，于若。　一二　《花東》264

「射告」即職官爲「射」名「告」的人物，韓江蘇認爲賓組卜辭的「侯告」（《合》6480），即花東卜辭的「射告」，「侯告擔任射官，故稱『射告』」，〔註 115〕此說

〔註 112〕〈金文中的同義並列複合詞〉，《中國語言學報》第 4 期（1991），頁 162～163。

〔註 113〕〈金文「某伐」詞組研究〉，《古文字研究》第 27 輯。

〔註 114〕《先秦漢語複音詞研究》，頁 228。甲骨文中也有「咸　（𩫖）」一詞，多爲殘辭，如《合》6902、6903、7021，完整辭例有：「己卯卜，王：咸𩫖𢦔。余曰：雀𠦒人伐𢦔。」（《合》7020）吳振武還舉出《合》19773、19957 二例（前者字跡模糊，後者行款特殊，見〈「　」字的形音義〉，《甲骨文發現一百周年學術研討會論文集》，頁 235、238。甲骨文中還有「克𩫖𢦔」（《合》53）、「小臣侃克有𩫖」（《合》27878、27879 同文），「克」解釋爲「能夠」（參黃天樹，〈殷墟甲骨文助動詞補說〉，《古漢語研究》2008.4，頁 36～37），故「咸𩫖」的「咸」很可能也不作動詞，而是「皆」的意思，由於相關辭例極少，此暫存疑待考。

〔註 115〕《殷墟花東 H3 卜辭主人「子」研究》，頁 153。

待考。嚴志斌引《花東》264「射告」、《合》4735 正「告子」、《合》33039「侯告」指出：

> 甲文中有射告、侯告、告子。金文所見，告族則有亞告 6 件；告田
> 10 件；告宁 6 件；冊告 1 件。表明告族人地位頗高，相繼有族人任
> 射、亞、田、宁、冊、侯等職。從侯告也參與征人方之事來說，告
> 族（國）應爲于殷之東方。〔註116〕

因此「射告」、「侯告」也可能是身分不同的兩人。「我南」的解釋學者看法不同，《花東・釋文》中認爲「我」是諸侯國名，「南」是方位詞，「南征」爲向南征伐。韓江蘇曰：

> 我在此指我及我族之人，不是「子」之自稱（否則語句不通）。《花
> 東》264 辭義爲「子」命令射告和我族之首領到南土征討，昃時出
> 發是否順利？〔註117〕

姚萱則認爲「『正』與『有正』之『正』用法相同，345 有『弗正』。『我』當是第一人稱代詞」。〔註118〕本文認爲「弜」後的「呼眔南」爲「呼射告眔我南」的省略，「南」是與「射告」並列的人物，卜辭中有類似的句型，如：

己巳貞：其鬈祖丁眔父丁。 　一

弜眔父丁。劃。 　一 　《屯南》1128

甲辰卜，大乙眔上甲酚，王受有祐。

弜眔。

□先上甲酚。 　吉

三匚二示眔上甲酚，王受祐。 　吉

弜眔。 　吉 　《屯南》2265

此類句型多出現在祭祀祖先的卜問中，正面卜問爲「祭祀動詞＋A 眔 B」，反面爲「否定副詞＋眔 B」或「否定副詞＋眔（省略 B）」由於對 A 與 B 行祭的卜問重點是「是否眔 B」，因此反面卜問可省略爲「弜眔 B（不要眔 B）」或更簡

〔註116〕《商代青銅器銘文研究》，頁 182～183。

〔註117〕《花東・釋文》，頁 1688；《殷墟花東 H3 卜辭主人「子」研究》，頁 153。

〔註118〕《初步研究》，頁 307。

單的「弜眔（不要眔）」。由此可知前引《花東》264 可解釋爲卜問子要呼「射告」以及「我南」去進行「正」的活動，還是只呼射告去「正」而不要「附加」我南。〔註119〕《花東》475 有「子惠發呼獻丁，<u>眔大</u>亦 🐦」，後半句的「眔大」應該也是省略了「呼」，可與「弜呼<u>眔南</u>」互相參照。另外，卜辭中也有「眔」接動詞的例子，如楊逢彬所舉「丙午卜，宁貞：🐰八羊，眔酓三十牛。」（《合》16233）、「其侑妣丙，眔大乙酓。王受佑。」（《合》27501）〔註120〕但顯然此類辭例的「眔」是聯繫前後兩個動詞（🐰、酓或侑、酓），而非如《花東》264聯繫前後兩個人名。「南」爲「我南」之省，如同「沚瞂」可省爲「瞂」，「我」指族、地名，「我南」是我族人中名爲「南」者。〔註121〕或認爲「我」可能第一人稱代詞，作定語用，如此則「我南」應與「我史」、「我西史」之類稱呼相同，「南」爲某種職官或某類人物，〔註122〕不過目前還無足夠的辭例可說明「南」是職官或身分名。至於「正」字作動詞有「征伐（包括田獵）」、「祭祀動詞」、「征取」等義項，〔註123〕《花東》264 的「正」可能是祭祀動詞或征伐、征取。

〔註119〕「眔」字一般解釋爲「並列連詞」，也有學者認爲有祭祀動詞、副詞的用法，楊逢彬在檢視了《類纂》中的辭例後，指出應無祭祀動詞與副詞的用法，而是「具有『附加』意義的動詞」，後代的並列連詞「暨」由此虛化而來，見〈殷墟甲骨刻辭中「暨」的詞性〉，《殷墟甲骨刻辭詞類研究・附錄七》。故「眔」可釋爲「附加」。武振玉又指出金文中的「眔」字的動詞用法有「及於」與「參與」兩個義項，明顯承自甲骨文的「眔」，並建構出「眔」字從動詞到介詞到連詞的虛化過程，詳見〈兩周金文「暨」字用法釋論〉，《古文字研究》第 27 輯。

〔註120〕〈殷墟甲骨刻辭中「暨」的詞性〉，《殷墟甲骨刻辭詞類研究・附錄七》，頁 397。

〔註121〕關於甲骨文人名的「縮略」，可參陳偉武，〈商代甲骨文中的縮略語〉，《中國語言學報》第 11 期（2003）。

〔註122〕關於第一人稱代詞「我」的用法，張玉金在〈殷墟甲骨文詞類系統〉一文中對甲骨文第一人稱代詞「我」字有全面的探討，指出「在卜辭中找不到『我』表示單數的確切例證」，見《西周漢語代詞研究・附錄》（北京：中華書局，2006），頁 374。因此若將「我南」的「我」解釋爲第一人稱代詞，則「我」指涉的是子家族。

〔註123〕《詁林》，頁 807～809。關於「征取」義，于省吾曾將用於田獵的「征」解釋爲「取」，引用《孟子・梁惠王》「上下交征利」趙注訓征爲取，見《甲骨文字釋林》（北京：中華書局，1999），頁 268。卜辭中有「正玉」，也有學者解釋爲「取玉」，見鄭振香、陳志達，〈近年來殷墟新出土的玉器〉，《殷墟玉器》（北京：文物出版社，1998），頁 11；楊州，《甲骨金文所見「玉」資料的初步研究》，頁

花東卜辭也有人物「南」，子曾卜問此人的生死：

南弗死。　二三

死。　一二三四　《花東》38

一般認爲此南是人名，韓江蘇認爲從此字在句中的位置看，應指人名或犧牲名，由於花東卜辭中不見以南爲犧牲的占卜，故較可能爲人名。〔註124〕卜辭中的南字有作祭品的用法，過去學界主流意見是釋此字爲「青」，義爲「豰」（小豚，畜子之通稱），白於藍有專文詳論，並指出甲骨文南字字形與後代南字一脈相承，應非青字，卜辭中作爲祭品的南與「彎」相近，可能是「腩」或「醢」之類的肉類製品，〔註125〕其說可參。而此種南爲處理加工後的祭品，不會有死的問題，故此南應爲人名，或許就是「我南」也未可知。

「弗死」的用法特殊，洪颺指出：

一般認爲，「弗」字否定的都是及物動詞，這個及物動詞可以帶賓語，也可以不帶賓語。花東卜辭中「弗」的使用情況亦大致如此。……但是，也有例外的，如：

乙亥卜，貞：子雍友數有复，弗死。（21.1）

南弗死。（38.6）

乙卜，貞：賈豆有口，弗死。（102.1）

乙卜，貞：中周有口，弗死。（102.2）

丙辰卜：妙有取，弗死。（321.3）

甲戌卜，貞：羌弗死子臣。（215.2）〔註126〕

張玉金認爲卜辭的「死」字是不及物狀態動詞，指出舊有卜辭中「弗」字接不及物狀態動詞的只有「貞：競弗敗」（《合》4338）一例，他對此種狀況的解釋爲：

25～26。

〔註124〕《殷墟花東 H3 卜辭主人「子」研究》，頁 285。

〔註125〕詳見〈說甲骨文「南」字的一種特殊用法〉，《中國文字》新 32 期（2006）。

〔註126〕〈花園莊東地甲骨的否定詞〉，《中國文字研究》（鄭州：大象出版社，2007）總第 9 輯，頁 263。

這可以從動作和狀態可互相轉化來解釋。如「去開門」的「開」表動作，「門開著」中的「開」表狀態。很可能用「弗」否定的狀態動詞在句子中已經不表示狀態，而表示動作了。〔註127〕

卜辭中的「死」字目前未見可釋爲「動作」的例子，而花東卜辭中除了「羌弗死子臣」有解釋的空間外，〔註128〕其他「弗死」解釋爲殺之類的動作都頗牽強，上舉「弗死」的辭例中爲卜問子營友敉、賈壴、中周、𰼫等人物在「有復」、「有囗」、「有取」的情況下「弗死」，將「弗死」解釋爲「不死」或可通讀卜辭，〔註129〕不過「弗」後接不及物動詞或形容詞的用法，即使在先秦文獻中也屬於例外，周守晉曾對此類用法有如下的解釋：

我們視爲例外的：

韓子請諸子產曰：日起請夫環，執政弗義，弗敢復也。（左昭16年）

出而謂列子曰：嘻，子之先生死矣，弗活矣！（莊子，應帝王）

其商工之民，修治苦窳之器，聚弗靡之材。（韓非子，五蠹）

……在這樣的句子裏，「弗」單純否定動詞、形容詞所表示的行爲、狀態，相當於「不」。〔註130〕

或許花東卜辭中的「弗死」用法同於「不死」。目前「弗死」僅見於花東卜辭，相關辭例極少，難以深入研究，且此推測與目前對甲骨文「弗」字語法研究的結論不合，本文暫將「弗死」解釋爲「不死」，視爲特例，待日後有更多新資料出現再進一步討論。

最後，回到「射告」、「南」的身分地位問題，「射告」是職官爲「射」的「告」族人，而「南」則爲「我」族之人，此二人目前只見於花東卜辭，很可能是「告」、「我」二族在子家族任職者，爲子的私臣。至於「射告」是否即王卜辭中的「告

〔註127〕張玉金，〈論甲骨文「不」「弗」的使用與動詞配價關係〉，《中央研究院歷史語言研究所集刊》77.2（2006），頁336、351。

〔註128〕相關討論詳見本文第四章第二節「子臣」。

〔註129〕相關討論詳見本文第四章第三節，第五章第一節「壴（賈壴）」，第七章第二節「中周（附：妭中周妾）」，第六章第三節「」，此不贅述。

〔註130〕《出土戰國文獻語法研究》（北京：北京大學出版社，2005），頁196。

子」、「侯告」，「我南」有無可能是「我」族族長，難以確定。

（六）𠂤（卲、召）、䖵、臺

花東卜辭中有不少關於「匃馬」的資料，「匃」有「乞求」之義，[註131]其中受子的命令出外求取馬匹的人物有「子妻」（《花東》288、493）、「𠂤」、「䖵」、「臺」，子妻是與商王同姓的貴族，地位應比其他三人高，《花東》416有「妻友𠂤」，可知「𠂤」為「子妻」之「友」，地位低於「子妻」。[註132]「𠂤」、「䖵」、「臺」三人的相關辭例如下：

丙午卜：其 ▮ 匃屮（賈）▮（禾馬）。用。　一

弜匃。　一

丁未卜：叀（惠）𠂤乎（呼）匃屮（賈）▮（禾馬）。用。　一

叀（惠）䖵乎（呼）匃屮（賈）▮（禾馬）。用。　一

弜匃黑馬。用。　《花東》179

戊卜：叀（惠）卲乎（呼）匃。不用。　二

戊申卜：叀（惠）䖵乎（呼）匃馬。用。才（在）麗。　一二三

叀（惠）臺乎（呼）匃。不用。　一

叀（惠）臺乎（呼）匃。不用。　二　《花東》467

庚戌卜：其匃禾馬屮（賈）。　一

庚戌卜：弜匃禾馬。　一

庚戌卜：其匃禾馬屮（賈）。　二　《花東》146

癸酉卜：弜勿（刎）新黑馬，又（有）刻（剮）。　一

癸酉卜：弜勿（刎）新黑☒。　二

癸酉卜：叀（惠）召〔乎（呼）〕勿（刎）馬。　一　《花東》239

上舉《花東》179、146、467的卜問內容為同一事件，[註133]可知「卲」（《花

〔註131〕《詁林》，頁2453～2454。

〔註132〕「子妻」與「妻友𠂤」的相關討論，詳見本文第三章第一節及本章第三節。

〔註133〕《殷墟花園莊東地甲骨卜辭研究》，頁142～143、160；《初步研究》，頁407、412～414。

東》467）就是「刕」（《花東》179）。〔註134〕林澐指出從《花東》467 來看，邵、臺、虣三人身分大體相當，〔註135〕韓江蘇也將此三人一併討論，指出由於他們受到子的命令求取馬匹，可知為子的臣屬。〔註136〕「召」即「邵」可通，〔註137〕《花東》239 的「召」應該也是同一人，可知此人的工作還涉及「刐」馬匹的事務。另外，韓江蘇提到《花東》179 的「敕火」（　），認為也是與三人相提並論的人物，但此字從拓片看無法確定是一字或兩字，若為一字，也不知是名詞還是動詞，故本文暫不將此字列入討論。〔註138〕

「刕」、「虣」不見於舊有卜辭，「臺」則是舊有卜辭中常見的地名，是商王的農、牧、田獵區，此字也見於商代青銅器中，為族氏銘文，臺可能是居住在臺地的族氏，〔註139〕花東卜辭中常見地名臺（《花東》139、249），又見人名臺，或許花東卜辭的臺就是該族族長。

二、集合人名

（一）職　官

1. 多　臣

（1）舊有卜辭中的多臣

甲骨文有「多臣」一詞（辭例參《類纂》，頁 228），陳夢家對其身分有以下說法：

> 多臣常常是受王之乎征伐邦方。他們的地位顯然和「眾」或「眾人」是不同的。多臣而冠之以「我」，則此多臣乃是殷王國之臣，可能是「臣」與「小臣」的多數稱謂，猶《酒誥》之言「諸臣」。

〔註134〕卜辭中方名「刀方」也作「召方」，「刀」與「召」確可通用。參《甲骨文字構形研究》頁 323～324。

〔註135〕〈花東子卜辭所見人物研究〉，《古文字與古代史》第 1 輯，頁 20。

〔註136〕《殷墟花東 H3 卜辭主人「子」研究》，頁 258～262。

〔註137〕陳劍指出花東卜辭出現的敵國「邵」即歷祖卜辭的「召方」、「刀方」，「召」、「邵」二字相通，見〈說花園莊東地甲骨卜辭的「丁」──附：釋「速」〉，《甲骨金文考釋論集》，頁 86。

〔註138〕相關討論見本文第七章第二節「火」處。

〔註139〕《商代青銅器銘文研究》，頁 174～175。

〔註 140〕

認爲「多臣」不是奴隸。針對非王卜辭中的「多臣」，學者或認爲是奴隸，或認爲非奴隸，各家所引非王卜辭中與多臣有關的辭例如下：

（1）癸亥子卜：多臣乎（呼）田羌。允☐。　　《合》21532（子組）

（2）丁亥貞：我多臣不見。　　《合》21872 正（劣體類）〔註 141〕

（3）丙午貞：多帚（婦）亡疾。

　　　丙午貞：多臣亡疾。　　《合》22258（婦女卜辭）

林澐曾認爲（2）（3）的多臣是奴隸。〔註 142〕朱鳳瀚曾認爲（1）是「非王卜辭中所見唯一有關奴隸勞動的辭例」。〔註 143〕也有主張多臣非奴隸者，如張政烺在討論「婦」的身分時舉（3）爲例認爲：「以多帚與多臣對貞，說明帚和臣是同類事物，在殷王心目中地位相等。」〔註 144〕彭裕商舉（1）（3）認爲多臣是「非親屬的家族成員」：

> 「多臣」的疾病災禍就像多婦一樣得到重視與關心，可見這些「臣」仍然是<u>家族成員</u>。這些「臣」或「多臣」，從卜辭的記載來看，他們主要從事於戰爭和田獵兩項活動，……午組卜辭《乙》四六九二〔引者按：片號錯誤，應即上引卜辭（1）〕談到「多臣田羌……」是「臣」參加田獵的紀錄。據王室卜辭的記載，王室的「臣」也從事這兩項活動，……據文獻記載，春秋戰國時期各家族在親屬成員之外還有眾多<u>隸屬於家族的非親屬成員</u>，文獻裏把他們叫做「私屬」或「私人」。這些「私屬」或「私人」也就相當於非王卜辭中提到的「臣」和「多臣」。如：……春秋戰國時代期的這種家族形態實際上是承自商代而來的。〔註 145〕

〔註 140〕《殷墟卜辭綜述》，頁 507。

〔註 141〕本辭末二字作　，陳夢家摹釋爲「亦禍」，林澐爲「不壓」，黃天樹先生爲「不見」，此暫從黃説。

〔註 142〕〈從子卜辭試論商代家族形態〉，《林澐學術文集》，頁 52～53。

〔註 143〕《商周家族形態研究》，頁 182。

〔註 144〕〈婦好略説〉，《張政烺文史論集》，頁 652。

〔註 145〕〈非王卜辭研究〉，《古文字研究》第 13 輯，頁 68。

黃天樹先生同意陳夢家認為多臣非奴隸的看法，但認為上引（2）：

> 是劣體類卜辭，「我多臣」可能不會是殷王國之諸臣，而是家族内協
> 助族長進行管理具體事物的諸家臣。例如後面要談到的管理田獵事
> 務的犬官可能即屬多臣之列。〔註146〕

黃先生也同意張正烺的看法，認為（3）的「多臣」與「多婦」地位相等，並補充賓組的《合》6834 正「癸亥卜，㱿貞：我史𢦏缶」、「癸亥卜，㱿貞：翌乙丑多臣𢦏缶」，認為「多臣」與「我史」身分也相近，應非奴隸。同時駁斥上引朱鳳瀚「多臣」為奴隸之說，將甲骨文的「多臣」解釋為「家臣」，總結曰：

> 非王卜辭中的多臣很可能是指家族内協助族長進行管理的家臣。就
> 是說商人家族内存在著一套類似西周、春秋的家臣制度。〔註147〕

其後朱鳳瀚從此說而改變原先看法，認為「多臣」不是奴隸，但對「多臣」内涵的解釋又與彭、黃二說不同，他舉小屯西地附一的「禦臣〔于〕父乙、子、母壬」，認為卜辭中的「多臣」是「與占卜主體有親屬關係的家族成員」，與西周家臣本質不同，曰：

> 卜辭通例，非親族成員者不會為之求佑先祖，故這裏的「臣」似不
> 是卜辭中通常作為奴隸之稱的「臣」，「臣」在這裏應是指一些由近
> 親成員擔任的宗族官吏、臣屬，因而在小屯西地附一辭中，是卜問
> 可否像父、子、母等近親神主為臣求佑。
>
> 丙一卜辭中〔引者按：即（1）辭〕被呼令「田羌」的「多臣」，不
> 排除與小屯西地出土刻辭中的「臣」有相同身份之可能。……從上
> 述多臣的身份來看，商晚期商人貴族家族内雖可能已有家臣制度，
> 但家臣的身份與西周貴族内的家臣有質的差別。〔註148〕

雖然目前較多學者認為「多臣」不是奴隸，但林澐仍堅持原說，認為「從王卜辭看，商代的奴隸是不用於生產的，而有用於戰爭和田獵的記載」，與彭裕

〔註146〕〈非王「劣體類」卜辭〉，《黃天樹古文字論集》，頁113。

〔註147〕〈子組卜辭研究〉，《黃天樹古文字論集》，頁87。

〔註148〕《商周家族形態研究（增訂本）》，頁160；〈讀安陽殷墟花園莊東出土的非王卜辭〉，《商周家族形態研究（增訂本）》，頁607～608。

商的看法相對，舉（3）為例說明「臣妾作為奴隸身分低下，但作為家族的重要財產，主人當然也是要給予相當的重視的」，顯然也不同意上引各家的看法，且對朱先生所謂「非親族成員者不會為之求佑先祖」的「卜辭通例」也持反對態度。〔註 149〕以上對「多臣」的討論基本上是從卜辭的詮釋入手，而蔣玉斌在其博士論文中用一種新的思考模式切入此問題，認為「多臣」指「多位臣屬」，曰：

> 甲種子卜辭的主人「子」曾使令豚和征兩人：
>
> 甲申卜：令豚宅正。○重征宅正。　Ⅰ14～15
>
> ……豚還見於下一條卜辭，並繫聯出「又」這個人物：
>
> 又眾豚亡口。　Ⅰ16
>
> 豚、又、征曾被考慮去做同一件事：
>
> 又責豕。○豚責。○豚責。
>
> 又責豕。○征責，隻。　22226
>
> ……豚、又、征三人多次作為做同一件時期事情的備選人物，他們的身份理應是相同的。考慮到他們是「子」使令的對象，可以認為他們就是所謂的「多臣」之屬。
>
> 受到乎令的還有屾、陕等：……豚、征、又和屾、陕等「多臣」，是「子」的政令的執行者。〔註 150〕

蔣先生點出了一種可能性，即卜辭中的「多臣」為泛稱，或許能落實到某些實際的人物，也就是說只要能確定「多臣」所指的人物不是奴隸，便可確認「多臣」的身分。姚萱就在花東卜辭中找出了「多臣」所指的人物。

（2）花東卜辭中的多臣

花東卜辭中出現了不少關於「多臣」的資料，由於辭例豐富，也使「多臣」身分的問題逐漸明朗，已有不少學者提出了看法，以下對相關卜辭作一整理與分類，並進一步討論卜辭內容與各家說法。

首先，花東卜辭中的多臣主要見於向丁行禮的事件中，如：

〔註 149〕〈花東子卜辭所見人物研究〉，《古文字與古代史》第 1 輯，頁 24。

〔註 150〕《殷墟子卜辭的整理與研究》，頁 51～52。

　　甲卜：乎（呼）多臣見（獻）曌丁。用。　一　《花東》92

　　甲卜：乎（呼）多臣見（獻）曌于丁。用。　二　《花東》453

此二辭分別爲一、二卜，爲成套卜辭，〔註151〕姚萱指出：

> 「曌」當是祭名，「獻曌丁」直譯即「獻曌祭于丁」，當理解爲進獻
> 曌祭用過的牲肉一類祭品于丁，其性質應該與古書多見的「致福」、
> 「歸胙」一類相近。〔註152〕

可知行獻禮的「多臣」應非奴隸之流。韓江蘇認爲：

> 《花東》92、453爲H3卜辭主人「子」在果京之地舉行「舞戉」活
> 動時的占卜，説明了「子」主持的「舞戉」活動中多臣爲成員的事
> 實。〔註153〕

而他對《花東》92、453的排譜是以與 𤼈（京）地有關的卜辭作繫聯，〔註154〕
子舞戉見於《花東》206：

> 丁丑卜，才（在）𤼈（京）：子其舞戉，若。不用。

> 子弜舞戉，于之若。用。多万又（有）巛（災），引棘（棘）。　《花
> 東》206

甲日「呼多臣獻曌于丁」與丁丑日的舞戉活動，除了可能在同一地點卜問之外，
無法確定是否同一事件，也看不出多臣與舞戉有何關聯，因此本文對韓説暫存
疑。

　　另外，有一系列關於「多臣」對武丁獻禮的卜辭，即：

> 己酉卜：翌日庚，子乎（呼）多臣見（獻）丁。用。不率。　一　《花
> 東》34

> 庚戌卜：子乎（呼）多臣見（獻）。用。不率。　一

> 庚戌卜：弜乎（呼）多臣。　一　《花東》454

姚萱認爲此二版可與《花東》475繫聯：

〔註151〕《殷墟花園莊東地甲骨卜辭研究》，頁159；《初步研究》，頁362。

〔註152〕《初步研究》，頁257。

〔註153〕《殷墟花東H3卜辭主人「子」研究》，頁256。

〔註154〕《殷墟花東H3卜辭主人「子」研究》「附錄五」，頁576～577。

庚戌卜：子叀（惠）發乎（呼）見（獻）丁，眔大亦 ✦。用。戌。 一
《花東》475

指出「不率」即不全用，《花東》34、454 中子未盡呼多臣，而實際呼的就是《花東》475 的大與發，可知「發和大就是『子』的『多臣』中的兩人」。〔註 155〕此說與上文提到蔣玉斌的切入角度相同，花東卜辭的內容可透過同事繫聯，將《花東》34、454 中泛稱的「多臣」落實到《花東》475 的發與大兩人，比蔣先生所舉例證更有說服力，可知「多臣」不是奴隸。

然而韓江蘇雖然也認為《花東》475 與《花東》454 干支與事類相同，卻認為並非同一事件，曰：

（1）《花東》475 版，既可排入《花東》178、376 一組中，又可排入《花東》34 為中心的一組中。對此，要根據事類之間的內部邏輯關係，跟其他卜辭事類的旁證，把它放到其應當所在的位置。

（2）《花東》34、454 版為可以繫聯的一組卜辭，這是「子」在麗、呂、淨地舉行射箭活動結束後的一組占卜，說明多臣是參與 H3 卜辭主人「子」主持的射箭活動的人員。

（3）從占卜日期、事類看，《花東》454 可以與《花東》475 一起，排入「子」在「入」地舉行彈（射）活動的一組卜辭中。

（4）《花東》454 與燕享有關，《花東》475 也與燕享有關，從占卜日期和事類看，《花東》454 可以排入本組中。雖然辭的內容與本組卜辭不發生衝突，但其辭還是排到以《花東》34、420 為一組的卜辭中（引者按：即所謂「子在麗、呂、淨地舉行射箭活動」之排譜），它與其事類、人物符合。

（5）《花東》454 與燕享有關，從占卜日期看，可以與《花東》475 共同排於「子在『入』地活動」一組卜辭中，之所以排於此（引者按：即所謂「子在麗、呂、淨地舉行射箭活動」之排譜），認為《花東》454 之（1）辭與《花東》34 之（14）辭為一事異日異版貞問，454 之（3）、（4）辭與《花東》7 之（10）、（11）辭為正反異版貞問之

〔註155〕《初步研究》，頁 86～87。

辭，驗證了《花東》454 排於此處的正確性。 ﹝註156﹞

正由於日期與事類相同，所區分的兩組「事件」，其內容在姚萱的排譜中視爲同時發生的，而依照韓江蘇的說法，則《花東》475 與《花東》454 雖同日卻在不同地點卜問，故非同事。

限於篇幅本文僅就一組爭議性較高的同文例提出看法，即：

丙午卜：才（在）麗：子其乎（呼）多尹入璧，丁侃。

戊申卜：日用馬，于之力。　　一一

戊申卜：弜日用馬，于之力。　　一一

己酉：歲且（祖）甲牝一，歲〔且（祖）乙〕牝一，入自麗。　一

弜又鬯。用。　　一

庚戌：歲匕（妣）庚牝一，入自麗。　　一　　《花東》196

庚戌：歲匕（妣）庚牝一，入自麗。　　一　　《花東》490

庚戌：歲匕（妣）庚牝一，入自麗。　　一《花東》428+561【蔣玉斌綴】

此組韓江蘇置於「子在麗、呂、浮地舉行射箭活動」之譜，由於庚戌日後的辛亥日有「子以婦好入于狀」之事，故將「入自麗」解釋爲「入狀自麗」，認爲句型與「入商酒。在麗」（《花東》176）類似。 ﹝註157﹞即認爲此組爲在麗地之卜問，與《花東》454 爲同一事件。另外，花東卜辭中己酉與庚戌二日也有在入地活動之事：

己酉夕：伐羌一。才（在）入。庚戌宜一牢，發。　　一　　《花東》376

己酉夕：伐羌一，才（在）入。庚戌宜一牢，發。　　一

己酉夕：伐羌一，才（在）入。

庚戌：歲匕（妣）庚牝一。　　一

庚戌：宜一牢，才（在）入，發。　　一二

庚戌：宜一牢，才（在）入，發。　　一　　《花東》178

﹝註156﹞分別見於《殷墟花東 H3 卜辭主人「子」研究》，頁 571、255、403，「附錄五」頁 600～601、626。

﹝註157﹞《殷墟花東 H3 卜辭主人「子」研究》，頁 403。

韓江蘇排入「子在入地舉行彈（射）活動」之譜，與《花東》475 同事。可見依韓說《花東》196、490、428+561【蔣玉斌綴】與《花東》454 同事，己酉、庚戌日在「羲」地；《花東》376、178 與《花東》475 同事，己酉、庚戌日在「入」地姚萱將《花東》196、490、428+561【蔣玉斌綴】三版排入「最大的一個繫聯組」中，可能認爲不與《花東》376、178 衝突，卻在排譜中漏了此三版中己酉、庚戌日「入自羲」的卜辭。〔註158〕本文認爲此三版還是可以排入，參照《花東》480：

> 癸酉，子災（金），才（在）![字]：子乎（呼）大子卻（禦）丁宜，丁丑王入。用。來獸（狩）自罘。　一
>
> 丙子：歲且（祖）甲一牢，歲且（祖）乙一牢，歲匕（妣）庚一牢。才（在）剌。來自罘。　一　《花東》480

「入自羲」與「來自罘」應該是同樣的表達方式，《花東》196、490、428+561【蔣玉斌綴】己酉日「入自羲」與《花東》376、178 己酉夕「在入」可能就是從羲地進入入地，「夕」顯示時間上較晚，而「己酉」、「庚戌」這兩日便在羲與入之間往返。因此本文仍將《花東》475 與《花東》454 視爲同一事件。

第二，花東卜辭中有子爲多臣行禦祭的卜問，辭例如下：

> 己卜：叀（惠）子興生（往）匕（妣）庚。　一
>
> 己卜：叀（惠）多臣卻（禦）生（往）匕（妣）庚。　　《花東》53
>
> 己卜：叀（惠）多臣卻（禦）生（往）于匕（妣）庚。　一
>
> 辛卜：其卻（禦）子鹹于匕（妣）庚。　一
>
> 叀（惠）反卻（禦）子鹹匕（妣）庚。　一　《花東》181
>
> ☒多臣卻（禦）于匕（妣）庚☒。　二　《花東》488

朱鳳瀚順著前引對卜辭「多臣」的理解，舉《花東》53、488，認爲花東卜辭的多臣「可參與占卜主體之貴族主持的對先人的祭祀」，因此可進一步證實「多臣」是本族中的親屬成員。〔註159〕韓江蘇也認爲《花東》53 的子興、多臣都是爲子所命令對妣庚行祭者，曰：

〔註158〕《初步研究》，頁 408、413～415。

〔註159〕〈讀安陽殷墟花園莊東出土的非王卜辭〉，《商周家族形態研究（增訂本）》，頁 608。

H3 卜辭中的多臣能祭祀「子」敬重、且祭祀最頻繁的妣庚，妣庚爲武丁之母、小乙之配，由此說明多臣與「子」、商王武丁有共同的血緣關係。……H3 卜辭中，多臣參與 H3 卜辭主人主持的祭祀，說明他們與王室有血緣關係，多臣有可能指王室後裔爲官於王室之中的人員。〔註160〕

林澐則指出：

「叀子興往」是「往子興」的賓語提前形式，……「叀多臣禦往」是「禦往多臣」的賓語提前形式，「多臣」是被禳者，而不是主持祭祀者。……商代被禳者不一定與受祭者是同一家族的成員。……我們認爲各種子卜辭和王卜辭中的「多臣」還是應該視爲奴隸的集合詞，不能理解爲眾多官員。〔註161〕

本文同意林先生對卜辭的釋讀及對親屬成員認定的看法，〔註162〕但「多臣」的身分還是理解爲多名臣屬比較合理。前文提到子的「多臣」中有大、發二人，他們都是異族大臣，可證「多臣」非奴隸，且未必與王室有血緣關係。而蔣玉斌舉《花東》53、181 曰：「『己卜』一例，以『多臣』與『子興』對貞，亦可說明『多臣』地位很高」〔註163〕亦可參，不過兩辭非對貞，「叀子興往妣庚」在「叀多臣禦往于妣庚」之上，同在龜甲左半。《花東》53 同日有「叀子興往妣庚」，《花東》181 在己日後的辛日有「禦子𣪊于妣庚」，本文懷疑此「多臣」很可能就是子興與子𣪊，如此也可說明「多臣」並非奴隸，其身分也可以是親屬成員。

第三、花東卜辭中的多臣也有向子貢納的記錄：

庚申：歲匕（妣）庚牡一。子𠂤（占）曰：面□自來多臣𣪊。　二《花東》226

《花東·釋文》中指出𣪊（𣪊）與殳（𣪊）結構相似，爲被擊殺的兕牛。

〔註160〕《殷墟花東 H3 卜辭主人「子」研究》，頁 255、256～257。

〔註161〕〈花東子卜辭所見人物研究〉，《古文字與古代史》第 1 輯，頁 24。

〔註162〕關於「民不祀非族」的討論詳見本文第一章第二節。

〔註163〕《殷墟子卜辭的整理與研究》，頁 51。

〔註164〕喻遂生也指出此字表擊殺動物，引申為被擊死的動物。〔註165〕「面」字本文第二章第二節已有討論，可能是一種用牲法。本辭辭意可能是用「面」這種方法處理多臣送來的祭牲**殼**，下文會提到《花東》113 有「面多尹四十牛妣庚」，是用「多尹」貢納的四十牛祭祀妣庚，此「多臣」與「多尹」一樣有能力提供牲畜，應非奴隸。

第四、花東卜辭中也有被子派往外地辦事的多臣，如：

> 翌甲，其乎（呼）多臣舟。　一
>
> 翌甲，其乎（呼）多臣舟。　二
>
> 癸卜：其舟**殼**我人。　一
>
> 癸卜：我人其舟**含**。
>
> 癸卜：我人其舟**含**。　二　《花東》183

《花東·釋文》中指出「舟」為「乘舟」之義，**殼**、**含**為地名，「其舟**殼**我人」即「我人其舟**殼**」，姚萱也認為對比「我人其舟**含**」可知「其舟**殼**我人」為主語後置。〔註165〕韓江蘇對本版的解釋為：「癸某日占卜，翌日，命令多臣用船送我人到『順』、『**含**』地？」〔註167〕本文同意《花東·釋文》的看法，並對此版內容提出一種詮釋，即卜辭內容為子於癸日命我人渡水前往**殼**地或**含**地，並準備隔日再命多臣隨後而至，我人可能是先遣人員。卜辭中有一種令某人「先涉」的辭例，如「辛亥**卣**令束人先涉☒」（《合》33203，《英》2415 正同文）。〔註168〕《花東》183 命令「我人」比「多臣」提早一天渡水前往**殼**地或**含**地，可能就是「令我人先涉」的意思。卜辭中也有派遣我人先前往某處的例子，如：

> 乎（呼）我人先于**蠻**。
>
> 勿乎（呼）我人先于**蠻**。　《合》6945

而多臣也是被呼渡水者，奴隸沒有自由行動的權力，應是被「涉」的對象，如：

〔註164〕《花東·釋文》，頁 1650。

〔註165〕〈花園莊東地甲骨的語料價值〉，《花園莊東地甲骨論叢》，頁 153。

〔註165〕《花東·釋文》，頁 1632；《初步研究》，頁 281。

〔註167〕《殷墟花東 H3 卜辭主人「子」研究》，頁 223。

〔註168〕《英》2415 正除「令束人先涉」之外其餘皆為偽刻，見《英藏》下編上冊，頁 135。

庚子卜，𣪘貞：令子商先涉〔註169〕羌于河。

庚子卜，𣪘貞：勿令子商先涉羌于河。　　《合》536

可知此「多臣」也應非奴隸。

另外，花東卜辭中的也有被商王呼令的「多臣」：

丙卜：丁乎（呼）多臣复（復），囟非心，于不若，隹（唯）吉，乎（呼）
行。　一　《花東》401

韓江蘇認為此「复」為「再」，〔註170〕可商。前文「發」、「大」處曾提到本文認為「复」與「歸」義近，此辭的「复」也可解釋為返回。子組卜辭中有大量「卜歸卜辭」，應該是卜問出外辦事之人歸來之事，花東卜辭中也有「呼皿歸」、「呼人歸」（《花東》249）的辭例，此處應該是武丁準備叫派去子家族辦事的「多臣」返回，子對此事所作的卜問。〔註171〕

總結以上討論，本文認為花東卜辭所見多臣皆非奴隸。韓江蘇對卜辭中的多臣有如下總結：

> 多臣的外延和內涵，根據不同的占卜主體，他們應分別屬於商王、
>
> 原子組卜辭「子」、H3 卜辭「子」之成員。〔註172〕

此說甚確。多臣屬集合名稱，不管是商王還是其他族長的多名臣屬都能稱為多臣。上文所舉的例子中，《花東》34、454、92、453 的多臣是受子命令對武丁獻禮者，《花東》53、181、488 的多臣是子為之行禦祭者，《花東》183 的多臣是受子命令出外辦事者，《花東》226 的多臣是向子貢納犧牲者。他們應視為子家族的多臣。至於《花東》401 的多臣受丁命令，應為商王之多臣。

2. 多賈、多卲正、辟

〔註169〕此「涉」為「使動用法」，詳見沈培，《殷墟甲骨卜辭語序研究》（台北：文津出版社，199），頁 8～9；《甲骨文語法學》，頁 5～6；《殷墟甲骨刻辭詞類研究》，頁 54。楊逢彬指出「涉」字為「及物趨止動詞」，可帶處所賓語、處所補語，所帶賓語也可由方位名詞充當，而「涉」字還有帶「使動賓語」的用法。

〔註170〕《殷墟花東 H3 卜辭主人「子」研究》，頁 232。

〔註171〕關於卜歸卜辭的討論詳見本節「邑人」處。本辭的「囟」學者或釋為「西」，與「复」字連讀，相關釋讀問題詳見本文第五章第二節「行」處。

〔註172〕《殷墟花東 H3 卜辭主人「子」研究》，頁 257。

花東卜辭中有「多賈」、「多卸正」、「辟」三種人物，出現在同樣的事類中，相關辭例如下：

辛亥卜：子其弖（以）帚（婦）好入于狀，子乎（呼）多卸（御）正見（獻）于帚（婦）好，攸（肇）紨十，坒（往）鼉。　一

辛亥卜：發攸（肇）帚（婦）好紨三，崖攸（肇）帚（婦）紨二。坒（往）鼉。　一

辛亥卜：叀（惠）發見（獻）于帚（婦）好。不用。　一　《花東》63

壬子卜：子弖（以）帚（婦）好入于狀，攸（肇）𤰖（琡）三，坒（往）鼉。　一二

壬子卜：子弖（以）帚（婦）好入于狀，子乎（呼）多屮（賈）見（獻）于帚（婦）好，攸（肇）紨八。　一

壬子卜：子弖（以）帚（婦）好入于狀，子乎（呼）多卸（御）正見（獻）于帚（婦）好，攸（肇）紨十，坒（往）鼉。　一二三四五　《花東》37

弜乎（呼）𢀳（發）來。　一

乎（呼）崖來。不用。

乙亥卜：弜乎（呼）崖來。用。　一

乙亥卜：弜乎（呼）多屮（賈）見（獻）。用。　二　《花東》255

乙亥卜：其乎（呼）多屮（賈）見（獻），丁侃。　一

乎（呼）多屮（賈）罘辟，丁侃。　一

丙子卜：丁不各。　一　《花東》275+《花東》517【蔣玉斌綴】

乙未卜：乎（呼）多屮（賈）反西鄉（饗）。用。矢（昃）。　一

乙未卜：乎（呼）多屮（賈）反西鄉（饗）。用。矢（昃）。　二　《花東》290

《花東》37 中「多賈」與「多御正」相提並論，子命他們對婦好獻禮，《花東》275+517【蔣玉斌綴】中「多賈」與「辟」同爲被子命令對武丁獻禮者。「賈」爲職官名，花東卜辭中與「賈」有關的卜辭很多，除了「多賈」以外還有個別

人物「賈某」，「賈」也見於記事刻辭。〔註173〕《花東》290 的內容不易解釋，「多賈戈」可能是「多賈」之「戈」，或「多賈」與「戈」，無法確定應如何解釋，暫存疑待考。〔註174〕

關於「多卸正」，《花東·釋文》中認為「正」是祭名，可知其將「多卸」視為人物。〔註175〕朱鳳瀚認為：

> 「多御正」在上引《花東》37 中與「多宁」並卜，地位可能接近。御，御事。正，正長。御正即是治事之官，此官亦見於西周金文，其與「多臣」的關係也不能排斥即是對同一種職事之人的異稱。
>
> 〔註176〕

魏慈德認為「御為御事，故多御正即是多御之長，也就是擁有徒眾及轄地的族長」。〔註177〕羅立方也認為「正」即官長之義，但認為「卸」是「御官」，曰：

> 御正這一名號不見於殷墟甲骨，然見於西周金文，如：
>
> 1. 五月初吉甲申，懋父賞御正衛馬匹自王，用作父戊寶尊彝。（《御正衛簋》）
>
> 2. 唯四月既望丁亥，公大保賞御正良貝，用作父辛尊彝。（《御正良簋》）
>
> 3. 唯四月既望丁亥，公大保賞御正□貝，用作父辛尊彝。（《御正爵》）
>
> 唐蘭認為，御正是御官中最高的，「御正當是官名，為樂正、大射正、小射正之類。」這是相當正確的。〔註178〕

認為「『多御正』即眾多的御官長」。朱、魏二說將「多御正」視為「多御」之「正」，羅說為「多」名「御正」。韓江蘇則認為「多卸」是職官名，「正」是征伐、巡行之義，「卸」有防禦之義。對辛亥、壬子卜問「子以婦好入于狀」

〔註173〕相關人物於本文第五章第一節討論，此從略。

〔註174〕相關討論見本文第六章第三節「戈」處。

〔註175〕《花東·釋文》，頁 1575。

〔註176〕〈讀安陽殷墟花園莊東出土的非王卜辭〉，《商周家族形態研究（增訂本）》，頁 610。

〔註177〕《殷墟花園莊東地甲骨卜辭研究》，頁 92。

〔註178〕〈殷墟花園莊東地甲骨卜辭考釋三則〉，《古文字研究》第 26 輯，頁 48。

一辭的解釋爲：

> 「多禦」或指有戰鬥力能抵禦外來侵略的成員。辭義爲「子」要致
> 送婦好到「狀」地，「子」命令多禦巡行（以確保婦好外出安全），
> 或「子」命令多禦保衛婦好安全或進行「正」祭？根據辭義，應以
> 「多禦巡行」爲更合適。〔註179〕

舊有卜辭「正」字少見「官長」之類用法，不過有一「正」似可解釋爲官名。
俞偉超舉出以下二例：「☑𡰪（徙）㞢正，乃堅（壅）〔註180〕田。」（《合》9480），
「☑龏𡰪（徙）㞢尹工。」（《合》5624），曰：

> 「尹工」及「正」則爲官名……其「𡰪㞢尹工」的辭例，與「𡰪㞢
> 正」同，而後者下面又言「乃堅田」，可知「𡰪㞢尹工」與「𡰪㞢正」
> 之事，必爲「𡰪田」，其下亦都省略「田」字，即徙尹工與正的田地。
>
> 〔註181〕

從《花東》37 的對貞來關係來看，「多賈」與「多御正」相對，同爲負責「獻
于婦好」的人物，可知「正」非動詞。《花東》63、37 應該是子命令多御正、
多賈向婦好進獻璥、紤等物品的卜問。至於究竟是「多御」之「正」還是「多」
名「御正」，不易判斷。關於金文的「御正」，劉雨、張亞初曾曰：

> 陳夢家先生認爲是掌管馬政之官，相當於校正、馬正一類的官職。
> 容庚先生則以侍御爲解，……按，陳、容等先生把御正釋爲官名是
> 正確的。至於御正相當於什麼職官，這個問題還要進一步研究。根
> 據上述御字的用法來看，御正之職似乎與《周禮・夏官・司馬》中
> 的大馭、戎僕、齊僕、道僕、田僕、馭夫等一類職官相近，是馭夫
> 之長。西周銘文中令有主馬正的走馬、校人等職。御正釋爲校人、
> 馬正似乎不十分切合。〔註182〕

何景成也引用此說，認爲「卜辭『御正』的性質應該和西周早期金文的性質相

〔註179〕《殷墟花東 H3 卜辭主人「子」研究》，頁 258。

〔註180〕從裘錫圭釋爲「壅」，見〈甲骨文中所見的商代農業〉，《古文字論集》，頁 179～182。

〔註181〕《中國古代公社組織的考察——論先秦兩漢的「單——僤——彈」》，頁 17。

〔註182〕《西周金文官制研究》（北京：中華書局，2004），頁 48。

近」。〔註183〕不過花東卜辭的「御正」是否即金文的「御正」，從僅有的辭例來看無法證明，仍不能排除解釋爲「多御」之「正」的可能性。又其與「多賈」相提並論，花東卜辭中「賈」與「馬」關係密切，「多御正」也可能與馬政有關，目前卜辭所見僅此一例，須待未來更多相關辭例出現才能進一步討論。

關於「辟」，《花東‧前言》認爲《花東》275 的「辟」是「子辟」，〔註184〕但《花東‧釋文》中又曰：「『辟』乃『辟臣』，即身邊近臣。『乎多宁眔辟丁』疑爲『乎多宁眔辟見丁』之省。」〔註185〕韓江蘇曰：「辟，甲骨文中有多辟臣（《合》27896），可能指嬖臣」。〔註186〕此「辟」應與「多賈」、「多御正」一樣爲職官名。釋辟爲近臣、嬖臣本陳夢家之說：

康丁、武乙之間多有

多辟臣其□　《粹》1280

叀多母眔—叀多（引者按：無「多」字）辟臣眔　《綴》101

由於多臣（引者按：應爲「辟臣」）與多母的對貞，多辟臣可能是嬖臣，乃親近之褻臣。鄭制（《左傳》昭元、昭七、哀五）大夫分上、亞、嬖三等，所以卜辭的元臣、小臣、辟臣可能也是等級有差之臣。

〔註187〕

而劉桓對「多辟臣」有不同的解釋，他認爲「大盂鼎」中有「殷邊侯奠」與「殷正百辟」二詞，後者所指爲「商王畿內的邦國諸侯、貴族和官吏」，與前者相對，二者內涵或等同於《尚書‧酒誥》中記載的「越在外服，侯甸男衛邦伯」、「越在內服，百僚庶尹惟亞惟服宗工，越百生里居」，而曰：

「百辟」義同多辟，卜辭有「多辟臣」（《粹》1280），《詩‧商頌‧殷武》有「天命多辟」之語。「多辟」爲邦國諸侯，對於他們各自屬

〔註183〕《商周青銅器族氏銘文研究》，頁 67。

〔註184〕《花東‧前言》，頁 34～35。

〔註185〕《釋文》，頁 1673。《初步研究》同樣指出「其呼多賈獻」與「呼多賈眔辟」位於千里路左右兩側對貞位置，後者應省略「獻」字（《初步研究》，頁 313）。

〔註186〕《殷墟花東 H3 卜辭主人「子」研究》，頁 227。

〔註187〕《殷墟卜辭綜述》，頁 507～508。王貴民認爲「多辟」屬於內廷職官〔《商周制度考信》（台北：明文書局，1989），頁 190〕，《詁林》按語曰「僻、嬖皆由辟字所孳乳」（頁 2487），皆承陳說。

下的臣，卜辭稱之爲「多辟臣」。「多辟」大多供職於商朝，故《書・
酒誥》以「百僚」稱之。……《詩・商頌・殷武》：「天命多辟，設
都于禹之績。歲事來辟，勿予禍適，稼穡非解（懈）。」其中「歲事
來辟」，鄭箋注爲：「來辟，猶來王也……以歲時來朝覲于我殷王者。」
「歲事」一詞，亦見於《儀禮・少牢饋食禮》，鄭玄注爲「歲時之祭
事」，是很正確的。「歲事來辟」，乃指殷代的「多辟」（內服諸侯）
在歲時祭事時攜貢物朝見商王。西周金文牆盤銘云：「蕻（農）嗇歲
醬隹辟」這裏醬當讀爲秝，假爲麻，歲麻即歲時，銘文是說當農事
已畢，歲時之祭時攜貢物朝見於王。〔註188〕

劉先生認爲文獻的「多辟」、大盂鼎的「百辟」、卜辭的「多辟臣」所指相同，
即「內服百官」，又認爲此類人物歲時需向商王貢納。依劉先生的觀點「多辟臣」
是百官的泛稱。然而卜辭中「辟臣」與「多母」相提並論，花東卜辭中的「辟」
則與「多賈」、「多御正」相提並論，「辟」指某種特定身分人物的可能性較大，
應非泛稱。而「多辟臣」與「多御正」的結構相同，皆爲「多＋職官名＋泛稱」，
「辟」與「御」應該都是具體的職官名。

3. 多　尹（附：臢尹）

（1）多　尹

甲骨文中有「尹」、「多尹」一類人物，學者指出的「尹」與「君」通，「多
君」即「多尹」，〔註189〕關於甲骨文「尹」與「多尹（君）」的身分爲何，歷來
解釋甚多，意見分歧，可參《詁林》頁902〜907，辭例見《類纂》頁353〜354。
另可參王貴民的《殷商制度考信》、范毓周的〈甲骨文中的「尹」與「工」〉、鍾
柏生的〈卜辭中所見的尹官〉。〔註190〕從卜辭所見「尹」與「多尹（君）」從事
的事務來看，職位有高有低、內容包羅甚廣，包括：王身邊備諮詢的「多君」，

〔註188〕劉桓，〈關於商代貢納的幾個問題〉，《文史》2004.4，頁9〜10。

〔註189〕饒宗頤、趙誠、李學勤、王貴民曾先後指出。分別見：《殷代貞卜人物通考》（1959），
　　　　頁969；〈甲骨文字的二重性及其構形關係〉，《古文字研究》（1981）第6輯，頁
　　　　222；〈釋多君、多子〉，《甲骨文與殷商史》（1983）；《殷商制度考信》（1989），頁
　　　　180。

〔註190〕《殷商制度考信》，頁174〜180；〈甲骨文中的「尹」與「工」〉，《殷都學刊》1995.1；
　　　　〈卜辭中所見的尹官〉，《中國文字》新25期（1999）。

受到王關心與參與饗宴、農事、田獵、營建……等事務的「尹」、「多尹」，還有作爲族邑之長的「族尹」、「某尹」、「某族尹」，可見「尹」字非具體職務，而是與「臣」一樣的泛稱，如王貴民所言：「『尹』是治理之意，也是最古的純粹官名之一，但它本身並無職位高低之別，從這個伊尹到下面的族尹、多尹均名爲『尹』」。〔註191〕因爲是泛稱，各「尹」、「多尹」的身分與職務也各自不同。有一版「某尹」與「王族」、「多子族」相提並論的卜辭對討論「尹」的身分與地位很有啓發性：

丁巳卜，奚貞：令王族比〔亩〕卩屮（贊）王事。　二

貞：惠多子族令比亩卩屮（贊）王事。　二

貞：惠□尹令比亩卩屮（贊）王事。　二　《綴集》219（《合》5450+5453）

一版中出現不同族群人物並列，可以看出各族群間應有一定程度的同質性，如張政烺就認爲「尹和族相提並論，尹也就是族尹」。〔註192〕又可說明此三類人物在商代社會中必有身分上的區分，如蔡師哲茂認爲「□尹可能是多尹……多尹指的是未有血緣關係的異族朝臣之族」，〔註193〕並進一步指出：

> 裘錫圭在〈關於商代的宗族組織與貴族平民兩個階段的初研究〉上曾說：「甲骨文裏有不少命眾（亦稱眾人）爲商王從事農業生產的卜辭，但是在提到王族、多子族的卜辭裏，卻連一條跟農業生產有關的卜辭也沒有。這一現象正符合於我們認爲商族各宗族族人基本上屬於統治階級的推論。」由於卜辭中令多尹從事于農墾、營建但未見令王族或多子族去作這些事。李學勤先生在〈釋多君多子〉以爲「殷卜辭裏的多君（多尹）也應即商的朝臣。」但從（219）組王族與子族及□尹，三個不同身分團體比卩屮王事，由於多子族爲王族之分族皆爲商族，此□尹不管是多尹或是某尹都可確定多尹是「異姓朝臣」。地位在王族、多子族之下。〔註194〕

〔註191〕〈商朝官制及其歷史特點〉，《歷史研究》1986.4，頁108。

〔註192〕〈卜辭「裒田」及其相關諸問題〉，《張政烺文史論集》，頁426。

〔註193〕《綴集》，頁405。

〔註194〕蔡哲茂，〈甲骨綴合對殷卜辭研究的重要性——以《甲骨綴合集》爲例〉，中國文字學會、台南師範學院語教系，《第十一屆中國文字學全國學術研討會論文集》（台

二說有啓發性，而「王族」、「多子族」、「□尹」可能也反映了三種族群政治地位的不同，即從中央的王族，到拱衛中央的多子族，到散布各地的諸邑之長。甲骨文中一般稱族長爲「子」，如 𠂤 子、古子、邑子，〔註 195〕故「尹」此一稱呼應該不是以「血緣關係」爲其主要內涵，可能是以地緣性的行政單位「邑」爲基礎，是以「統治關係」爲其主要內涵的。依統治關係形成之邑（所轄之人民非全屬同族）其官長可稱「尹」，但因血緣關係形成之邑其官長本應爲族長，又可稱「尹」，理論上後者也可稱「子」，此爲「尹」與「子」兩種不同性質稱謂的模糊地帶。〔註 196〕

花東卜辭中有不少關於「多尹」的卜問，也有「䖵尹」一詞，相關辭例如下：

壬辰：子夕乎（呼）多尹□阤南豕，弗菁（遘）。子刀（占）曰：弗其菁（遘）。用。 一 《花東》352

丙卜鼎（貞）：多尹亡囚（憂）。 一

鼎（貞）：多尹亡蚩（害）。 一

面多尹四十牛匕（妣）庚。 三

曶四十牛匕（妣）庚，囚〔夆（禱）〕其于獸（狩），若。 《花東》113

乙巳卜：子其〔叀（惠）〕〔多〕尹令酓（飲），若。用。 一

乙巳卜：于□酓（飲），若。用。 一二三四五

乙巳卜：于入酓（飲）。用。 一二

丙午卜：其入自西祭，若，于匕（妣）己酉（酒）。用。 一二 《花東》355

丙午卜：才（在）麗：子其乎（呼）多尹入璧，丁侃。 《花東》196

己酉夕：伐羌一，才（在）入。庚戌宜一牢，發。 一

己酉夕：伐羌一，才（在）入。

庚戌：歲匕（妣）庚牡一。 一

南：台南師範學院語教系，2000），頁 7～8。

〔註 195〕《殷墟甲骨文人名與斷代的初步研究》，頁 83。

〔註 196〕關於「邑」的基本性質，參下文「邑人」處。

　　　庚戌：宜一牢，才（在）入，發。　一二

　　　庚戌：宜一牢，才（在）入，發。　一

　　　庚戌卜：其畀牆尹酉（酒），若。　一　《花東》178

朱鳳瀚有如下看法：

> 多尹之稱亦見於王卜辭，爲王朝官吏。H3 卜辭中有「多尹」，但尚
> 未見於已刊布的其他幾種非王卜辭。從 H3 卜辭看，其所屬家族內
> 的多尹也是家族成員，故可以參加 H3 卜辭占卜主體子舉行的對先
> 人的祭祀，其休咎也得到子的關心：……（引者按：所舉即上引《花
> 東》113 之辭例）由王卜辭可知，當時商人諸家族族長亦稱「尹」，
> 所以對於 H3 卜辭所屬貴族家族內的「多尹」，也有可能即是各小宗
> 分支家族之族長。〔註197〕

韓江蘇也認爲此多尹與王室有血緣關係，並認爲他們是「具有戰鬥力的成員，應
是商王朝統治所依賴的一支重要軍事力量」。〔註198〕本文認爲「民不祀非族」的
原則未必適用於商代，並不能從祭祀關係判斷人物間是否有血緣關係。〔註199〕
而「面多尹四十牛妣庚」也非多尹參與祭祀之卜問，此辭的釋讀前文已有討論，
「面」字可能是一種用牲法，辭意爲用「面」的方法處理多尹所貢的四十牛以祭
祀妣庚，與前文提到《花東》226 的「面□自來多臣殷」內容類似。而舊有卜辭
中也有多尹貢納的例子，蔡師哲茂指出《合》22538 一版爲照片，由於原骨右上
角有泥覆蓋，故各家釋文未能準確辨識字跡，該辭應爲：「戊子卜，吳貞：多尹
來羌。曰：用學，又（有）不同。才（在）二（月）。」〔註200〕「多尹來羌」即
多尹貢納羌人。

　　另外，魏慈德認爲花東卜辭中的多尹爲諸方伯的簡稱，其中受子關心且常
受子命去服事者爲子的家臣。〔註201〕林澐認爲他們「受呼令參加『子』的狩獵，

〔註197〕〈讀安陽殷墟花園莊東出土的非王卜辭〉，《商周家族形態研究（增訂本）》，頁 607。

〔註198〕《殷墟花東 H3 卜辭主人「子」研究》，頁 252、253。

〔註199〕關於「民不祀非族」與卜辭人物親屬關係認定的討論詳見本文第一章第二節。

〔註200〕蔡哲茂，〈讀契札記十則〉第一則，發表於上海華東師範大學參加中國文字研究與
　　　　應用中心所舉辦，「全球視野下的中國研究高級專家國際研討會，」（上海：2008
　　　　年 10 月 31 日～11 月 4 日）。

〔註201〕《殷墟花園莊東地甲骨卜辭研究》，頁 90。

顯然不是國家事務的管理人員，而只是家族的管事人員」。〔註202〕都注意到這些多尹與子家族事務的關係，在此本文也提出一種看法。

花東卜辭中常見邑人隨從子田獵的卜問，如我人、![字]、坴人、叙人等邑人，〔註203〕又《花東》113 中叙人與多尹同版，子田獵可能同時有多尹與邑人隨同。但多尹除了參與田獵之外還與「多臣」、「多賈」、「多御正」等人一樣有資格向武丁與婦好獻禮，並能貢納犧牲，參與飲宴活動，身分顯然與邑人不同，因此本文推測花東卜辭的「多尹」可能就是那些隨同田獵的邑人之長。

（2）旛　尹

關於《花東》178 的「旛尹」（辭例見上文），魏慈德將多尹解釋爲諸方伯的簡稱，認爲旛尹是旛地之尹。〔註204〕而韓江蘇釋發爲彈，認爲《花東》178：

> 辭義爲對妣庚歲祭？還要以一牢爲牲『宜』祭？然後在『入』地進
> 行彈射活動？並賞賜（在射箭比賽中獲勝的）旛尹酒？
>
> 「子」在舉行過射禮之後賞賜旛尹的情況，說明多尹是具有戰鬥力
> 的官員。〔註205〕

不過此辭的發字有多種解釋《花東·釋文》中認爲是貞人，指由發主持貞問，朱歧祥認爲可能是宜祭主祭者或記錄者，也可能是地名，即「在發」之省，姚萱認爲發是用牲法，即以發的方式用牲以行宜祭，並無定論。〔註206〕趙鵬認爲「根據《花東》125.1 尚且不能確定「旛尹」這一人名存在」。〔註207〕「旛尹」可能是一個字，「旛尹」作![字]，「尹」於「旛」形右邊，結構與《花東》125 的「薪子」的「薪」（![字]）、《合集》34256「紼尹」的「紼」（![字]）類似。又蔡師哲茂面告筆者《屯南》2342「王令![字]尹□取……」的![字]與此字

〔註202〕〈花東子卜辭所見人物研究〉，《古文字與古代史》第 1 輯，頁 26。

〔註203〕參本章第二節「邑人」處。

〔註204〕《殷墟花園莊東地甲骨卜辭研究》，頁 88。

〔註205〕《殷墟花東 H3 卜辭主人「子」研究》，頁 373、252。

〔註206〕《花東·釋文》，頁 1628；《校釋》，頁 989；《初步研究》，頁 89。

〔註207〕〈從花東子組卜辭中的人物看其時代〉，《中國社會科學院歷史研究所學刊》第 6
集，頁 6。

類似，亦從「广」從「尹」。「广」與「尹」中之字形因字跡漫漶而難辨，《屯南·釋文》摹爲「厈尹」，曰：「當爲國族名，厈尹爲厈族之尹」，〔註208〕《摹釋總集》、《小屯南地甲骨考釋》之釋文爲「伊尹」，〔註209〕張永山認爲此字從「广」從「伊」，「很可能是代表伊尹家族之長的標識物」，〔註210〕《校釋總集·屯南》釋文爲「庪尹」。〔註211〕溫明榮指出：

> 「王」下一字爲「令」非祝，拓片隱約可見。「尹」前一字從卜，非伊字（圖9）。伊尹爲先祖，此條卜辭的厈尹爲生者，是王令的對象。〔註212〕

溫先生摹爲厈，近是，從拓片看也可能是厈、厈，惟字跡漫漶，須查驗原片方能論定，▨尹應爲該族族尹。從𦥑、𦥑、▨等右邊偏旁從「尹」來看，也可能是「𦥑」，而非「庪尹」二字，此人身分未必是「尹」。

　　至於此人與子是否有臣屬關係，單從「畁酒」來看並不能完全肯定其爲地位低於子的被「賜」者。裘錫圭已指出甲骨文「畁」字本本義爲「匕（矢鏃）」，用法爲「給予」，〔註213〕從裘文所舉辭例來看，有上對下的「畁」，也有下對上的「畁」。時兵也指出：「動詞『畁』的施事在地位上既可以高於接受者，也可以低於接受者。在語義方面，動詞『畁』僅表示表抽象的『給予』義，而並無其他意義。」〔註214〕茲舉二條下對上的辭例以爲參考：

　　丁丑卜，宁貞：匃于何，虫畁。　　《合》15462+19037【蔡哲茂綴】

　　丁丑貞：畁丁羌八□牛一。　　《合》32084

不過花東卜辭的子地位甚高，「庪尹」（或𦥑）較有可能是子賜酒的對象，以下

〔註208〕《屯南·釋文》，頁1005。

〔註209〕《摹釋總集》，頁1008；姚孝遂、蕭丁，《小屯南地甲骨考釋》（北京：中華書局，2004），頁64、297。

〔註210〕〈從卜辭中的伊尹看「民不祀非族」〉，《古文字研究》第22輯，頁4。

〔註211〕《校釋總集·屯南》，頁6253。

〔註212〕〈《小屯南地甲骨》釋文補定〉，《考古學集刊》第12集（北京：中國大百科全書出版社，1999），頁279。

〔註213〕詳見裘錫圭，〈畁字補釋〉，《古文字論集》。

〔註214〕《上古漢語雙及物結構研究》，頁87。

試作一推測。本版之「酉」作，摹本爲，細審
照片（右圖），「酉」字上刻痕刻劃深度色澤都與酉
字即同版其他字跡有明顯差距，很可能爲刮痕而不
是筆劃。卜辭有關於飲宴的內容中，有兩版特別提
到酒，即：

　　　貞：叀（惠）邑子乎（呼）鄉（饗）酉（酒）。
　　　《合》3280

　　　貞：邑三卣☐鄉（饗）。　　《合》30910

《花東》355「乙巳」日在入地有飲宴活動，而《花東》178「庚戌」日在入地
「畀旂尹酒」，或許此辭是飲宴活動中賜酒的卜問也未可知。然此僅爲推測，
此二版內容也未必有關，本文對此人是否臣屬於子及其身分與地位仍存疑待考。

（二）邑　人

　　宋鎮豪對商代的「邑制」有整體的討論，茲引述其結論以明邑、邑人之梗
概：

> 商代具有普遍意義的居民聚居體邑，其「度地居民」的社會構成框
> 架和「立君利群」的政治內容，是兩大功能性要素。邑的規模性質
> 可分王邑、方國邑、臣屬諸侯邑及前三類下領的小邑等四大類。邑
> 中居民即「邑人」，通由族氏組織相集約，其內核爲同出某個姓族的
> 宗族或家族，其外觀則是保留了族居形式的非單純血緣組織的政治
> 地域性團群，邑實是一種具有行政建制單位的社會組織。〔註215〕

在《夏商社會生活史》中，宋先生對這四類邑的內容有更詳細的論述，特別提
到第四類商代最基層的邑中有許多仍保持著「聚族而居」的型態，反映在眾多
中小族邑遺址上，其邑長也是族長。〔註216〕

　　1.　人（附：皿）

　　（1）卜歸卜辭中的「人」、「某人」

　　關於卜辭中的「人」，楊升南曾有一段簡要的整理：

─────────────

〔註215〕〈商代邑制所反映的社會性質〉，《中國史研究》1994.4，頁63～64。

〔註216〕《夏商社會生活史》，頁48～72。

　　「人」在卜辭中是一種通稱，無論地位高低皆可稱「人」。如商王自
　　稱「余一人」。在武丁時常被「登」去打仗的「人」一次常達三千、
　　五千，這種「人」當是商代的自由民，或稱爲「邑人」，……。農業
　　生產中的奴隸稱爲眾人。捕獲的俘虜也稱人，……人的身分複雜，
　　但作爲犧牲的「人」，其身份無疑是奴隸。〔註217〕

可知「人」是一種泛稱，上至商王、下至奴隸、人牲都可用人稱呼。其中「眾
人」的身分在商代史研究上有很大的爭議，宋鎮豪、劉源的《甲骨學殷商史研
究》一書中對各家說法有精詳的介紹，可參，〔註218〕本文從裘錫圭、朱鳳瀚的
「平民說」。〔註219〕

　　王卜辭與非王卜辭中有很多卜問「某歸」、「某來歸」的卜辭，「某」爲人名，
其中子組卜辭有作「人歸」、「某人歸」者。此類卜辭常耀華稱爲「卜歸卜辭」，
子組卜辭中有「人歸」、「某歸」、「某人歸」、「歸人」、「歸在某人」、「在某人歸」、
「在某歸」、「呼某來歸」等辭例，常先生有詳細的討論，此僅舉二例作爲參考：

　　　戊申子卜，貞：人歸。　　《合》21643

　　　丁卯子卜：弔歸。　　一

　　　丁卯子卜。　　一

　　　□卯子卜：□東臣勿歸。

　　　丁卯子貞：我人歸。　　一

　　　丁☒子卜☒。　　《綴集》71（《合》40873+《英》1901）

常先生指出：

　　「人＋歸」之「人」應是泛指，而非是專指人名爲「人」者或氏族
　　名爲人者。「某歸」之「某」是專指，「某」應是具有氏族名性質的
　　人名，或者說「某」就是氏族族長名。

　　「某歸」和「某＋人＋歸」的句子意義上應有共同之處，某＋人＋歸」

〔註217〕楊升南，〈商代人牲身份的再考察〉，《歷史研究》1988.1，頁138。

〔註218〕《甲骨學殷商史研究》，頁284～289。

〔註219〕裘錫圭、朱鳳瀚的看法仍有差別，最近朱先生又對前說有所修訂，可參朱鳳瀚，〈再
　　　　讀殷墟卜辭中的「眾」〉，《古文字與古代史》第2輯。

中的「某」可以理解爲人名，即某人所屬的部族之人返歸。也可理
解爲族氏名，還可以理解爲地名，即某地之人返歸。〔註220〕

可知卜歸卜辭中的「人」、「某人」也指一般族眾，即所謂「邑人」。對於花東
卜辭中「冠以不同地名的人」，林澐便認爲「當是居於不同邑落之『眾人』」。
〔註221〕

關於卜歸卜辭內容的詮釋，林澐曾認爲《乙》4183 的「在𠂤人歸」與軍事
徵調有關，〔註222〕常耀華提到宋鎭豪與林澐有同樣的看法，並指出「卜歸卜辭
明顯可看出與戰爭、田獵有關者居多」，認爲「與軍事調動有關的看法是有道理
的」。〔註223〕黃天樹先生曾認爲此類卜辭是卜問在外的人是否歸來，〔註224〕魏慈
德也認爲「所謂『卜歸』問的就是子組所派去𠃊王事之人的歸來之事」。〔註225〕
而彭裕商則認爲被卜問歸的人員都不是王室與子家族成員，「所謂『歸』可能是
指他們在完成某項任務以後回歸其族原來的駐地」。〔註226〕郭旭東認爲卜辭中有
朝覲之義的「來」，還有與之相對的「歸」，指「返國」，即「商王命令已經完成
朝覲使命的諸侯離開殷都返回自己的封地或國家去，而不是從外地歸來」。又將
「來歸」的「歸」解釋爲「來至」，「來歸」也指朝覲。〔註227〕

本文同意常先生所指出卜歸卜辭多與戰爭、田獵有關，而與王卜辭不同的
是，非王卜辭中「歸」者多爲族邑之人，此類「歸」與「來歸」很難放在朝覲
的脈絡下解釋，因此本文認爲卜歸卜辭解釋爲占卜主體派人出外辦事後命令其
返回較爲合理。前文「大、發（射發）」處曾提到「來」、「歸」、「复」等字義近，
即返回之義，從《合》6904 的「复」即《合》7076 的「來复」來看，「歸」也

〔註220〕《殷墟甲骨非王卜辭研究》，頁74、76。饒宗頤曾將此類卜辭的「人」讀爲「尸」，
常先生認爲此說不可從。

〔註221〕〈花東子卜辭所見人物研究〉，《古文字與古代史》第 1 輯，頁 28。

〔註222〕〈從子卜辭試論商代家族形態〉，《林澐學術文集》，頁 56。

〔註223〕《殷墟甲骨非王卜辭研究》，頁 78

〔註224〕〈子組卜辭研究〉，《黃天樹古文字論集》，頁 87。

〔註225〕《殷墟 YH 一二七坑甲骨卜辭研究》，頁 103。

〔註226〕〈非王卜辭研究〉，《古文字研究》第 13 輯，頁 73～74。

〔註227〕〈甲骨文所見商代的朝覲之禮（一）〉，發表於「紀念世界文化遺產殷墟科學發掘
80 周年——考古與文化遺產論壇會議」，頁 310～314。

應與「來歸」同義，「來歸」仍是「返回」之義，與「來复」同爲二字義近的「並列式複合詞」。至於究竟歸是返回該族居地還是返回占卜主體所在，不易判斷。

（2）花東卜辭中的「人」、「某人」

花東卜辭中也有泛稱「人」的用法，出現在「呼……歸」的句型中，如：

才（在）橐卜：乎（呼）□歸，戌束。　一

才（在）橐卜：乎（呼）皿歸，戌束。　二

〔才（在）〕橐〔卜〕：乎（呼）人歸。　一

才（在）橐卜：弜乎（呼）人歸。　一

〔才（在）橐〕卜：弜乎（呼）人歸，□丁，若。　一　《花東》249

應該也屬於卜歸卜辭，《花東》401有「丁呼多臣復」也是同類句型。本版的「人」作　　、　　、　　，《花東·釋文》中釋爲「尸」，曰：

> 該版卜辭中，第3辭和第4辭處于對貞位置：第3辭「乎皿歸」，第4辭「弜乎尸歸」。由此可知，「尸」當指人名或國族名。故「尸」當是「人方」之「人」。「人方」即「尸方」，屬東夷集團。[註228]

韓江蘇也釋作「尸」，曰「尸作『　』形，爲人名或族名（《合集》6456）」，又曰「從H3辭中看，皿爲人名無疑。尸作『　』形，與人及『　』的寫法不同，暫時無法識別出尸在王卜辭中作人名用的情況」，[註229]前後矛盾。朱歧祥、姚萱、趙偉、《校釋總集·花東》皆釋爲「人」，姚萱認爲本版「人」字「皆與252號『人』字接近，原皆釋爲『尸（夷）』」，「舊有子組卜辭貞卜『人歸』者多見，……『人』當指本族之人」。[註230]此說可從。至於「皿」可視爲人名，也可能指「皿人」。常先生所舉辭例中有：

己亥子卜，貞：才（在）川人歸。　《前》8.12.4

己卯貞：才（在）川歸。　《合》21731

「在川人」也可作「在川」，「人」、「皿」都是被子外派辦事者，應該是邑人，

〔註228〕《花東·釋文》，頁1662。

〔註229〕《殷墟花東H3卜辭主人「子」研究》，頁145、264。

〔註230〕《初步研究》，頁300。

皿若爲特定人物則爲子的臣屬。「戍束」目前尚無合理解釋，〔註231〕卜歸卜辭多與軍事、田獵有關，「戍束」或與軍事活動有關。

花東卜辭中的「人」也見於田獵卜辭，如：

乙酉卜：子又之阞南小丘，其𤢌，隻（獲）。　一二三四五

乙酉卜：弗其隻（獲）。　一二三四五

乙酉卜：子于𣊞丙求阞南丘豕，冓（遘）。　一二三四

吕（以）人，冓（遘）豕。　一二

乙酉卜：既罕生（往）敄，冓（遘）豕。　一二

弜敄。　一二

冓（遘）阞鹿。子𠇗（占）曰：其冓（遘）。　一二　《花東》14

朱鳳瀚指出此種「人」與花東卜辭中常見的「我人」應該都是子田獵時的隨從，屬於獨立的家族武裝。〔註232〕

至於花東卜辭中稱「某人」者，包括：剌人、入人、我人、圣人、叙人等，還有也可能表示該族邑之邑人，其中剌人、入人出現在被子呼令的卜辭中，我人、圣人、叙人、未見於呼令相關卜辭中，但從卜問內容可知，應該都是子田獵時的隨從，其與子的臣屬關係可知。以下先討論剌人與入人。

2. 剌　人

剌是花東卜辭中常見的地名，相關辭例如下：

丙寅卜：丁卯子（勞）丁，再𧶛（圭）一、綳九。才（在）。來狩（狩）自舉。　一二三四五

癸酉卜，才（在）：丁弗寋（賓）且（祖）乙彡。子𠇗（占）曰：弗其寋（賓）。用。　一二

癸酉，子炅（金），才（在）：子乎（呼）大子𢓊（禦）丁宜，丁丑王入。用。來狩（狩）自舉。　一

〔註231〕魏慈德認爲「戍束」即「戍束」，見《殷墟花園莊東地甲骨卜辭研究》，頁91：姚萱認爲此版「束」義不明，見《初步研究》，頁185。

〔註232〕〈讀安陽殷墟花園莊東出土的非王卜辭〉，《商周家族形態研究（增訂本）》，頁604。

甲戌卜，才（在）🔣：子又（有）令〔歔〕丁告于🔣。用。子🔣。　一
二

甲戌卜：子乎（呼）劏妉（勑）帚（婦）好。用。才（在）🔣。　一

丙子：歲且（祖）甲一牢，歲且（祖）乙一牢，歲匕（妣）庚一牢。才
（在）劏。來自斝。　一　　《花東》480

壬申卜：子其生（往）于田，从昔听。用。　二

壬申卜：母戊祃。

壬申卜：裸于母戊，告子齒〔疾〕。〔用〕。

癸酉卜：子其生（往）于田，从劏。罕（擒）。用。　一　　《花東》395+548
【方稚松綴】

壬卜：子又（有）求，曰：□🔣（賈）。　一

壬卜：子又（有）求，曰：取紤🔣（𡘍）。　一二

壬卜：子又（有）求，曰：視劏官。　一

壬卜：子又（有）求，曰：□🔣。　一　　《花東》286

　　花東卜辭的劏字一般作🔣，《花東》286「劏」字作🔣，卜辭索、糸作爲偏旁往往互通，一般認爲即🔣字異體，與前文提到的劏作🔣、🔣相同。〔註233〕林澐認爲劏是子的領地，魏慈德指出從《花東》480 可知劏、🔣、斝三地鄰近。〔註234〕《花東》480 甲戌日在🔣地，丙子日到了劏地，可知劏、🔣二地在二日路程內，又從丙寅日在🔣卜問丁丑日王從斝地來，可知🔣、斝二地在一日路程內，而《花東》395+548【方稚松綴】壬申日在昔地，癸酉在劏地，〔註235〕可知劏、昔二地在一日路程內，劏、🔣、斝、昔四地應該都在附近。

〔註233〕《校釋總集》🔣隸定爲「劏」，🔣隸定爲「糾」。

〔註234〕〈花東子卜辭所見人物研究〉，《古文字與古代史》第 1 輯，頁 28。《殷墟花園莊東地甲骨卜辭研究》，頁 105。韓江蘇認爲劏地在殷東，我地在殷西，而我地與斝、🔣地近，都在殷西，故認爲《花東》480 的「在劏」爲「在劏官」之省，「劏官」與劏地無關，是🔣地的宗廟，見《殷墟花東 H3 卜辭主人「子」研究》，頁 531，但我地未必在殷西（詳下節「我人」處），而🔣地近征人方路線中的「雇」地（《合》24347），應在殷東。

〔註235〕韓江蘇認爲本版「从劏」的「劏」是人名，見《殷墟花東 H3 卜辭主人「子」研究》，

　　《花東》480 李學勤認爲是武丁從嘼地狩獵歸來，子前往迎接慰勞的記載，丙子日「來自嘼」應該也是指王從嘼地來到剌地。《花東》303 卜問內容很可能與此版有關，茲取關鍵卜辭排列如下：

（1）丙寅卜：丁卯子 🜚（勞）丁，丣䵼 🜛（圭）一、緅九。才（在）🜚。來嘼（狩）自嘼。　一二三四五　《花東》480

（2）丁卯卜：子 🜚（勞）丁，丣䵼 🜛（圭）一、緅九。才（在）🜚，嘼（狩）□嘼。　一　《花東》363

（3）癸酉，子冥（金），才（在）🜚：子乎（呼）大子訊（禦）丁宜，丁丑王入。用。來嘼（狩）自嘼。　一　《花東》480

（4）癸酉夕卜：乙丁出。子 🜚（占）曰：丙其。　一　《花東》303

（5）丙子：歲且（祖）甲一牢，歲且（祖）乙一牢，歲匕（妣）庚一牢。才（在）剌。來自嘼。　一　《花東》480

癸酉提到丁丑日王入某地，從嘼地前來狩獵，癸酉夕卜問乙日王是否出，占卜結果是丙日出，[註236]《花東》337 有「十月丁出狩」，「丁出」可能爲「丁出狩」，而丙日王確實出狩，當天子在剌地卜問王從嘼地狩獵後來剌的祭祀事宜。本文第二章第一節曾提到《花東》286 有「剌官」，即在剌地設有館舍，《花東》395+548【方稚松綴】壬申日在昔地田獵，壬申日田獵後可能就到了剌地，當晚可能就在「剌官」落腳休息，隔日的癸酉日再從剌往田。剌地見於征人方卜辭中，學者多認爲卜辭中的剌就是 1973 年山東兗州出土銅器上的剌。[註237]此地在出組卜辭中作爲田獵地（《合》24459、24460），在花東卜辭中鄰近田獵地，很可能在武丁晚期就已經是商王的地田獵地。

頁 531，本文認爲是地名。關於花東卜辭中「往田」相關辭例的討論，見下節「圭人、敘人」處。

〔註236〕學者指出《花東》303「丙其」省略「出」，見《花東·釋文》，頁 1686 與《校釋》，頁 1020。《初步研究》舉出《花東》351、《合》17613 的「允其」同樣是「其」字後省略動詞的例子（頁 79）。

〔註237〕相關研究可參王恩田，〈齊國建國史的幾個問題〉，《東岳論叢》1981.4；郭克煜等，〈索氏銅器的發現及其重要意義〉，《文物》1990.7；李學勤〈海外訪古記（九）〉，《文物天地》1994.1；高江濤，〈索氏銅器銘文中「索」字考辨及相關問題〉，發表於「紀念世界文化遺產殷墟科學發掘 80 周年考古與文化遺產論壇」。

剌地的邑人即剌人，辭例如下：

丁丑卜：其 （彈？）于 （ ），叀（惠）入人，若。用。子 （占）

日：女（毋）又（有） （孚），雨。　一二三四五六七八

叀（惠）剌人乎（呼）先奏，入人迺㞷（往）。用。　一

叀（惠）剌人乎（呼）先奏，入人迺㞷（往）。用。　一二

叀（惠）入人乎（呼）。用。　一

戊寅夕：宜羘一。才（在）入。　一

戊寅夕：宜羘一。才（在）〔入〕。　《花東》252

本版爲子在 地進行 （彈？）活動的卜問，〔註238〕黃天樹先生指出「先」爲副詞，與「迺」前後呼應，《花東》154、265、458 都有「先……迺……」的例子，〔註239〕故剌人被呼令先行樂舞之事，其後再命入人「往」。高江濤將本辭的「先」解釋爲國族名，認爲「剌」有呼「先」奏祭的權力，〔註240〕未考慮卜辭中常見的「先……迺……」辭例，〔註241〕又將「剌人」視爲「剌」，且無視「惠」的語法意義，把被呼的「剌人」解釋爲「剌」呼他人，顯然誤讀。

3. 入　人

與「剌人」地位相同的有「入人」，爲入地之邑人，入地是花東卜辭中最常見的地名之一，相關辭例中部分可依照干支與事類繫聯排譜，《初步研究》與韓江蘇都有詳細的研究，前文「多臣」處曾提兩人的排譜觀點有所歧異，而此問題非本文重點，故從略，本文僅依干支順序排列（非繫聯排譜），最後二版爲殘辭：

戊子卜：叀（惠）子妻乎（呼）包馬。用。　一二

戊子：宜羘一匕（妣）庚。才（在）入。　一

〔註238〕韓江蘇將 字解釋爲「射侯」，此字與「 」字的討論詳見本文第五章第一節「 」處。

〔註239〕〈《殷墟花園莊東地甲骨》中所見虛詞的搭配與對舉〉，《黃天樹古文字論集》，頁402～403。

〔註240〕〈索氏銅器銘文中「索」字考辨及相關問題〉，「紀念世界文化遺產殷墟科學發掘80周年考古與文化遺產論壇」會議論文，頁330。

〔註241〕相關研究可參《甲骨文語法學》，頁53～56。

庚寅：歲匕（妣）庚牡一。　一

庚寅：歲匕（妣）庚牝一。才（在）狀。　一

庚寅：歲匕（妣）庚牡一。　三　《花東》493

辛卯：宜豕一。才（在）入。　一二　《花東》142

癸巳：宜牝一。才（在）入。　一二

甲午：宜一牢，伐一人。才（在）〔入〕⊠。　一二三

蓁（暮）酚（酒），宜一牢，伐一人。用。　一二　《花東》340

乙巳卜：子其〔叀（惠）〕〔多〕尹令龡（飲），若。用。　一

乙巳卜：于□龡（飲），若。用。　一二三四五

乙巳卜：于入龡（飲）。用。　一二

丙午卜：其入自西祭，若，于匕（妣）己酉（酒）。用。　一二

戊申：歲且（祖）戊犬一。　一　《花東》355

戊申卜：子〔祼〕于匕（妣）丁。用。　一

己酉夕：伐羌一。才（在）入。庚戌宜一牢，發。　一　《花東》376

己酉夕：伐羌一，才（在）入。庚戌宜一牢，發。　一

己酉夕：伐羌一，才（在）入。

庚戌：歲匕（妣）庚牡一。　一

庚戌：宜一牢，才（在）入，發。　一二

庚戌：宜一牢，才（在）入，發。　一

庚戌卜：其畀廬尹酉（酒），若。　一　《花東》178

辛亥卜：子吕（以）帚（婦）好入于狀。用。　一

辛亥卜：子敀（肇）帚（婦）好𤦲（璈），坐（往）𤮽。才（在）狀。
一二

辛亥卜：乎（呼）崖面見（獻）于帚（婦）好。才（在）狀。用。　一

辛亥卜：叀（惠）入人。用。　一　《花東》195

癸丑：宜鹿。才（在）入。　一

甲寅，才（在）入：皂（登）。用。

甲寅：歲且（祖）甲白犾一，礿囶一，皂（登）自西祭。　一

甲寅：歲且（祖）甲白犾一。　一　《花東》170

乙卯夕：宜牝一。才（在）入。　一　《花東》97

癸亥：宜牝。才（在）入。　一

癸亥：宜牝一。才（在）入。　一

戊辰：歲匕（妣）庚牝一。　一

戊辰：歲匕（妣）庚牝一。　一二

戊辰：宜□□熯。用。才（在）入。

于匕（妣）庚宜牝。不用。　一二

子甸（腹）疾，弜钔（禦）☒。　一

己巳：利亡莫（艱）。　一

庚午：歲匕（妣）庚犾一，礿囶一。　一二

庚午：歲匕（妣）庚犾一，礿囶一。　《花東》240

辛未：歲匕（妣）庚宰，又皂（登）。用。　二

辛未：歲匕（妣）庚小宰告，又攺（肇）囶，子祝，皂（登）祭。　一
二三四四

辛未：歲匕（妣）庚，先暮牛攽，迺小宰。用。

辛未：宜牝一，才（在）入卯，又攺（肇）囶。　一二三

辛未：歲匕（妣）庚小宰，☒。用。　一

辛未：歲匕（妣）庚小宰告，又攺（肇）囶，子祝，皂（登）祭。　一
《花東》265

丁丑卜：其🏹（彈？）于🌿（某），叀（惠）入人，若。用。子🀆（占）

旦：女（毋）又（有）卬（孚），雨。　一二三四五六七八

叀（惠）剢人乎（呼）先奏，入人迺生（往）。用。　一

叀（惠）剢人乎（呼）先奏，入人迺生（往）。用。　一二

　　叀（惠）入人乎（呼）。用。　一

　　戊寅夕：宜犱一。才（在）入。　一

　　戊寅夕：宜犱一。才（在）〔入〕。　《花東》252

　　☑亏。才（在）入。　《花東》197

　　〔𠂤〕入人☑于□牛，歲又。　一一　《花東》443

　　從上引卜辭來看，在入地有「宜」、「伐」、「歲」、「㪤」、「卯」牲，「登」、「肇」祭品，其中最常出現的是「宜」牲，除了祭祀活動之外還有「畀」酒與「飲」的活動。林澐認爲入地是子的領邑，魏慈德認爲入地是子的祭祀行禮區。〔註242〕魏先生也指出從《花東》493 可知「狀」與「入」地在二日行程內，〔註243〕而從《花東》376、178、195（從《初步研究》繫聯）來看此二地更近，在一日行程內，又從《花東》252 中可知「𣏟」地也與「入」地在一日行程內，說明「入」、「狀」、「𣏟」三地都在附近。也因爲地近，《花東》195、252 在狀地對婦好獻禮與在𣏟地「𠁶」的活動中子都有命入人參與其事，也可說明入地確爲子的領邑。另外，張玉金曾舉《花東》142 認爲「『入』可能讀爲內，應是指殷貴族『子』的住所內」，〔註244〕從花東卜辭中有「入人」並與「剌人」相提並論來看，「入」當爲地名無疑。

第二節　其他臣屬於子的人物

一、貢納關係

（一）畓、伯或（或）、孜乃〔附：羌（俘虜）〕、新、俆、疾（附：彛、丙）、歷

1. 畓

花東卜辭中有「畓」字，見於：

　　己亥卜：弜巳（祀）〔駛〕眔畓黑。　一　《花東》324

〔註242〕〈花東子卜辭所見人物研究〉，《古文字與古代史》第 1 輯，頁 28；《殷墟花園莊東地甲骨卜辭研究》，頁 108。

〔註243〕《殷墟花園莊東地甲骨卜辭研究》，頁 105。

〔註244〕張玉金，〈殷商時代宜祭的研究〉，《殷都學刊》2007.2，頁 11。

于𩵋（賈）視。　一

于𩵋（賈）視。　一

于𢀛黑ナ（左）□。　一　《花東》352

庚子卜：才（在）〔我〕：且（祖）□其眾𢀛𠁣。　一

隹（唯）𢀛𠁣子。不用。　一　《花東》467

韓江蘇已指出「𢀛」爲花東卜辭所見人物，曰：

> 𢀛向「子」貢納祭祀所用的鷹和田獵時所用的左馬，說明他是人名
> 或族名，王卜辭中有𢀛（參看《商代史‧殷本紀暨商史人物徵‧𢀛》），
> 其地位於王都西部，他是商王朝西土的重要守邊者。〔註245〕

本文再作一些補充。除了《花東》352、467 二版之外，「𢀛」還見於《花東》
324，該辭於《花東‧釋文》作「弜巳（祀）〔駛〕庚□□莫」，於《校釋》作
「弜巳（祀）〔駛〕〔妣〕庚，□〔至〕莫」，對缺字的理解與《花東‧釋文》
不同。姚萱指出「庚」字與缺文處實應爲「眾𢀛」二字，拓片尚可辨認，「莫」
應爲「黑」。《花東》352 有「于𢀛黑ナ（左）□」，「𢀛黑」即「𢀛之黑馬」。
〔註246〕此說可從，而《花東》352 同版還有「于賈視」，也可知「𢀛黑」指馬。
〔註247〕故本辭可解釋爲「不要用駛及𢀛之黑馬祀」。《花東》467 有「唯𢀛𠁣子。
不用」，此辭行款也可能是「子唯𢀛𠁣。不用」。〔註248〕

　　關於人物𢀛，此人在武丁朝極爲活躍，常見於戰爭卜辭中，爲商王朝鎮守
西陲。〔註249〕嚴志斌綜合甲骨文與商代金文中所見的𢀛，指出此人向商朝貢納

〔註245〕《殷墟花東H3卜辭主人「子」研究》，頁266。所引《商代史》一書尚未出版，
　　　　筆者無緣得見。

〔註246〕《花東‧釋文》，頁1693；《校釋》，頁1024；《初步研究》，頁330。

〔註247〕《花東》259有「辛巳卜：子惠貫視用逐。用。獲一鹿」，可知「貫視」指某種用
　　　　於田獵的馬，見〈殷墟花東H3卜辭中的馬——兼論商代馬匹的使用〉，《殷都學刊》
　　　　2004.1，頁8。

〔註248〕《初步研究》，頁366。

〔註249〕詳見張秉權〈卜辭𢀛𡆥化說〉，《中央研究院歷史語言研究所集刊》29（1958）。與𢀛
　　　　有關的卜辭非常多，可參《類纂》，頁371～376。李學勤認爲𢀛讀爲「震」，可能
　　　　就是《易經》「震用伐鬼方」的「震」，見〈平山三器與中山國史的若干問題〉，《新
　　　　出青銅器研究》（北京：文物出版社，1990），頁185。

「馬」、「龜甲」、「羌人」，其地也產貝，〔註250〕所舉辭例如下：

☑辰卜，𡆥貞：乎（呼）取馬于𡅏，以。三月。　《合》8797 正

𡅏入三。　　《合》9279

癸卯卜，𡅏來羌，其☑。　　《合》32017

丁巳，王賜𧶶𡅏貝，在寒，用作兄癸彝，在九月，唯王九祀𤕟日，丙。
「𧶶卣」（《集成》5397）

花東卜辭的「𡅏黑」、「𡅏鷹」也是𡅏所貢之物。由於殷西邊患不斷，如土方、
舌方、召方、鬼方等都是足以危及王朝存亡的敵人，而花東卜辭中也有武丁命
子比伯或（即沚或）伐召方之事，前文曾提到的位於殷西的重要族氏崖也臣屬
於子，並與子關係密切，可見子是商王仰賴的重臣之一，在殷西應有一定的影
響力，𡅏很可能也臣屬於子，而從目前所見卜辭來看，𡅏與商王關係比較密切。

2. 伯　或（或）

花東卜辭中有「伯或」此人，亦稱「或」，相關辭例如下：

辛未卜：丁隹（唯）好令比〔白（伯）〕或伐邵。　一　　《花東》237

辛未卜：丁〔隹（唯）〕子令比白（伯）或伐邵。　一

辛未卜：丁〔隹（唯）〕多丰臣比白（伯）或伐邵。　一　　《花東》275+517
【蔣玉斌綴】

辛未卜：白（伯）或再冊，隹（唯）丁自正（征）邵。　一

辛未卜：丁弗其比白（伯）或伐邵。　一　　《花東》449

庚卜：☑戔（庇）于或配☑。　　《花東》41

癸酉：其又（右）𩵋于𠀱（賈）視。　一

丙子卜：或駛于𠀱（賈）視。　一　　《花東》81

《花東》237、275+517【蔣玉斌綴】、449 三版中的「伯或」與「邵」，陳劍指
出即歷組卜辭常見的「伯或」、「沚或」與賓組常見的「沚𢦏」、「伯𢦏」，而「邵」
即「召（刀）方」（於本文第一章第四節已引述其說，此從略）。關於「伯」，蔡
師哲茂指出：

〔註250〕《商代青銅器銘文研究》，頁 162～163。

早期學者把「伯」當作爵名，如古書中的五等爵公、侯、伯、子、男之類，晚近學者已指出其誤，傅斯年在〈論所謂五等爵〉一文：「公伯子男，皆一家之內所稱名號，初義並非官爵，亦非班列。」如吳其昌說：「『白』義爲群眾之長」，朱芳圃說：「經傳稱禹爲伯禹，益爲伯益，本字皆當作白，義與王亥王季之偁王相同」。關於卜辭中以「伯」爲構詞的形式有以上幾種：1.某＋（方）伯＋某；2.某＋伯；3.伯＋某；4.某＋方＋伯＋某；5.某＋方＋某（有時伯不出現）；6.某＋方＋伯。卜辭中與商王敵對的方伯如羌方伯、夷方伯、盂方伯等，即《禮記‧王制》「千里之外設方伯」，應爲異族君長，因此如商王朝的伯圉、伯𦀚、伯強之類的「多伯」也應爲王族之族長。這些「伯某」的身份地位遠高於商代的侯。而由其「伯」的稱謂，也能瞭解到圉的身份是王族中的族長之一，屬於「多生」（即後代所謂的百姓）之成員。
〔註251〕

舊有卜辭中的「伯或」（沚或、沚𢆶、伯𢆶）常作爲商朝對西方敵國戰爭的主力，有強大的軍事實力，在花東卜辭中除了有伐召方之事外，還有提供他人「庇護」的卜問，如《花東》41「𠬝于或」，姚萱指出「𠬝」字應釋爲「庇」（本文第三章第二節「子配」處已引其說，此從略），不過軍事實力雄厚的「沚或」地位很可能在子之下。《花東》81 有「或馼于賈視」，「馼」字《花東‧釋文》摹釋爲「駹」，學者多從之，姚萱認爲應是「馼」字，曰：

> 「馼」字原釋爲「駹」，字作 ，與「駹」形有別。從照片看其左半所從的下端還有一小短橫，明顯當改釋爲「馼」。375.1 有 字，原釋爲「祕馬」，也可能當改釋爲「馼」一字，字形可爲參考。〔註252〕

趙偉則反對此說，曰：「細審照片，所謂一短橫極可能是甲面殘點，故仍原釋。」〔註253〕 花東卜辭有「駹」字，見《花東》98（）與《花東》296（）確

〔註251〕〈武丁王位繼承之謎——從殷卜辭的特殊現象來做探討〉，「中央研究院歷史語言研究所講論會」演講稿，2008 年 9 月 15 日。

〔註252〕《初步研究》，頁 254。

〔註253〕《校勘》，頁 18。

實與《花東》81 的 ![字] 有所分別，本文從姚說。對本辭的詮釋，朱歧祥曾說：「或，地名，此指或地的母馬，乃宁族來的貢品。」〔註254〕韓江蘇則認爲或此人臣屬於商王，也向子納貢，本辭「辭義爲伯或是否要在『宁』地向『子』進獻牝馬」，〔註255〕本文認爲「或駝」即「或」所貢的「駝」，與「𩣡牝」、「㞢狂」、「大牝」、「𠂤黑」、「𠂤鷹」同例。花東卜辭中不少「某馬于賈視」這類辭例，如：

> 丁未卜：新馬其于 ![字]（賈）視，又（右）用。　一
>
> 丁未卜：新馬于 ![字]（賈）視，又（右）不用。　一　《花東》7
>
> 癸亥卜：新馬于 ![字]（賈）視。　一二
>
> 于 ![字]（賈）視。　一二
>
> 新馬子用又（右）。　一
>
> 新馬子用ナ（左）。　一
>
> ![字]（賈）視子用又（右）。　一
>
> ![字]（賈）視子用又（右）。　一　《花東》367
>
> 其又（右）![字]（賈）馬〔于〕新。　一
>
> 其又（右）𩦸于 ![字]（賈）視。　一　《花東》168

是關於子使用「新馬」、「賈視」、「賈馬」、「𩦸」這些馬匹的卜問，可知《花東》81「或駝于賈視」的「或駝」應該也是準備供子使用的馬匹，爲「伯或」所貢。

綜上所述，花東卜辭的伯或即沘或、沘𢦏、伯𢦏，是西方大族的首領，也是伐召方的主力，在武丁時代地位甚高。花東卜辭有「或駝于賈視」，「或駝」是「或」所貢的「駝」，應該是提供給子使用的馬匹，此人地位可能低於子。從貢納關係看伯或不只臣屬於商王，也臣屬於子。結合前文的㞢與𠂤也臣屬於子的狀況，可見子對西方異族應有一定的影響力。

3. 孜乃〔附：羌（俘虜）〕

花東卜辭中有「孜乃」此人，相關辭例如下：

> 孜乃弜㞢（往）又砒，若。用。　二　《花東》473

〔註254〕《校釋》，頁 974。

〔註255〕《殷墟花東 H3 卜辭主人「子」研究》，頁 154。

〔狄〕乃弜坐（往）〔又砒，若。用。〕　　《花東》11

羌入，狄乃叀（惠）入怀。用。　一　《花東》137

羌入，叀（惠）〔雩〕〔敠〕用，若，侃。用。　《花東》84

狄〔乃〕先敠雩，迺入怀。用。　一　《花東》458

新湼（鑊？）乃狄。　一一

乃𠂤𡥈（企？）。　一一　《花東》377

庚辰卜：叀（惠）𠂤（賈）視眔匕（比）。用。　一

庚辰卜：叀（惠）乃馬。不用。

叀（惠）乃馬眔𠂤（賈）視。用。　一　《花東》391

狄弜狀。　一　《花東》116

《花東·釋文》在《花東》116、458 二版考釋中說「狄」是人名，［註256］黃天樹先生舉《花東》458、11、137、473 說「狄乃」為人名。［註257］此人之名應為「狄乃」，可倒為「乃狄」，省為「乃」、「狄」，朱歧祥、姚萱在相關辭例的考釋中已有說明，姚萱將《花東》391 的「乃馬」解釋為「（狄）乃馬」，［註258］而「乃馬」與「賈視」並列，如同前文的「𠂤黑」，可知「乃馬」應該是「狄乃」此人所貢的馬。至於此人的人名結構，趙鵬認為「依據卜辭辭例可以斷定是人名，但其結構不能明確」。［註259］

上引《花東》84、137、458 為「狄乃」進獻羌俘的例子，姚萱指出此三辭為一事同卜。［註260］韓江蘇認為《花東》84「羌入」是羌人向子貢納的意思，［註261］本文有不同的看法。「狄乃」有向子貢馬的記錄，此「羌」也可能是狄乃於戰爭或田獵時所俘獲並獻給子的羌俘。卜辭中常見虜獲羌人及入貢羌人之

〔註256〕《花東·釋文》，頁 1606、1736。

〔註257〕〈《殷墟花園莊東地甲骨》中所見虛詞的搭配和對舉〉，《黃天樹古文字論集》，頁403。

〔註258〕《校釋》，頁 962、1029、1030；《初步研究》，頁 345。

〔註259〕《殷墟甲骨文人名與斷代的初步研究》，頁 97～98。

〔註260〕《初步研究》，頁 22、267。

〔註261〕《殷墟花東 H3 卜辭主人「子」研究》，頁 281。

事，戰爭後還有「逆羌」的獻俘儀式，常卜問神主與戰俘進入宗廟之次序，如：
〔註262〕

己巳貞：示（主）先入于商。

貞：示（主）眔羌入。　　《合》28099 正

示（主）其先羌入。　　一

示（主）其配□。　　一

癸亥卜：弜逆羌。　　一

示（主）先配羌。　　一　　《合》32035+32037+32039+34129【許進雄綴】

〔註263〕

癸亥：示（主）先羌入。　　二

示（主）弜先配羌。　　二　　《合》41465

王于南門逆羌。　　三

癸亥：示（主）先羌入。　　三　　《合》32036

示（主）其先羌入。

示（主）其配□。　　《合》32040

田獵所獲也可能有相當於獻俘禮的獻禽之事，〔註264〕故《花東》84、137 的「羌入」可能指孜乃獻羌俘之事，至於此羌是戰爭所獲還是田獵所獲，所獻之羌作爲奴隸還是人牲，皆不得而知。《花東》84、137、458 爲「羌入」後孜乃要「旅🐚」，還是要「入妚」，或是先「旅🐚」再「入妚」的卜問。〔註265〕

　　另外，《花東》116「孜弜犾」內容特殊，目前尚無合理的解釋，韓江蘇曰：「孜還與否定詞『弜』連用，其在句中的位置，無法準確判斷其是否爲人名，故存疑。」〔註266〕陳煒湛認爲應讀爲「犾弜孜」，「犾」爲人名，「孜」釋爲動

〔註262〕詳見〈逆羌考〉，《大陸雜誌》52.6；〈商代的凱旋儀式——迎俘告廟的典禮〉，《多維視域——商王朝與中國早期文明研究》。

〔註263〕許進雄，〈甲骨綴合新例〉，《中國文字》第 1 期（1980），頁 66。

〔註264〕參楊寬，《古史新探》（北京：中華書局，1965），頁 260。

〔註265〕🐚、🐚同字，爲女性人牲，參本文第六章第二節🐚（🐚）處。

〔註266〕《殷墟花東 H3 卜辭主人「子」研究》，頁 284。

詞「疾」或「錫」。〔註267〕不過「狀」也可能作動詞，《合》6617 甲有「王往狀羌」，《合》6617 乙有「往南狀」。由於此辭簡省，其解釋本文暫存疑待考。而「孜」是卜辭中常見的族名，如：

　　鼓以孜。　　《合》891 正

　　叀（惠）孜人。　　《醉古集》307（《合》11018 正+《乙》4084【鄭慧生綴】+《乙補》2471【林宏明加綴】）

　　壬子卜：磬〔註268〕以孜啓，隻（獲），入罞。　　《合》9339

　　貞：日用孜。　　《合》6647 反

也有人物「乃」的例子，如《合》21914「癸酉貞：乃以人☒」。從上引卜辭來看，孜族似乎是被殷征服的異族，《合》9339 中磬率領孜或孜族人作爲前導部隊，孜族人還曾被用爲人牲。「孜乃」可能是此族族長，「乃」爲私名，「乃馬」是「私名＋貢物」的例子，同「或馭」。「孜乃」如同「望乘」可省爲「望」、「乘」（《合》6476、7468），而望人也常被商王役使。〔註269〕不過「孜乃」倒寫爲「乃孜」不易解釋，「孜乃」的人名格式是否確爲「族名＋私名」仍有待考證。

4. 新

韓江蘇已指出花東卜辭有族、地名「新」，從《花東》11、239、367 來看，該地不僅是田獵區，還是產良馬之處。〔註270〕相關辭例如下：

　　丙寅夕：宜才（在）新束，牝一。　　一二三四

　　丙寅夕：宜才（在）新束，牝一。　　一二三　《花東》9

　　戰（狩），叀（惠）新止。用。　　二　《花東》11

　　其又（右）𪊨（賈）馬〔于〕新。　　一

〔註267〕〈讀花東卜辭小記〉，《紀念徐中舒先生誕辰 110 周年國際學術研討會論文集》，頁28。

〔註268〕字形爲 𝌆，李宗焜釋爲「磬」，見《殷墟甲骨文字表》，頁 215。

〔註269〕〈商代甲骨文中的縮略語〉，《中國語言學報》第 11 期，頁 351；〈說殷墟卜辭的「奠」——試論商人處置服屬者的一種方法〉，《中央研究院歷史語言研究所集刊》64.3，頁 666。

〔註270〕《殷墟花東 H3 卜辭主人「子」研究》，頁 270。

其又（右）鷫于凸（賈）視。 一 《花東》168

丁未卜：<u>新馬</u>其于凸（賈）視，又（右）用。 一

丁未卜：<u>新馬</u>于凸（賈）視，又（右）不用。 一 《花東》7

癸亥卜：<u>新馬</u>于凸（賈）視。 一二

于凸（賈）視。 一二

<u>新馬</u>子用又（右）。 一

<u>新馬</u>子用ナ（左）。 一

凸（賈）視子用又（右）。 一

凸（賈）視子用又（右）。 一 《花東》367

癸酉卜：弜勿（刎）<u>新黑馬</u>，又（有）剢（剝）。 一

癸酉卜：弜勿（刎）<u>新黑</u>☒。 二

癸酉卜：叀（惠）召〔乎（呼）〕勿（刎）馬。 一 《花東》239

辛巳卜：<u>新馼</u>于吕（以），萑（舊）才（在）麗入。用。子囗（占）曰：奏莫（艱）。卬（孚）。 一 《花東》259

關於《花東》9 的「新束」，原釋文與韓江蘇都將「束」釋爲「刺殺」，並與「新」斷開，朱歧祥認爲「束」可能爲「矢」的異體，讀爲「緊」，有青黑色的意思，又參照《合》9445，認爲「新束」或應連讀爲地名。〔註 271〕姚萱指出「束」爲建築名，「新束」應爲新地的宗廟類建築，〔註 272〕可從。花東卜辭中新地所貢之物爲馬匹，包括黑馬、馼，應爲該族族長所貢。另有一條與「新」地有關的卜辭如下：

己卜：丁各，叀（惠）靳（新）□舞，丁侃。 一 《花東》181

姚萱認爲與《花東》293「惠〔嬞〕舞」、「惠权先舞」比較，嬞、权是某種舞名，嬞、权應該都是族名或地名，「新□」可能也是族名或地名，但卜辭中跟舞有關的詞有「新庸」、「舊庸」、「新豐」、「舊豐」等「新□」之「新」也可能是「新舊」之「新」。〔註 273〕韓江蘇則認爲考量花東卜辭有人、地、族名之「新」，此

〔註 271〕《校釋》，頁 962。

〔註 272〕《初步研究》，頁 185～190。

〔註 273〕《初步研究》，頁 159。

新可能是地名，並認為同日卜問「往學」與「新舞」，說明學的內容為舞。〔註274〕可從。

舊有卜辭中也有不少用為族、地名的「新」，如韓江蘇所舉的：

貞：史（使）人于新。 　《合》5528

自新屮，𢼎（翦）。吉。

自盂屮，𢼎（翦）。 　《屯南》2119

可見此地之戰略地位。〔註275〕又卜辭多見「新射」，指該地的射手，被子妻、內、萶等人率領（辭例參《類纂》，頁972）。另外還有人物「新」，如：

乙酉卜，钔（禦）新〔註276〕于父戊白豕。

乙酉卜，□新于□戊〼。

乙酉卜，钔（禦）新于妣辛白盧豕。 　《合》22073

此人受到占卜主體關心，為之行禦祭，地位應該不低，至於是否為花東卜辭的新，無從考證。花東卜辭的子可到新地田獵、祭祀，該地又對子有納貢之事，可知其臣屬於子。

5. 佈

此字於花東卜辭中一見，辭例如下：

甲午卜：丁其各。子叀（惠）佈 攸（肇）丁。不用。舌且（祖）
甲彡。 三 《花東》288

楊州指出：「佈，乃花東卜辭新出現字，應為人名或地名。」〔註277〕「佈琡」與「剢牝」、「崖犿」、「大牝」、「屮黑」、「屮鷹」、「或駁」、「乃馬」、「新馬」、「新黑馬」、「新馳」結構相同，為「佈」貢納給子的「」，「佈」可解釋為該族族長或地名，由貢納關係可知其臣屬於子。花東卜辭中向子貢納玉器的還有人物「暊」（詳下文）。

〔註274〕《殷墟花東H3卜辭主人「子」研究》，頁439、420。

〔註275〕《殷墟花東H3卜辭主人「子」研究》，頁270。

〔註276〕「新」字一般作![字形]，此「新」字形作![字形]，右邊「斤」字從「又」，于省吾認為是「斤」的繁形，見《甲骨文字釋林》，頁339～342。

〔註277〕《甲骨金文中所見「玉」資料的初步研究》，頁67。

6. 疾（附：彝、丙）

花東卜辭中有人物「疾」，爲貢納弓之人，[註278] 相關辭例如下：

乙巳卜：才（在）麗：子其射，若。不用。　一

乙巳卜：才（在）麗：子弜徲（遲）彝弓，出日。　一

叀（惠）丙（丙）弓用射。　一

叀（惠）丙（丙）弓用。不用。

丙午卜：子其射疾弓，于之若。　一

戊申卜：叀（惠）疾弓用射㲂。用。　一　《花東》37

疾入。　一　《花東》40

《花東》37 有「彝弓」、「丙弓」、「疾弓」三種弓，《花東・釋文》中認爲「彝」是祭名，「丙」是地名，「疾弓」指快弓。[註279] 朱歧祥認爲「彝弓或即舉行射禮儀式的弓」，「疾弓是平常實用涉獵的快弓」，又認爲《花東》149 的「丙吉弓」的「『丙吉』連用，或指比一般疾弓要好的或較特殊的良弓」。[註280] 宋鎮豪認爲「可能指常規射、慢射、快射三種不同的射儀，或三種不同弓的習射競技」。[註281] 姚萱認爲「彝弓」指弓之專名，「丙」是地名，對《花東》113「入自丙弓」有如下解釋：

「入自丙（丙）弓」可參看：

（六）乙未卜：子其入三弓，若，侃。用。一 288.11

（七）戊卜：子入二弓。一 124.7

　　　戊卜：二弓呂（以）子田，若。一 124.8

[註278] 喻遂生指出花東卜辭的「弓」字爲「舊字新詞」，舊有卜辭中均無用爲本義者，花東卜辭中九見皆用本義，見〈花園莊東地甲骨的語料價值〉，《花園莊東地甲骨論叢》，頁 154。

[註279] 《花東・釋文》，頁 1575。韓江蘇也同意丙弓、丙吉弓的丙爲地名，見《殷墟花東 H3 卜辭主人「子」研究》，頁 275。喻遂生也同意「疾弓」指「快弓」，出處同上。

[註280] 《校釋》，頁 968。

[註281] 〈從甲骨文考述商代的學校教育〉，《2004 年安陽殷商文明國際學術研討會論文集》，頁 227。又見〈從花園莊東地甲骨考述晚商射禮〉，《花園莊東地甲骨論叢》，頁 81；〈從新出甲骨金文考述晚商射禮〉，《中國歷史文物》2006.1，頁 14。

「入」當指獻納於商王武丁，「二弓」、「三弓」當是某些不同種類的弓的集合名稱。「自丙（丙）弓」當是來自於「丙（丙）」之弓，這可以證明整理者推測「丙」爲「地名」的說法應該是正確的。124.7、8 貞卜子是將「二弓」獻納給王，還是自己用這些弓去田獵，似乎可以看出這些弓也是其他人或其他地方獻納給子的。〔註282〕

韓江蘇的看法較特殊，認爲「丙弓」的「丙」當釋爲「恆」，象桌面上放置一物之形，桌腿與橫面加一斜橫以曾桌子的穩固性，其字有穩定之義，又將《花東》37 的「遲」與「彝弓」視爲一詞，即「遲彝弓」，與「疾弓」，即快弓相對。〔註283〕學者對此三種弓都各自有所詮釋。

關於「疾」，《花東》40「疾入」，原釋文的考釋中認爲「疾」是人名，「入」指進入，〔註284〕韓江蘇也認爲「疾」是人名，而解釋「入」爲納貢。〔註285〕孟琳則認爲此「疾」指疾病。〔註286〕若對照《花東》37 的「疾弓」，《花東》40「入」可解釋爲納貢，「疾弓」可能就是「疾」地所產的弓，「疾入」則爲族長「疾」貢納。因此本文認爲韓說較合理。最近陳煒湛有〈讀花東卜辭小記〉一文，認爲「『疾作人名』，有孤證之嫌」，〔註287〕然舊有卜辭確有人物「疾」，趙鵬指出以下二例典賓類卜辭：

　　戊辰卜，韋：疾來。甲戌其雨。　《合》641

　　貞：疾共牛。　《合》8941

曰：「『疾』這個人在舊有卜辭中作爲人名出現的極少，這對於證明典賓類與花東卜辭的同時共存有著較爲積極的意義。」〔註288〕可從。

〔註282〕《初步研究》，頁 171、242。

〔註283〕〈殷墟花東 H3 卜辭中「遲弓」、「恆弓」、「疾弓」考〉，《首屆中國文字發展論壇暨紀念甲骨文發現 110 周年學術研討會論文集》。

〔註284〕《花東・釋文》，頁 1577。

〔註285〕《殷墟花東 H3 卜辭主人「子」研究》，頁 279。

〔註286〕《《殷墟花園莊東地甲骨》詞滙研究》，頁 52。

〔註287〕〈讀花東卜辭小記〉，《紀念徐中舒先生誕辰 110 周年國際學術研討會論文集》，頁 27。

〔註288〕〈從花東子組卜辭中的人物看其時代〉，《中國社會科學院歷史研究所學刊》第 6 集，頁 14。

　　至於「丙弓」的「丙」字，上文提到韓江蘇釋爲「恆」，可商。從字形看，姚萱已指出花東卜辭中干名的「丙」有作「丙」形，而花東卜辭的「辰」字也有上加一橫的異體，可知「丙」應爲「丙」之異體。〔註289〕所謂桌面置物之字形分析，恐難作爲解釋此字的直接證據。就字義而言，舊有卜辭的「丙」有用作人、地、族名的「丙」，如：

　　　庚申卜，㘱貞：王令丙。　　《合》2478

　　　貞：勿钔（禦）帚（婦）好于丙。　　《合》2626

　　　帚（婦）丙來。宁。　　《合》18911 反

花東卜辭「丙弓」、「丙吉弓」的丙確有可能爲地名，依照人地同名的原則，「丙弓」可視爲該族族長所貢。至於《花東》37 的弓是「彝弓」還是「遲彝弓」，難以判斷，若爲前者，則「遲」作動詞，若爲後者，則可視爲省略「射」字。而「彝」字於花東卜辭中僅一見，可能是弓的專名，也可能是人、地、族名，此暫存疑待考。

　　7. 屖

　　花東卜辭中有屖此人，見於以下卜辭：

　　　辛卜：屖入牡，宜。　一

　　　其宜，叀（惠）牝。　二

　　　辛卜：叀（惠）牝宜。　一

　　　辛卜：其宜，叀（惠）牝。　一　　《花東》286

　　　屖入。　　《花東》466

《花東·釋文》中曰：

　　　屖，國名。「屖入牡」即屖進貢牡。H3 卜辭中還有屖貢龜之記錄

　　　（466）。因此，屖爲殷時之方國是無疑的。〔註290〕

《花東》466 爲甲橋反面記事刻辭，刻於右甲橋，說明此人曾向子貢納龜甲，可知臣屬於子。學者對上引《花東》286 卜辭的理解與斷句稍有不同，《花東·

〔註289〕《初步研究》，頁 169～170。

〔註290〕《花東·釋文》，頁 1678。

釋文》未將上引第一、四辭的「宜」字與其他斷開，從其解釋來看應該是將「宜」理解爲「宜祭」，魏慈德與韓江蘇對上引第一辭分別有如下看法：「震也曾入『牡』供宜」、「屋貢納祭祀犧牲爲牝，要用於宜祭？」〔註291〕姚萱則認爲「牡宜」與《合》10405「媚子賓入宜羌十」的「宜羌」、「小臣𤫉石篤」「小臣𤫉入禽宜」的「禽宜」意思相同，而曰：「這是爲『屋』將向『子』獻納『宜』爲『牡宜』抑或爲『牝宜』而卜。」〔註292〕各家的「屋入牡宜」、「其宜惠牝」皆無點斷。而朱歧祥的解釋爲：

> 命辭爲二分句。對比同版（3）辭作「辛卜：惠牝宜？」，本辭的「牡
> 宜」應該是「宜牡」的移位句，即進行俎祭，用公羊爲祭牲。全辭
> 的讀法是：
>
> 辛卜：屋入，牡俎？〔註293〕

以上對卜辭的理解與斷句皆可商。張玉金在〈殷商時代宜祭的研究〉一文中提到本版，對於上引第一、四辭的斷句爲「宜」、「其宜」與「屋入牡」、「惠牝」斷開，〔註294〕本文認爲張先生的斷句較爲合理，而斷句是對卜辭內容理解的結果，張先生雖未對本辭的釋讀作具體解釋，但從其〈甲骨卜辭中「惠」和「唯」的研究〉一文可知他如何理解本辭，張先生曾指出：

> 惠字也可以出現在「□+受事詞語（指表示受事的名詞性詞語）+VP」
> 中「□」的位置上。……卜辭中常見的「VP+惠+祭牲名」這樣的句
> 子應該在「惠」前標點，「VP」爲一句，「惠+祭牲名」爲另一小句。
>
> 〔註295〕

沈培也同意張說，認爲「VP」應與「惠+祭牲」斷開，〔註296〕茲引述沈文部分

〔註291〕《殷墟花園莊東地甲骨卜辭研究》，頁96：《殷墟花東H3卜辭主人「子」研究》，頁272。

〔註292〕《初步研究》，頁32。

〔註293〕《校釋》，頁1014。《校釋》也說《花東》140「丁卜：豕宜。用」的「豕宜」是「宜豕」之倒（頁983），然此「豕宜」也可能與《初步研究》所舉「宜羌」、「禽宜」類似，指豕所製之肴肉。

〔註294〕〈殷商時代宜祭的研究〉，《殷都學刊》2007.2，頁8。

〔註295〕《甲骨卜辭語法研究》，頁187。

〔註296〕《殷墟甲骨卜辭語序研究》，頁47～51。

辭例作爲參考：

　　　壬戌卜：<u>其宜</u>，叀（惠）羊。　　《合》30120

　　　<u>其又（侑）</u>，叀（惠）小宰，王受又（佑）。

　　　叀（惠）牛，王受又（佑）。　　《合》30505

　　　<u>其又（侑）小丁</u>，叀（惠）羊。　　《合》27330

　　　戊子卜：<u>其歲于中己</u>，叀（惠）羊。　　《合》27392

　　　<u>歲祉（延）酓（酒）</u>，叀（惠）勿牛，王受又（佑）。　　《合》30727

　　　壬辰卜：<u>匕（妣）辛史，其祉（延）匕（妣）癸</u>，叀（惠）小宰。　　《屯南》323

　　　<u>卯</u>，叀（惠）羊。　　《合》16142

　　　<u>卯</u>，其五牢。　　《合》31107

　　　<u>其又（侑）兄辛</u>，叀（惠）牛，王受又（佑）。

　　　其牢，王受又（佑）。　　《合》27600

可知《花東》286 的「其宜惠牝」也應斷爲「其宜，惠牝」，「宜」指「宜（于）某祖妣」即對某位祖先行「宜」祭時用牝爲牲。

　　花東卜辭中有一例可資參照，即：

　　　辛卜：其宜，叀（惠）豕。　　一

　　　辛卜：其宜，叀（惠）大入豕。

　　　辛：宜牝匕（妣）庚。　　一　　《花東》139

上引《花東》139 是對妣庚行「宜祭」的卜問，從第三辭來看「宜」是動詞，「其宜，惠豕」就是「其宜，惠大入豕」，可解釋爲對妣庚行「宜祭」，祭品爲「大獻納的豕」。「屖入牝」與「大入豕」結構相同，指「屖獻納的牝」，因此從與「屖入牝宜」對貞的「其宜，惠牝」來看，「宜」是動詞，應斷爲「屖入牝，宜」，[註297] 祭祀對象也是妣庚，「宜」指「宜于妣庚」（詳下）。對照《花東》

〔註297〕齊航福也指出從「其宜，惠牝」、「惠牝宜」來看，「屖入牝」爲卜問焦點，該句爲賓語前置句。見〈花東卜辭的賓語前置句試析〉，《河北師範大學學報（哲學社會科學版）》31.5，頁 101。

139 的「其宜，惠大入豕」，則「屖入牡，宜」應該也可寫爲「其宜，惠屖入牡」。《花東》286 另一與「其宜，惠牝」對貞的「惠牝宜」也應爲「惠牝宜（于妣庚）」。

　　附帶一提，本文認爲《花東》286 與《花東》139 事類、干支都明顯相關，很可能是同一時間的卜問。姚萱曾將《花東》139、249 繫聯在一起，[註 298] 茲節引相關卜辭按時間排列如下：

庚卜，才（在）藁：叀（惠）牛匕（妣）庚。　二　　《花東》139

叀（惠）牛歲匕（妣）庚。　一

匕（妣）庚宰，才（在）藁。　二

歲匕（妣）庚宰，才（在）〔藁〕。　三

☑于丁，匕（妣）庚。

才（在）藁卜：叀（惠）牝歲匕（妣）庚。　一二　　《花東》249

辛卜：其宜，叀（惠）豕。　一

辛卜：其宜，叀（惠）大入豕。

辛：宜牝匕（妣）庚。　一

歲匕（妣）庚牝。

歲匕（妣）庚牝。　二　　《花東》139

甲卜，才（在）藁：嘼（皆）見（獻）邑于丁。　二　　（于字反刻）

☑見（獻）丁，匕（妣）庚☑。

才（在）藁卜：寮〔匕（妣）庚〕☑。　一

甲卜，才（在）藁：中（賈）〔并〕☑子☑見（獻）丁。　一二

甲卜，才（在）藁：邑見（獻）于丁。　一二

乙卜：☑邑匕（妣）庚。

乙卜：叀（惠）牝歲〔匕（妣）庚〕。　一

戊卜：子其坒（往）叟（愛）。曰：又（有）求（咎），非橪（虞）。　一

〔註 298〕《初步研究》，頁 391～393。

《花東》249

《花東》286 明顯於此二版有關，相關辭例如下：

　　辛卜：戜入牡，宜。　一

　　其宜，叀（惠）牝。　二

　　辛卜：叀（惠）牝，宜。　一

　　辛卜：其宜，叀（惠）牝。　一

　　壬卜：子又（有）求，曰：□⊞（賈）。　一

　　壬卜：子又（有）求，曰：取紤叜（叜）。　一二

　　壬卜：子又（有）求，曰：視剌官。　一

　　壬卜：子又（有）求，曰：□鰻。　一

　　壬卜：其尞匕（妣）庚，于丝（茲）束告，又（有）彔，亡征（延）𠬝。

　　一

　　叀（惠）三羊尞匕（妣）庚。　一二

　　叀（惠）五羊尞匕（妣）庚。　一

　　叀（惠）七羊尞匕（妣）庚。　一

　　癸卜：甲其尞十羊匕（妣）庚。　一二

　　癸卜：戠（待），弜尞于匕（妣）庚。　一二

　　癸卜：其尞羊匕（妣）庚。　三

　　丙卜：叀（惠）𤔔（瑳）吉圭（圭）禺丁。　一

　　丙卜：叀（惠）玄圭（圭），禺丁，亡紺。　一　　《花東》286

其一，《花東》286 壬日有多事並卜之內容，包括去叜地取紤之事，《花東》249
是子實際在戊日前往叜地的卜問。其二，《花東》286 於癸日卜問甲日尞妣庚
事，《花東》249 甲日在臺卜問尞妣庚事。其三，《花東》249 於甲日卜問獻丁
之事，《花東》286 於丙日卜問禺丁之事，相隔僅一日。最後是《花東》286 於
辛日「宜」祭也與《花東》139 相同，前者用「大獻納的豕」，後者用「戜獻納
的牡」或牝。《花東》286 與《花東》139、249 至少有四件事相關，應非巧合，
《花東》139 辛日「宜」祭的對象是妣庚，則《花東》286 辛日「宜」祭的對象

也應是妣庚。

　　歷此人也見於舊有卜辭中，韓江蘇已指出此人見於《合》17364、《合》5766，並引用裘錫圭的看法，認爲《合》32996 的「辰」即《合》5766 的歷，而對花東卜辭的歷有以下結論：

> 王卜辭中，有歷的活動，還受到商王關心，說明他是商王的臣屬者，H3 卜辭中，他向「子」貢納龜甲和祭祀所用牛牲，說明他與「子」爲臣屬關係。〔註299〕

《合》17364 卜問歷「有疾」，《合》5766 卜問令歷「以射」，此二版爲賓組卜辭，《合》32996 爲歷組卜辭，卜問令辰「以射」，〔註300〕此歷（辰）與花東卜辭的歷時代接近，可能爲同一人，不過目前所見舊有卜辭中的歷沒有與花東卜辭的歷出現在同樣事類的例子。

　　（二）吳、暊（附：舟嚨）

　　1. 吳

　　花東卜辭有「取吳」一詞，見於《花東》39：「戊卜：子其取吳于夙（夙），丁弗乍（作）。　一」韓江蘇認爲「吳」是人名，「取吳」爲向此人徵取物品，〔註301〕可從。甲骨文的「取」字有徵取之義，記事刻辭中的「取」最能說明此義，〔註302〕如：

> 行取☒。　　《合》4903 反
>
> 行取☒。　　《合》8857 反
>
> 行取二十五。
>
> 婦妌示。爭。　　《合》13658 反
>
> 龍取☒。　　《合》19629 反

〔註299〕《殷墟花東 H3 卜辭主人「子」研究》，頁 272。

〔註300〕《合》32999（歷組）有「辰以多射」，可能與《合》32996 的辰是同一人，見《殷墟甲骨文人名與斷代的初步研究》，頁 463。

〔註301〕《殷墟花東 H3 卜辭主人「子」研究》，頁 269。

〔註302〕「取」字在目前所見的記事刻辭中非常少見，所舉四例中，前三例爲胡厚宣指出見〈武丁時五種記事刻辭考〉，《甲骨學商史論叢初集（外一種）》上，頁 354、388、431，後一例爲方稚松指出，見《殷墟甲骨文五種記事刻辭研究》，頁 194。

以上皆爲甲橋刻辭，行此人也有被派去取貢物的例子，如：

> 貞：行取不☒㛸。　　《合》8856

林澐曾指出：

> 王室的經濟來源，除王家田地、畜群和手工業外，主要依賴各家族
> 的貢納。……這在家族角度稱爲「𠂤」，在商王角度則稱爲「取」。
> 丙種子卜辭有貞問「有取？」（粹 1301）當指這類事。〔註303〕

林澐與楊升南在說明商王對臣屬的權力時，也舉出不少「取某」、「取某物」的例
子，如：「取歔、興。」（《合》21746）、「取髟伯」（《殷合》180）、「取雇伯」（《合》
13925 正）、「取鹹」（《合》8834）、「取雀」（《合》6988）、「取戉」（《合》1479）、
「取子𡧱」（《殷合》276），〔註304〕可知「取某」應即向某人或族徵取貢物，而
非王家族也有權力向其他家族徵取貢物，「吳」應該是子徵取貢物的對象，有自
己的領地。《屯南》4556 有：「辛丑卜：翌日壬王其戉田于吳☒亡災。擒。」可
知商王曾在此地田獵。韓江蘇也提到舊有卜辭中的「吳」，舉了以下三例：

> 貞：叀（惠）万吳令。十三月。　　《合》3028

> ☒未卜，☒貞：叀（惠）☒吳☒𠃝☒。　　《合》3029

> ☒万吳☒亡疾。　　《合》13728 正

本文對此三辭的理解與韓文稍有不同。從「万」字可知吳此人職司樂舞之事，
〔註305〕《合》3029「吳」前有缺字，很可能是「万」字，𠃝應即子𠃝，由於
辭殘，不知與吳的關係爲何。此人與花東的「吳」同名，有可能是同一人，但
目前尚無確證。

　　林志鵬曾將楚文字中的「🐱」字釋爲「曷」，認爲《屯南》4556 的「吳」
字可讀爲地名「葛」。〔註306〕不過目前所見甲骨文的「吳」字僅見於《花東》

〔註303〕〈從子卜辭試論商代家族型態〉，《林澐學術文集》，頁 56。

〔註304〕〈甲骨文中的商代方國聯盟〉，《林澐學術文集》，頁 78；〈卜辭中所見的諸侯對商
王室的臣屬關係〉，《甲骨學商史叢考》，頁 24～25。

〔註305〕此爲裘錫圭之說，相關討論詳見本節「万家」處。

〔註306〕林志鵬，〈釋戰國楚簡中的「曷」字〉，發表於「第一屆新出文字與文獻資料國際
學術研討會」（台北：台灣大學中國文學系，2009 年 10 月 30～31 日）。相關說法
亦見於林志鵬，〈先秦葛國源流考〉，《荊楚歷史地理與長江中游開發──2008 年

39 與《屯南》4556，作人、地名用，尚無進一步資料可資討論該字之形、義。而顏世鉉先生提醒筆者，戰國文字中常見作偏旁的「曷」字基本爲⊗形，異體作⊗、⊗、⊗等形，金文作⊗、⊗、⊗、⊗諸形〔參朱德熙，〈長沙帛書考釋（五篇）〉，《朱德熙古文字論集》（北京：中華書局，1995）〕，「⊗」字釋爲「曷」在字形上仍須有進一步的證據支持，故甲骨文中的「吳」字是否即「葛」，須有更充分的資料方能進一步討論。

2. 睧（附：舟嚨）

花東卜辭中與睧有關的辭例如下：

　　戊寅卜：舟嚨告睧，丁弗櫞（虞），侃。　一二　《花東》255

　　己卯卜：子見（獻）睧吕（以）珛（珛）丁。用。

　　吕（以）一爵見（獻）丁。用。　一　《花東》37

　　己卯：子見（獻）睧吕（以）璧、珛（珛）于丁。用。　一

　　己卯：子見（獻）睧吕（以）圭（圭）眔厚（厚）、璧丁。用。　一二三

　　己卯：子見（獻）睧吕（以）圭（圭）于丁。用。　一

　　己卯：子見（獻）睧吕（以）珛（珛）丁，侃。用。　一

　　己卯卜：丁侃子。卩（孚）。　一　《花東》490

關於「睧」，從《花東》37、490「睧以某」的辭例來看，《花東・釋文》中認爲「⊗（卣）爲盛酒的器皿，其腹內有兩小點，表示盛有酒液，卣旁加日，也當指酒一類物品」，[註307] 朱歧祥認爲「睧字從卣，爲酒器，睧和玉爲子所獻於丁的貢品」。[註308] 以上認爲「睧」爲酒類或酒器。另一種說法認爲「睧」是人名，陳劍解釋「子見睧以珛丁」爲子將睧送來的珛獻給丁，「以」即致送，[註309] 魏慈德認爲「睧」是產玉方國之大臣。[註310] 趙偉認爲《花東》490

中國歷史地理國際學術研討會論文集》（武漢：湖北人民出版社，2009）。

〔註307〕《花東・釋文》，頁 1574。曾小鵬、孟琳、韓江蘇從此說，見《《殷墟花園莊東地甲骨》詞類研究》，頁 3、48；《《殷墟花園莊東地甲骨》詞彙研究》，頁 7、46；《殷墟花東 H3 卜辭主人「子」研究》，頁 278。

〔註308〕《校釋》，頁 968。

〔註309〕〈說花園莊東地甲骨卜辭的「丁」—附：釋「速」〉，《甲骨金文考釋論集》，頁 83。

中「『見』（獻）者爲「子」，接受『見』（獻）的是『丁』，『暊』作人名于辭意
不通」。〔註311〕然而，卜辭中「某以某」可解釋爲某人致送的某物，張玉金指
出「某以」爲「主謂短語構成的定語」，舉出以下幾例：〔註312〕

己丑卜，㱿貞：配以毅，其五百隹（唯）六。

貞：配以毅，不其五百隹（唯）六。　　《合》93

壬午卜，宕貞：泥不餔執多臣奉（達）〔註313〕羌。　　《合》627

甲寅卜，永貞：衛以圀，率用。

貞：衛以圀，勿率用。　　《合》555

壬申貞：羍（登）多中（賈）呂（以）𨵗于大乙。

壬申貞：多中（賈）呂（以）𨵗羍（登）于丁。卯叀（惠）☒。　　《屯
南》2567

劉風華的〈小屯村南系列甲骨綴二〉一文中也舉出相關辭例如下：〔註314〕

丁亥卜，貞：用鬳呂（以）羌十☒丁。　　《合》257

癸卯卜，貞：翌辛亥王尋卓呂（以）執。　　《合》803

己亥卜，㱿貞：曰戈呂（以）齒王。　曰戈呂（以）齒王。

貞：〔勿〕曰戈呂（以）齒王。　　《合》17308

辛酉卜：臼呂（以）羌其陟用。

辛酉：甲其用臼呂（以）羌于父丁父丁。　　《合》32020+34638【劉風華

姚萱從之見《初步研究》，頁15。楊州也多次提到暊是人名，見《甲骨金文所見『玉』
資料的初步研究》，頁26～27、40、67～68。

〔註310〕《殷墟花園莊東地甲骨卜辭研究》，頁87。

〔註311〕《校勘》，頁44。

〔註312〕《甲骨文語法學》，頁153。

〔註313〕「達」字張文釋爲「往」，本文從李旼姈博士之說，見〈釋甲骨文「達」（𦮴、𦮳）〉，
輔仁大學中國文學系、中國文字學會主辦，《第十八屆中國文字學國際學術研討會
論文集》（臺北：輔仁大學，2007 年 5 月 19～20 日），該文改寫自作者博士論文
《甲骨文字構形研究》，頁229～232。「多臣達羌」指從多臣處逃走的羌人。

〔註314〕《鄭州大學學報（哲學社會科學版）》39.1（2006），頁126。

綴】〔註315〕

　　辛酉貞：王尋〔卜〕呂（以）羌南門。　　《懷》1571

類似的例子還有很多，前文曾提到《花東》113 的「發以牪」也是同樣的例子。
而「某以某」又可作「某來某」，如：

　　辛亥卜：犬征（延）呂（以）羌用于大甲。　　《合》32030

　　辛亥卜，貞：犬征（延）來羌用于〔大〕甲。　　《合》240

　　丁亥貞：用望乘呂（以）羌自囲。　　《合》32021

　　甲申〔卜〕，爭貞：勿屮（曾）用望〔乘來羌〕。　　《合》16061

　　庚子卜，宁貞：翌甲辰用望乘來羌。　　《合》236

因此本文從陳、魏之說，「畁以某」之「畁」應爲人名。

　　關於《花東》255「告畁」的「畁」字，拓本作，與一般的「畁」字
（《花東》37 作，《花東》490 作，爲同字異構）不同，《花東・釋文》
中曰：「畁，本作，疑爲之或體。此字從『卣』從『旦』。」〔註316〕朱歧
祥、姚萱則指出應爲「畁丁」二字。〔註317〕而「舟嚨告畁」的解釋，《花東・
釋文》中認爲舟嚨是人名：

　　舟、國名。《荀子・君道》：「禿姓，舟人」。韋昭注：「舟人，國名。」

　　嚨，人名。舟嚨，當爲舟國之人。〔註318〕

朱歧祥認爲：

　　183 版有「呼多臣舟」例，舟作動詞，有乘舟的意思。本版亦應用
　　作動詞。嚨，字或從凡，描本作口，稍失，花東僅一見，〔原釋文〕
　　認爲是「人名」。但由上下文可理解爲地名。「舟嚨」，爲一分句，言
　　乘舟赴嚨地。「告畁」爲另一分句，**畁**，實畁字和丁字之混。**畁**，

〔註315〕文中指出「父丁」重複刻寫，亦見《殷墟村南系列甲骨卜辭的整理與研究》，頁
　　　　265～266。

〔註316〕《花東・釋文》，頁 1574、1664。趙偉從之，見《校勘》，頁 44。

〔註317〕《校釋》，頁 1006；《初步研究》，頁 15。

〔註318〕《花東・釋文》，頁 1664。

祭品。此言舉行告祭，以卣酒作祭。[註319]

韓江蘇則解釋爲「舟𩰋向（「子」或武丁）報告有關啙酒事宜」。[註320] 朱歧祥的說法可商，告祭有向神明報告的意思，即後世的「祰」，通常後接神名或所告之事，[註321] 目前所見辭例似未見「告＋祭品」者，《屯南》有一例：

> 于大乙告，三牛。不。
>
> 于示壬告。不。
>
> 于示壬告，三牛。不。
>
> 丙午卜：告于且（祖）乙三牛，其往燮。不。
>
> 丙午卜：于大乙告，三牛，往燮。不。　　《屯南》783

從「告于祖乙三牛」可知「于大乙（示壬）告」應與「三牛」斷開，並非「告三牛」。而「告＋事」的例子較多，因此「啙」可能指某事而非祭品。另外，韓江蘇釋「告」爲「報告」值得參考。卜辭中的「告」也有非祭祀動詞的用法，爲「報告」、「通報」義，沈培指出：

> 我們把卜辭裏的「告」看作祭祀動詞，其實撇開它能帶牲名賓語外，
> 它與一般意義上的「告」字沒有分別，只不過它的對象語往往是「神
> 名」。[註322]

楊逢彬也說：

> 「告」作祭祀動詞時與作非祭祀動詞時，意義並無本質上的不同，
> 只不過作爲祭祀動詞時，「告」的賓語（或補語）是神。後來，告神
> 的「告」寫作「祰」，但刻辭中尚無此區別。[註323]

沈先生還舉了「告」的對象是「生存的人」的例子：[註324]

[註319]　《校釋》，頁 1006。

[註320]　《殷墟花東 H3 卜辭主人「子」研究》，頁 278。

[註321]　關於祭祀動詞「告」字的研究，可參沈培，《殷墟卜辭語序研究》96、97、103、104，及張玉金，〈論殷商時代的祰祭〉，《中國文字》新 30 期。

[註322]　《殷墟甲骨卜辭語序研究》，頁 96。

[註323]　《殷墟甲骨刻辭詞類研究》，頁 61。

[註324]　《殷墟甲骨卜辭語序研究》，頁 120。

乙巳卜，貞：于翌丙告人于亞雀。

乙巳卜，貞：告人于亞雀。　　《合》22092

顯然是向亞雀通報與「人」有關的事，「告人」沈文釋爲「告尸」，卜辭「尸」、「人」可通，此應釋爲「人」，「告人于亞雀」是指將「人」的情況向亞雀報告，「人」可能是集體用法或指某人。花東卜辭中有類似的例子，如：〔註325〕

戊卜，才（在）麤：其告人亡由于丁，若。　一二

戊卜，才（在）麤：于商告人亡由于丁，若。　一二

己卜，才（在）麤：其告人亡由于丁，若。　三四

己卜，才（在）麤：于商告人亡由于丁，若。　三四　《花東》494

壬卜：卜宜不吉，子弗枀（遭）又（有）鼜（艱）。　一

壬卜：帚（婦）好告子于丁，弗□。　一

癸卜：子其告人亡由于丁，亡吕（以）。　一　《花東》286

姚萱指出「『由』當表某種不好的意思，研究者多疑有『禍害』之意」，〔註326〕「告人亡由于丁」即向丁報告「某人」或「某些人」沒有憂患之事，而告「子」于丁可能是婦好將子之事或子要向武丁報告之事轉告給武丁。〔註327〕「告某」應該就是報告某人狀況或與某人有關的事。

　　綜上所述，本文認爲「告」應爲通報之義，「晅」是通報之事，可能就是《花東》37、490 的晅致送各種玉器之事的省略。從姚萱對《花東》427、255、37、490 的繫聯可以很清楚的看出此事的發展，茲節引相關辭例如下：

（1）戊寅卜：翌己子其見（獻）珇（琡）于丁，侃。用。一《花東》427

（2）戊寅卜：舟龓告晅，丁弗橆（虞），侃。　一二　　《花東》255

（3）己卯卜：子見（獻）晅吕（以）珇（琡）丁。用。

（4）吕（以）一凶見（獻）丁。用。　一　《花東》37

〔註325〕此二版「人」字原釋爲「匕（妣）」，陳劍指出應爲「人」，見〈説花園莊東地甲骨卜辭的「丁」——附：釋「速」〉，《甲骨金文考釋論集》，頁 84。

〔註326〕《初步研究》，頁 219。關於「由」字的討論，見本文第七章第二節「𡥈」處。

〔註327〕「告子于丁」的討論可參本文第二章第二節末。

（5）己卯：子見（獻）暊吕（以）璧、＃（琡）于丁。用。　一

（6）己卯：子見（獻）暊吕（以）仐（圭）罙甼（厚）、璧丁。用。一
　　二三

（7）己卯：子見（獻）暊吕（以）仐（圭）于丁。用。　一

（8）己卯：子見（獻）暊吕（以）＃（琡）丁，侃。用。　一

（9）己卯卜：丁侃子。叩（孚）。　一　《花東》490

（10）己卯卜：庚辰舌乡匕（妣）庚，先刍牢，妾（後）刍牝一。用。
　　一二三

（11）己卯卜：庚辰舌乡匕（妣）庚，〔先刍〕牢，妾（後）刍牝一。
　　用。　四　《花東》427

（12）庚辰：子裸匕（妣）庚，又（有）言匕（妣）庚，若。　一

（13）庚辰：歲匕（妣）庚牢，乡舌牝，妾（後）刍。一二三《花東》
　　490

（14）庚辰：歲匕（妣）庚牢牝乡舌。　一　《花東》427

《花東》255 戊寅日「告暊」很可能就是通報《花東》37、490 己卯日暊以琡、
璧、圭、厚（玕）、璧之事。暊所送來的各種玉器子隔天就要獻給丁，故卜問消
息到了之後武丁是否不憂虞而喜樂，則██視為「暊丁」二字也非常合理。

　　𡄽組小字類卜辭有「取暊」的卜問：

　　乙卯卜，王貞：令西取暊。一月。　一

　　乙卯〔卜〕，王貞：勿隹（唯）西取暊。乎（呼）西出目。　一　《英》
　　1781

張玉金指出：

　　此例「勿唯＋兼語」後的「動詞₁」（有使令意義的）省去了。西、
　　𡄽皆人名。……這對卜辭貞問：應該命令西去捕取𡄽呢，還是不應
　　該命令西去捕取𡄽而應該命令西出去偵伺呢？〔註328〕

本文同意釋「暊」為人名，但「取」字應解釋為「徵取」，如前舉《花東》39

〔註328〕《甲骨文虛詞詞典》，頁 209。

的「取吳」一樣，即向暊徵取貢物。自組小字類時代為武丁中期至晚期，此暊或許就是花東卜辭中的暊或前任族長。《合》40815「取暊」是商王向暊徵取貢物，而花東卜辭則是暊向子納貢。卜辭中有不少商王向外徵取玉料的記錄，根據目前所見殷墟出土的玉器來看，商代玉料以新疆玉占多數，可知其來源以西方為主，聞廣曾指出婦好墓中一件玉羊頭與崑崙特產的羊脂白玉非常相似，陳志達進一步推測殷墟玉料的來源「可能取自殷西方國或經他們之手輾轉運來殷墟」。〔註329〕暊很可能如魏慈德所言，是殷西方國的首領。因此暊應為臣屬商王朝的異族，而非子家族成員。暊此人於舊有卜辭中僅一見，而卜辭中另有作人、地、族名的「卣」（辭例見《類纂》，頁697），暊是否就是卜辭中常見的卣，有待進一步的考證。

至於「舟龓」，依前文所述「告暊」即通報暊致送玉器之事，故「舟龓」釋為人名即可，即通報此事之人，不需如朱歧祥將「舟龓」、「告暊」視為分句。而《英》765正有「𢀛至告曰：𡥄來以羌」，應該是類似的狀況。至於「舟龓」為何種人名格式，趙鵬指出卜辭人名中有一種「某某」的格式：

> 「某某」可能是兩個族名的並列，也可能表示後一個族是前一個族的分支，後一種的可能性更大。例如：舟龍等。

（195）甲寅卜，宁，貞：舟龍☒。4928甲〔賓一〕

（196）□丑卜：舟龍☒。4929〔賓一〕

（197）戊寅卜：舟龓告暊，丁弗樊（虞），侃。255.8〔花東〕

〔註329〕參陳志達，〈殷墟玉器的玉料及其相關問題〉，《商承祚教授百年誕辰紀念文集》，頁 96～97。關於徵取玉料的相關卜辭可參王宇信，〈殷人寶玉、用玉及對玉文化研究的幾點啟示〉，《中國史研究》2000.1；楊州，《甲骨金文所見「玉」資料的初步研究》第一章第二節「殷代甲骨文中所見玉器的貢納」。最近荊志淳發表〈商代用玉的物質性〉一文，檢討了商代玉器來源的問題，認為過去對商代古玉的鑒定缺乏科學依據，目前商代玉料的來源仍是一個未能解決的問題，該文發表於「紀念世界文化遺產殷墟科學發掘 80 周年考古與文化遺產論壇」。荊先生的觀點也見於〈M54 出土玉器的地質考古學研究〉一文，陳志達最近有〈關於新疆和田玉東輸內地的年代問題〉對荊先生的觀點有所反駁，並重申：「早在張騫通西域之前的殷周時代，舊有新疆和田玉和新疆玉輸入內地的多個地區，婦好墓玉器中有新疆玉這一歷史事實並非孤例。」（《考古》2009.3，頁82）

卜辭中有「㲋舟」，裘錫圭認爲「㲋舟」可能是「與製造舟船有關的一種工作」，也指「從事這種工作的人」……。〔註330〕

趙鵬也引述了彭邦炯認爲「舟龍」是商代一個族屬專稱的看法，至於花東卜辭的「舟嚨」與「舟龍」是否同一人，目前無法證明。裘錫圭指出「㲋舟」、「㲋舟」、「㲋舟」似是同語的異寫，〔註331〕朱鳳瀚認爲「㲋舟」爲「備舟」之事。〔註332〕「㲋舟」應爲人名，「㲋」字有許多不同寫法，皆從「殳」，偏旁除了「王」以外，還有「」、「」、「」、「」、「」、「」等。〔註333〕以下用○代表此字。蔡師哲茂舉了以下幾例：

乙卯卜，貞：叀（惠）◇令比○受由。

乙卯卜，貞：叀（惠）◇令比○◻。　　《合》4025

辛◻貞：气令□奠○舟由〔令〕◇（贊）〔王〕事。　　《合》5488

癸丑卜，㠯貞：今春商（賞）○舟由。

貞：勿商（賞）○由，戠。

己未卜，㠯貞：吾方其亦圍。十一月。　　《合》6073+18596【周忠兵綴】

〔註334〕

□卯卜，㠯貞：舟稱冊，商（賞），若。十一月。　　《合》7415 正

貞：商（賞）舟，若。　　《合》7416

指出「○舟由」、「○受由」爲同一個人的名子，又可省作「○由」、「舟」。〔註335〕從「○舟由」可省爲「○由」來看，「舟」可能是某種身分，如「危伯奭」、「危方奭」可省爲「危奭」（《合》36481），又「○舟由」可單稱「舟」也與卜辭中單

〔註330〕《殷墟甲骨文人名與斷代的初步研究》，頁 96。

〔註331〕〈說殷墟卜辭的「奠」——試論商人處置服屬者的一種方法〉，《中央研究院歷史語言研究所集刊》64.3，頁 674。

〔註332〕《國博》，頁 219。

〔註333〕關於這些字的偏旁互通關係，可參李旼姈的《甲骨文字構形研究》，頁 169～172。

〔註334〕周忠兵，〈甲骨綴合一則〉，發表於「先秦史研究室」舊版網站（http://www.xianqin.org/xk.htm）此連結已毀損。

〔註335〕「歷組卜辭遙綴一則」，發表於「先秦史研究室」網站（http://www.xianqin.org/xr_html/articles/jgzhh/615.html），2007 年 12 月 5 日。

稱「賈」一樣，或許「舟」是與渡船有關的職官名稱。卜辭中有「〇钖」一詞（《合》
143、144），「〇」應爲族、地名，若「舟」是某種身分，則「由」爲私名。然而
「舟」是否確爲職官名還有待進一步資料證明，此僅作一推論，本文對「舟龐」
的人名格式仍暫存疑待考。至於「舟龐」的身分，從「舟龐」向子通報「㗊」致
送玉器之事來看，此人有別於卜辭中常見向商王報告邊地軍情者，如《合》6057
正的峀友角、《合》6068 正的峀友化，又從通報的隔天便將貢物獻給商王，可知
應該是通報「㗊貢納的玉器已到」，而非「㗊將貢納玉器」，可能「舟龐」並非派
駐邊地的人員，而是子家族內部的僚屬。

二、其他人物

（一）職　官

1. 子　臣

花東卜辭中有「子臣」一詞，見於《花東》75、215、290，指子的臣屬，無法
確定是集體名稱還是指某一特定人物。花東卜辭還有有「丁臣」，而舊有卜辭中
有「王臣」、「某臣」、「子某臣」，未見「子臣」。

　　《花東》290 辭例如下：

　　辛卯卜，鼎（貞）：帚（婦）女（母）又（有）言（歆），子从峀，不从
　　子臣。　一

　　壬辰卜：乎（呼）〔峀〕钔（禦）于又（右）示。　　《花東》290

第一辭朱歧祥認爲「言的主語多是子，對象是先人。……本辭的『帚母有言』，
可能是『子又言帚母的倒文省略』」，[註336] 韓江蘇則認爲婦母即婦好，「言」
爲「歆」祭。[註337] 子組卜辭與花東卜辭有類似的辭例可資比對：

　　甲申余卜：子不、商又（有）言（歆）多亞。　　《合》21631

　　丙寅夕卜：子又（有）言（歆）才（在）宗，隹（唯）侃。　　《花東》234

「言」即「歆」，指饗祭，可解釋爲子不與商於多位先人之廟舉行饗祭，[註338]

〔註336〕《校釋》，頁 1017。

〔註337〕《殷墟花東 H3 卜辭主人「子」研究》，頁 148、198、299。

〔註338〕〈關於非王卜辭的一些問題〉，《黃天樹古文字論集》，頁 64。

二辭都是「某人有言」的句型，與《花東》290 類似，故「帚母」可解釋爲生人，應非祭祀對象，本文同意韓說。至於「从」字張榮焜釋爲「使隨行」，〔註339〕韓江蘇釋爲「率領」。楊樹達曾在〈釋从犬〉一文將卜辭中的 𢔄 字釋爲「从」，訓爲隨行、率領。〔註340〕而屈萬里則認爲甲骨文中的 𢔄、𣥤 形義皆異，前者爲「从」，後者爲「比」，〔註341〕林澐進一步發揮屈說，得到不少學者支持。〔註342〕本文亦從 𢔄、𣥤 異字的看法，由於楊樹達用以討論「从」的辭例皆爲「比」，「从」字字義當重新考慮。

卜辭中「从」一般認爲即「從」（辭例可參《類纂》，頁 55～59），主要有二類：其一爲「从雨」，早期有「驟雨」、「踪雨」、「順雨」等說，楊逢彬認爲「从」是動詞，本義是「跟從」，故解釋爲「跟從而來的雨」，〔註343〕詹鄞鑫則指出卜辭的「从雨」爲「旱暵時所祈的霖雨」，「从」應讀爲《說文》之「𩃬」，即《禮記·月令》的「眾雨」。〔註344〕其二爲「从某地」或「从某方向」之「从」，一般視爲介詞，張玉金解釋爲「經由」，楊逢彬認爲是動詞，解釋爲「從……經過」，〔註345〕又有「某人业从」之例，如：

貞：王勿从歸。　　《合》5198 甲

〔註339〕《殷墟花園莊東地甲骨字形研究》，頁 47～49。

〔註340〕《積微居甲文說》（上海：上海古籍出版社，2006），頁 32～36。

〔註341〕〈甲骨文从比二字解〉，《中央研究院歷史語言研究所集刊》13（1948）。

〔註342〕〈甲骨文中的商代方國聯盟〉，《林澐學術文集》。楊逢彬在《殷墟甲骨刻辭詞類研究》亦同意林澐的觀點（頁 44～45）。至於對「比」之字義也有不少學者提出意見，值得一提的是楊升南的〈卜辭中所見諸侯對商王室的臣屬關係〉一文本從屈萬里「从」、「比」二分之說見《甲骨文與殷商史》，頁 150～153。最近楊先生將該文修改再出版，卻刪除舊說，改從楊樹達之說，見《甲骨文商史叢考》，頁 35～36。又最近李宗焜、劉源都有相關討論，分別見〈卜辭中的「望乘」——兼釋「比」的辭意〉，《古文字與古代史》第 1 輯，與〈殷墟「比某」卜辭卜說〉，《古文字研究》第 27 輯。可見「从」、「比」二字的問題至今仍有爭議。

〔註343〕詳見《殷墟甲骨刻辭詞類研究》，頁106～108。黃天樹先生也有同樣意見，見〈殷墟甲骨文驗辭中的氣象紀錄〉，《古文字與古代史》第 1 輯，頁 56。

〔註344〕詹鄞鑫，〈卜辭訓詁四則〉，《華夏考》（北京：中華書局，2006），頁 198。

〔註345〕詳見《殷墟甲骨刻辭詞類研究》，頁 304～312。關於此類「从」的用法，下文還會提到。

貞：王从歸。

☑卜，敵貞：王从歸。　　《合》5198 乙

子□屮（有）从。

子漁屮（有）从。　　《合》6011

子漁亡其从。　　《後上》27.2

《後上》27.2 的「从」屈萬里認爲「似爲聽從之義」。〔註 346〕不如釋爲「跟從」，馮洪飛認爲《花東》290 的「从」是動詞，可補充前舉楊逢彬「跟從」說，〔註347〕但《花東》290 得「从」釋爲「跟從」，則在婦好的祭祀活動中，子跟從地位比他低的「崖」或「子臣」並不合理，或許此「从」可解釋爲「使跟從」，爲使動用法，差不多就是率領之義，正如楊樹達舉出《史記·春申君列傳》「吳之信越也，從而伐齊」、《淮南子·氾論訓》「禽獸可羈而從也」，「從」有「率領」之義。〔註348〕故本文暫將「从」視爲「使動用法」，即使「崖」或「子臣」隨從子。

《花東》215 辭例如下：

壬申卜：子其昌（以）羌嗳曶于帚（婦），若，侃。　一

甲戌卜，鼎（貞）：羌弗死子臣。　一二三　　《花東》215

「弗」字應接及物動詞，但花東卜辭中卻有接不及物動詞「死」的例子，目前未有合理的解釋，本章第一節「南弗死」處有相關的討論。而《花東》215 的例子較爲特殊，「弗死」後帶賓語，顯然「死」字是及物的用法，李宗焜曾將此句釋爲「羌弗死，子臣□」，〔註349〕但從拓片看，「臣」後應無缺字。韓江蘇認爲：

辭有兩種理解：一，辭有顛倒，應爲「子臣羌弗死」的順序，辭義爲子臣屬羌會不會死去？二，羌會不會死去？「子」的臣屬要（從事某事）？〔註350〕

〔註346〕〈甲骨文从比二字解〉，《中央研究院歷史語言研究所集刊》13，頁 217。

〔註347〕《殷墟花園莊東地甲骨虛詞初步研究》，頁 48。

〔註348〕《積微居甲文說》，頁 35。

〔註349〕〈花東卜辭的病與死〉，「從醫療看中國史」學術研討會論文。

〔註350〕《殷墟花東 H3 卜辭主人「子」研究》，頁 299。

即認爲刻手將辭序刻倒或卜辭有省略。洪颺則認爲：

> 在古漢語語法中，不及物動詞是不可以帶賓語的，如果後面出現了賓語，那麼這個動詞就該活用爲使動動詞了。「羌弗死子臣」即「羌」不會讓子臣死。〔註351〕

洪說值得參考。先秦至漢代的文獻中，「死」字有用作「殺」義之例，甚至有「爲之而死」的用法，如《史記‧游俠列傳》：「不愛其軀，赴士之阨困，既已存亡死生矣。」錢鍾書指出「死生」即「殺生人使死也」。《國語‧越語下》：「死生因天地之刑。」韋昭注：「死，殺也。」此二「死」有「使生者死」之義。又如《荀子‧大略》：「上好富則民死利矣。」桓寬《鹽鐵論‧晁錯》：「人臣各死其主，爲其國用。」此二「死」字有「爲某事或某人而犧牲性命」之義。而銀雀山漢簡有「弗死」的例子，《孫臏兵法‧將義》：「將者不可以不義，不義則不嚴，不嚴則不威，不威則卒弗死。」此「弗死」應可解釋爲「不爲之拼死」。〔註352〕由此推測「羌弗死子臣」的「死」有可能是使動或爲動用法。或許「羌弗死子臣」也可解釋爲「羌不會爲子臣死」，當然，「羌」不太可能會主動爲子臣犧牲，或許是替子臣行禳祓之祭用的人牲或陪葬子臣的人殉。〔註353〕不過如本章第一節所述，也不能排除「弗」可能解釋爲「不」，則此辭也可斷爲「羌弗死，子臣」，辭義爲何則待考。

另外，蔡師哲茂認爲同版另一辭壬申日（甲戌前二日）的「以羌嘗冊于婦」，可解釋爲在「羌死子臣」前，有先向婦好報告或登錄之事。關於「冊」字，李宗焜曾以「沚馘稱冊冊土方」爲例，並援引《說文》「冊，告也」，說明「冊」有「告」義，此作「告誡」解，筆者認爲以下幾例的「冊」或許也可以解釋爲「告」，如：

〔註351〕〈花園莊東地甲骨的否定詞〉，《中國文字研究》第 9 輯，頁 264。

〔註352〕以上《史記》之例引自錢鍾書，《管錐編》（北京：中華書局，1979），頁 375。後四例引自羅竹風主編，《漢語大詞典》（上海：漢語大辭典出版社，1994）第 5 卷，頁 148、146。

〔註353〕卜辭中人祭的卜問相當多，但幾乎不見人殉的記錄，蔡師哲茂曾指出《懷》S0475「葬㞢以誅」或爲殺殉記錄，見〈說甲骨文葬字及其相關問題〉，《第三屆國際中國古文字學研討會論文集》，頁 128。

☑侯豹允來曺业史豆。五月。　　《合》3295

丙寅卜：其钔（禦），隹（唯）宁（賈）視馬于癸子，叀（惠）一伐，一牛，一鬯，曺夢。用。　一二　《花東》29

丙寅卜：宁（賈）馬〔異〕弗馬。　一

丙寅：其钔（禦），隹（唯）宁（賈）視馬于癸子，叀（惠）一伐、一牛、一鬯，冊（曺？）[註354]夢。用。　一二　《花東》289

卜辭中「來告」的例子很多，如「邑其來告」、「在囧局來告芳」、「在丂牧來告辰衛其比史受」等（參《類纂》252），《合》3295 的「來曺」可能可以解釋爲「來告」，是關於「侯豹」前來報告有關「业史豆」之事。另外，花東卜辭中有向妣庚「告夢」之事，如：

丙：歲匕（妣）庚牡，𥎦鬯，告夢。　一

丙：歲匕（妣）庚牡，𥎦鬯，〔告〕夢。　二　《花東》26

丙子：歲匕（妣）庚牡，告夢。　一

丙子卜：子夢，祼告匕（妣）庚。用。　一　《花東》314

丙申夕卜：子又（有）鬼夢，祼告于匕（妣）庚。用。　一《花東》352

亦頗疑《花東》29、289 的「曺夢」即「告夢」。綜上所述，「以羌嗅曺于婦」的「曺」可能可以解釋爲「告」，但也不能排除作祭祀動詞用，此暫存疑待考。

《花東》75 辭例如下：

癸卜：中□休，又（有）畀子。

癸卜：子〔臣〕中。　一　《花東》75

韓江蘇認爲「中」是人名，即《合》5574 的「小臣中」，並將上舉第一辭讀爲「中休又畀子」，解釋爲「子臣中」向子貢納。[註355] 該辭有殘文，且卜辭簡省難解，對此二辭的解釋本文暫存疑待考。

〔註354〕姚萱指出「冊」字下半部不清，也有可能從口（《初步研究》，頁320）。細審照片，該字不清，下半部有字跡，確有可能從口。

〔註355〕《殷墟花東 H3 卜辭主人「子」研究》，頁299。

2. 多　工

花東卜辭中有「多工」，應爲某類人物，辭例如下：

弜食多〔工〕。用。　一　《花東》324

本版照片未於本條卜辭處作局部處理，從拓片看無法辨識「工」字（參右圖），《花東》補「工」字，此暫從之。林澐將花東卜辭的「多工」解釋爲「工匠」，與「多賈」相提並論，曰：

> 中國古代社會有「工商食官」的傳統，但專業的手工業者和商人並非全由國家供養，實際在強大的家族內部也供養著私家的工匠和商賈。如西周伊簋銘（集成 8・4287）提到的「康宮王臣妾、百工」是王家的工匠。而師𢼛簋銘（集成 8·4311）提到的「我西偏東偏僕禦、百工、牧、臣妾」是伯龢父私家的工匠。從上舉（82）（引者按：即《花東》324）來看，這種私家的工匠在商代已經存在。〔註 356〕

韓江蘇認爲：「工在此含意不明。王卜辭中也有多工，卜辭如：……多工是多個工的集體稱謂，從事的職責受材料限制，不明。」〔註 357〕

「工」字一般釋爲「工」，作爲身分的「工」字，學者或曰「官名」、或曰「工奴」，而饒宗頤認爲此字與「示」同形，應釋爲「示」，同「宗」，作爲身分的「示」應爲「宗人」，也有學者指出此種現象爲「異字同形」。〔註 358〕本文從前說釋爲「工」，至於此種人的身分從以下幾條卜辭來看應非工奴：

□工來羌。　《合》230

庚子卜，亘貞：乎（呼）取工芻，以。　《英》757

貞：令才（在）北工収人。

貞：勿令才（在）北工収人。　《綴集》343（《合》7294 正+7295 正）

〔註 356〕〈花東子卜辭所見人物研究〉，《古文字與古代史》第 1 輯，頁 25。

〔註 357〕《殷墟花東 H3 卜辭主人「子」研究》，頁 254。

〔註 358〕詳見《詁林》，頁 2909～2918。目前將「工」字釋爲「工」的看法較多人接受，但也有與饒說看法相同者，如范毓周最近有〈殷墟卜辭中的「示典」〉一文（《古文字研究》第 27 輯），主張「工」爲「示」。

甲寅〔卜〕，史貞：多工亡戈（畫）。 《合》19433

〔己〕丑卜，宁貞：翌乙□黍登于祖乙。〔王〕固（占）曰：有求（咎），
不其雨，六日〔甲〕午夕，月有食，乙未酘（酒），多工率魯（遭）遣（愆）。
《合》11484 正

上舉「工」有羌有雋，可「収人」，又受到王的關心，顯然不是奴隸。而學者
或以為「工」與手工業之職官有關，蔡師哲茂在《綴集》343 考釋中指出卜辭
中「収人」多在戰爭卜辭中出現，「在北工」可能與工事無關。〔註359〕甲骨文
中的「工」究竟是何種身分的人物，仍有待考證。花東卜辭此例的「多工」是
「食」的對象，「食」可能是與「饗」類似的飲宴之類意思，若此辭缺字確為「工」，
則也可說明「多工」此種人物不是奴隸。

3. 万家（附：家）、多万

《花東》226 甲橋正面有「万家見（獻）一」一辭，《花東·釋文》中認為：

> 万，本作 $\mathcal{T}$，在第 1 辭作人名。

> 第 1 辭位於右甲橋，刻辭反面無對應的鑽鑿，屬記事刻辭。家，與
> 61（H3:212）之「家」字，用法相似，見讀為獻。「万家見一」之「万
> 家」為人名或氏族名。全辭為「万家進獻一塊龜甲」。〔註360〕

方稚松指出：

> 《花東》226「万家見一」、502「□見一」和骨臼刻辭《合》6768
> 臼「甲寅 見，單示七屯。允」（《合》6769 同文）中的「見」從文
> 意看，都應理解為獻。〔註361〕

〔註359〕《綴集》，頁 429。

〔註360〕《花東·釋文》，頁 1649。孟琳從《花東·釋文》釋「万」為人名，見《《殷墟花
園莊東地甲骨》詞滙研究》，頁 6、57。《花東·釋文》中認為「万家」是人名或
族氏名，又認為「万家」的「家」與《花東》61「甲辰：歲七（妣）庚家一」的
「家」用法相同，但解釋《花東》61 的「家」為「從整條卜辭看，『家』作為祭
品」（頁 1585），有所矛盾。另外，劉一曼、曹定雲在〈論殷墟花園莊東地 H3 的
記事刻辭〉認為「万家」是人名或族氏名，見〈論殷墟花園莊東地 H3 的記事刻辭〉，
《2004 年安陽殷商文明國際學術研討會論文集》，頁 46。

〔註361〕《殷墟甲骨文五種記事刻辭研究》，頁 70。

《花東‧釋文》中認爲「万家」爲人名或氏族名，韓江蘇則認爲「万」是職官，「家」爲「家族」，「万家指万這一職官中的某一家族」。〔註362〕卜辭中有「我家」（《合》3522 正）、「宋家」（《甲》208）、「牛家」（《合》6063 反＋《東文研》B0388a）等詞，學者認爲這些「家」指「國族」、「家族」，〔註363〕可知「家」可釋爲「家族」。不過「万家」也可能是人名，根據趙鵬所指出的人名格式，「万家」有以下幾種可能：（1）「職官名＋某／某＋職官名」：其中有「万＋某」一類，某爲私名或國族地名；（2）「國族地名＋某」：「某」可能是私名或前面國族的某支分族名；（3）「某某」：可能是兩個人名並列，或兩個字代表一個人名，也可能是兩個族名並列，或後某表前某的分族。〔註364〕裘錫圭指出卜辭中有「万吳」、「万𠮷」、「万𢀛」，金文有「万豙（？）」、「万系」，應該都是從事樂舞工作的万人，這些人就是《詩經‧邶風‧簡兮》中「碩人」之類的人物。由於此種人物數量多，因此卜辭還有「多万」之稱。〔註365〕這類人物趙鵬歸納爲「万＋某」的人名格式，本文認爲「万家」也可能是此種人名格式，即職務爲「万」名「家」。在舊有卜辭中，「家」確有作爲人物的例子，如：

　　𣏾取家☒。　　《合》13586

　　甲寅卜，宵貞：令家𠦪（弋）保弜。　　《合》18722

　　乙酉卜，卲（禦）家于莫（艱）父乙五牢，鼎用。

　　☒酉卜，卲（禦）于天☒。　　合 22091 甲乙＋合 22212＋合 22309＋乙補 3399＋乙補 3400＋乙補 6106＋合 22124＋合 22410＋合補 5638＋合 22418＋乙 8557【蔣玉斌綴】〔註366〕

〔註362〕《殷墟花東 H3 卜辭主人「子」研究》，頁 247。

〔註363〕詳見《詁林》，頁 1998、2000。

〔註364〕《殷墟甲骨文人名與斷代的初步研究》，頁 66～67、91～94、96～98。

〔註365〕〈甲骨文中的幾種樂器名稱——釋「庸」、「豐」、「鞀」〉，《古文字論集》，頁 209。文中指出最早釋出甲骨文的「万」字，並與《詩經》中的「萬舞」作聯繫的是屈萬里。

〔註366〕《殷墟子卜辭的整理與研究》「附錄三‧子卜辭新綴 80 組」第 25 組，頁 224。又發表於〈乙種子卜辭（午組卜辭）新綴十四例〉第三組，《古籍整理研究學刊》2006.2，頁 10。

甲午卜：屮田（憂）。

甲午卜：𡩋（家）亡田（憂）。八月。　　《合》22103

《合》13586辭殘，「家」可能是被徵取的人、地、族名。《合》18722爲賓組卜辭，「弌」字從裘錫圭所釋，讀爲「代」，作動詞，「往往放在兩個人名或國族名之間」，〔註367〕可知「家」是商王呼令的對象。另二版爲午組卜辭，前者是族長替「家」行禦祭的卜問，後者對「家」表示關心，彭裕商認爲《合》22103的「𡩋」可能與「家」爲同一人。〔註368〕因此「万家」的「家」也有可能是人名。

花東卜辭中也有單稱「家」者，如：

己卜：家其又（有）魚，其屮丁，侃。　一

己卜：家其又（有）魚，其屮丁，侃。　二

己卜：家其又（有）魚，其屮丁，侃。　三

己卜：家弜屮丁。　一

弜屮。　　（倒刻）　　《花東》236

辛亥𡸭卜：家其勹又（有）妾，又（有）畀一。　一　　《花東》490

宋鎭豪釋《花東》236的「家」爲「家族」，〔註369〕但此家也可能是人名，「屮」爲進獻義，爲家向丁貢納魚的記錄。〔註370〕林澐釋《花東》490的𡸭爲「瞽」，認爲：

> 商周時代多利用盲人作樂師，「子」的家族作爲強勢家族可能有私家
> 的『瞽』，由這位「瞽」占卜所勹的妾，也許是樂舞之女奴。〔註371〕

可備一說（此辭釋讀參本文第六章第一節「妾」處），章秀霞認爲此辭是「低一級貴族向高級貴族求取妾」，〔註372〕若此家爲向子求取舞奴的人物，則與樂舞

〔註367〕〈釋祕〉，《古文字論集》，頁29、31。

〔註368〕〈非王卜辭研究〉，《古文字研究》第13輯，頁68。

〔註369〕《夏商社會生活史》，頁247。

〔註370〕《初步研究》，頁130，相關討論參本文第二章第一節。

〔註371〕〈花東子卜辭所見人物研究〉，《古文字與古代史》第1輯，頁27。

〔註372〕〈殷商後期的貢納、徵求與賞賜——以花東卜辭爲例〉，《中州學刊》2008.5，頁193。

有關，很可能就是「万家」。綜上所述，本文認爲《花東》226 的「万家」較有可能是職務爲「万」的人物「家」，《花東》490、《花東》236 的「家」無法確定是人名家還是泛指家族的家，暫存疑待考。最近陳煒湛又提出另一種看法，將 🔯 釋爲「老」，由於此字刻於「亥」、「卜」之上，故也可能爲「辛亥卜：老家……」。本文斷句仍從舊說，相關討論詳見本文第五章第二節「🔯」處。

除了「万家」以外，花東卜辭中也有「多万」，如：

丁丑卜，才（在）🔯（🔯京）：子其 🔯 舞戉，若。不用。

子弜 🔯 舞戉，于之若。用。多万又（有）巛（災），引🔯（棘）。　　《花東》206

學者皆解釋「多万」爲樂舞職官之類的人物，[註373] 但對此二條卜辭的釋讀有異。本文第二章第三節曾對此版的「舞戉」、「🔯」有相關討論，茲不贅述，而二辭的解釋，從姚萱，即認爲「多万又（有）巛（災），引🔯」在「用辭」之後，應爲「驗辭」，即對「🔯舞戉」之卜問實際應驗狀況的記錄。[註374] 從命辭與驗辭的關係可以推測反面卜問的「弜🔯舞戉」被採用，子決定不要舞戉，實際的狀況就是多万有災禍並「引🔯」。可知舞戉的活動很可能不能缺少多万，故驗辭記下當天多万有災禍而無法舞戉，以說明之前採用「弜🔯舞戉」是正確的。而此「武舞」不能缺少「多万」此種人物，可見「多万」確與「武舞」有關。

李學勤在〈論《骨的文化》的一版刻字小雕骨〉一文舉該骨刻辭「癸酉：万入，畋……」，指出商王於田獵前常舉行萬舞，表示尚武之義，卜辭中還有《英》2309「王其田，以万，不雨」、《掇》1.385「惠万舞，盂田有雨」。[註375] 魏慈德引述李說，認爲《花東》363 有在 🔯 地田獵的記載，因此《花東》206 卜問在 🔯 地舉行舞戉之事也可能與田獵有關。[註376] 先秦文獻中的「萬舞」即

[註373] 韓江蘇對相關卜辭有詳細的整理，見《殷墟花東 H3 卜辭主人「子」研究》，頁 248～249。

[註374]《初步研究》，頁 73。

[註375]〈論《骨的文化》的一版刻字小雕骨〉，張永山主編，《胡厚宣先生紀念文集》（北京：科學出版社，1998），頁 46。

[註376]《殷墟花園莊東地甲骨卜辭研究》，頁 104。

包含武舞，[註377]而古代田獵與軍事活動息息相關，《穀梁傳》昭公八年有「因蒐狩以習用武事，禮之大也者」，根據楊寬的研究，周代的「大蒐禮」即借田獵進行軍事檢閱與演習，[註378]商代在田獵前進行的万舞或許也是某種軍事訓練，而《左傳》莊公二十八年有如下記載：「楚令尹子元欲蠱文夫人，爲館於其宮側，而振萬焉。夫人聞之，泣曰：『先君以是舞也，習戎備也。……』」，很可能就是以萬舞爲軍事訓練的上古遺風。

4. 🝔

「🝔」字見於《花東》88、92兩版：

甲子：歲匕（妣）甲牡一，曹三小宰又帝（置）一。　　一

甲卜：叀（惠）🝔🝚☐甲☐。　　　《花東》88

甲卜：叀（惠）🝔具丁。用。　　一

甲卜：乎（呼）多臣見（獻）🝔丁。用。　　一　《花東》92

甲卜：乎（呼）多臣見（獻）🝔于丁。用。　　二　《花東》453

《花東》88「🝚」字前一字拓本模糊不清，照片作 🝔（🝔），《花東》摹爲 🝔，此字也見於《花東》92，照片作 🝔（🝔），《花東》摹爲 🝔。

此二字《花東・釋文》中釋爲「監」，於《花東》88考釋中曰：

> 象人跪於盛水器皿之前，並用手撫著器皿，低頭監容之狀。字形與《合集》4284之監字 🝔 近似。此字亦見於92（H3：304），用作祭名。[註379]

又對「🝚」、「具」二字，《花東・釋文》中認爲「🝚」是「匸」、「卸」合文，爲「祭名」，在《花東》6考釋中說「具」字「像雙手舉鼎之形，作祭名」。[註380]

〔註377〕參王維堤，〈万舞考〉，《中華文史論叢》1985.4。

〔註378〕參〈「大蒐禮」新探〉，《古史新探》。

〔註379〕《花東・釋文》，頁1595、1597。《校勘》（頁19）與孟琳、曾小鵬從之釋爲「監」，而孟琳歸於「祭祀動詞」（《《殷墟花園莊東地甲骨》詞滙研究》，頁9、51），曾小鵬歸於「動作行爲動詞」，釋爲「視」（《《殷墟花園莊東地甲骨》詞類研究》，頁8、54）。

〔註380〕《花東・釋文》，頁1595、1559。

韓江蘇也釋之爲「監」，可作名詞，認爲「具」可能解釋爲進獻之義，曰：

> 在此爲祭名，或照人身影的監（鑑）。……具作「」，像兩手奉
> 鼎之形，……在此應爲祭名或設置、供給之義，「監具丁」應爲「監
> 具于丁」的省略，辭義爲向（故去的）丁進行「監、具」之祭？或
> 辭義爲「子」要向武丁進獻、供給用於照人影之監（鑑）？筆者傾
> 向於後一種解釋。這僅是一種解釋而已，其具體所指還有待進一步
> 證明。〔註381〕

反對釋爲「監」者如朱歧祥提到乃俊廷將此字摹作，釋爲「飲」字，不
同於花東常見的作「畬」的「飲」字，並將該辭解釋爲「用飲的方式禦祭某名
甲的祖先」，又說《花東》92「監字，描本失誤，應作，當即飲字」，認爲
「具」有「獻」義，將該辭解釋爲「獻飲於丁」。〔註382〕另外，姚萱從黃天樹
先生之說，認爲此二字與《合》4284（）、3042（＝《懷》957）同，
當釋爲「盜」，在甲骨文中皆用作人名。〔註383〕還有《校釋總集・花東》、《甲
骨文字形表》將此字隸定爲「歐」。〔註384〕

從字形看，此字明顯從「皿」，並從手執管之跪坐人形。「監」字作，
〔註385〕特徵在「眼」，象臨水鑑容之形，「眼」與「皿」間無其他物件，與《花
東》88的及《花東》92的字形迥異，此字明顯非「監」字。至於是否
爲「飲」字，其字形與花東此字相近的有、二形，金祥恆先生曾舉金文
「飲尊」的字，說明盛酒器也可是皿，〔註386〕不過此「飲」字強調「舌」
形，也與花東的、不同。

另外，各家所提到《合》4284的與花東、字形最近，二者應爲
一字。《花東・釋文》釋爲「監」，不可從。此字有學者摹爲，釋爲「飲」，

〔註381〕《殷墟花東 H3 卜辭主人「子」研究》，頁 165。

〔註382〕《校釋》，頁 976。

〔註383〕《初步研究》，頁 256。

〔註384〕《校釋總集・花東》，頁 6502、6502；《甲骨文字形表》，頁 123。

〔註385〕辭例見《類纂》，頁 225，相關討論見《詁林》，頁 618～619。

〔註386〕辭例見《類纂》，頁 1041、1042，相關討論見《詁林》，頁 2700～2701。

〔註 387〕從拓片看顯然誤摹，李宗焜所摹（🔣）較爲正確。〔註 388〕《懷》957 的🔣字許進雄釋爲「飲」，〔註 389〕裘錫圭曾將此字釋爲「盜」，並與相關卜辭對照，如：〔註 390〕

　　辛亥卜，敵貞：乎（呼）🔣🔣（弋）妻，不🔣。六月。　　《合》4284

　　貞：乎（呼）🔣、🔣🔣（弋）妻。　　《懷》957

　　乎（呼）🔣🔣（弋）妻。　　《合》4283

從辭例看此字確爲人名，此說應爲黃天樹先生所本。此三版爲對同事之卜問，🔣又作🔣，知手形可省。此二字用爲人名，字形強調的跪坐人口中的「管」形，非「舌」形，又與「次」、「次」的「口沫」不同，目前從字形字義都無法確定是「飲」與「盜」字，由於目前未見人名之外的用法，無法推測其字本義。

　　再從辭例看，《花東》88「🔣」後辭殘暫不討論，《花東》92 的「丁」爲「具」的對象，「具」還見於《花東》6、333、342、481，不過《花東》92 的「具」作🔣，其他版的「具」作🔣，姚萱認爲《花東》92 該字上從「臼」，與花東卜辭數見從「収」者不同，釋「具」可疑。〔註 391〕卜辭中從「臼」與從「収」往往通用，〔註 392〕故本文仍將🔣、🔣視爲同字。上引韓江蘇與朱歧祥都提到「具」可解釋爲進獻之類的意思，黃天樹先生舉與《花東》92 的「惠🔣具丁」同版並同日卜問的「呼多臣獻暨丁」與《花東》453 的「呼多臣獻暨于丁」曰：「『具丁』之『具』，揆其文義，跟『獻丁』之『獻』意思相近；或訓作『供置、供設、供給』，亦通」。〔註 393〕據此本文將「惠🔣具丁」解釋成「🔣」此人向丁獻某物，花東卜辭中也有類似的句型，茲舉幾例如下：

　　乙亥卜：叀（惠）子配史（使）于帚（婦）好。　一二　《花東》5

　　甲申卜：叀（惠）配乎（呼）曰帚（婦）好，告白（百）屯。用。　一

〔註 387〕《類纂》，頁 1035；《詁林》，頁 2688；《甲骨文字形表》，頁 123。

〔註 388〕《殷墟甲骨文字表》，頁 252。

〔註 389〕《懷特》，頁 48。

〔註 390〕〈釋祕〉，《古文字論集》，頁 29。

〔註 391〕《初步研究》，頁 257。

〔註 392〕《甲骨文字構形研究》，頁 99～102。

〔註 393〕〈讀花東卜辭簡記（二則）〉，《南方文物》2007.2，頁 97。

《花東》220

辛亥卜：叀（惠）發見（獻）于帚（婦）好。不用。　一　《花東》63

庚戌卜：子叀（惠）發乎（呼）見（獻）丁，眔大亦🔲。用。昃。　一
《花東》475

《花東》5、63 省略「呼」字，《花東》475 省略「于」字。從「呼多臣獻🔲丁」
來看，🔲與多臣相提並論，同爲向丁獻納之人，🔲也可能是子的多臣之一，
而用「惠」字可以表示子能控制的事，沈培指出「如果動作所關聯的對象也是
『子』自己手下的人，此對象前面也使用『惠』」，〔註394〕則「惠🔲具丁」或
爲「惠🔲呼具丁」之省。

綜上所述，《花東》88、92 的🔲、🔲應與《合》4284、《懷》957 的🔲、
🔲同字。從字形來看，釋爲「監」、「飲」、「盜」皆可商；從字義來看，都用
作人名。而商代金文中常見的一個族氏銘文與此字相同，即：🔲、🔲、🔲，
〔註395〕二者或即同一族屬。

（二）邑　人

1. 我　人（附：我）、🔲（附：🔲）

（1）我　人（附：我）

花東卜辭有作人、地、族名的「我」，韓江蘇已有詳細的研究，〔註396〕本
文對某些相關卜辭的解釋有不同的意見，由於已見於其他章節，此僅列舉結論。
《花東》130 有「我🔲」，即我地或人物我進貢的🔲族舞奴，〔註397〕而《花東》
470 甲橋刻辭有「我五」，《花東・釋文》中指出該辭省略「入」字，即「我入
五」，〔註398〕代表該族族長「我」曾進貢龜版給子，黃天樹先生曾舉典賓類卜
辭《合》795 反「我來十」的例子說明花東卜辭時代，趙鵬也舉賓一的《合》
1727 反「我來十」與典賓的《合》10935「我以千」曰：「我在王卜辭中全部出

〔註394〕〈商代占卜中命辭的表述方式與人我關係的體現〉，《古文字與古代史》第 2 輯，頁
102。

〔註395〕出處參《商周青銅器族氏銘文研究》，頁 460。

〔註396〕《殷墟花東 H3 卜辭主人「子」研究》，頁 221～223，

〔註397〕參本文第六章第三節「🔲」處。

〔註398〕《花東・釋文》，頁 1740。

現在賓組一類和典賓類卜辭中，絕大多數是在記是刻辭中記載他的入龜狀況。」
〔註399〕從「我」對子的進貢來看可知其臣屬於子。我族之人也有在子家族任官
者，即《花東》264 受到子呼令的「我南」。〔註400〕林澐已指出我地之邑人為「我
人」，〔註401〕為子所用，如子能派「我人」出外辦事：《花東》183 的「我人」
是被派往某地的先遣人員，〔註402〕《花東》455 是卜問派我人或其他人南行之
事。〔註403〕「我人」也是子田獵時的侍從，辭例如下：

　　戊午卜：我人￥（擒）。子￥（占）曰：其￥（擒）。用。才（在）ꝯ。
　　一

　　戊午卜：￥￥（擒）。　　一　　《花東》312

朱鳳瀚曾認為王室或貴族的田獵隨從也往往是家族武裝，隨子田獵的「我人」
便是花東子家族的家族武裝，〔註404〕而林澐認為：「是不是花東子卜辭中提到
的這些眾人所屬之邑，全都像入、ꝯ那樣是『子』的領邑，卻沒有足夠的證據。」
〔註405〕「我人」也常見於其他卜辭中，如王卜辭與子組卜辭有：

　　乎（呼）我人先于ꝯ。

　　勿乎（呼）我人先于ꝯ。　　《合》6945

　　丁卯子貞：我人歸。　　一　　《綴集》71（《合》40873＋《英》1901）

可見我人非專屬子所有，我地未必為子的領地。不過我地卻是子經常造訪之地，
花東卜辭中的我地與「蠱」、「淠」、「呂」三地有同版關係，學者已指出此三地
與「射禮」有關，主要見於《花東》7、37、467，〔註406〕宋鎮豪、姚萱、韓江

〔註399〕〈簡論「花東子類」卜辭的時代〉，《黃天樹古文字論集》，頁 155；《殷墟甲骨文
　　　　人名與斷代的初步研究》，頁 298～299。

〔註400〕參本文章第一節「射告、南」處。

〔註401〕〈花東子卜辭所見人物研究〉，《古文字與古代史》第 1 輯，頁 27。

〔註402〕參本章第一節「多臣」處。

〔註403〕參本章第三節「￥友」處。

〔註404〕〈讀安陽殷墟花園莊東出土的非王卜辭〉，《商周家族形態研究（增訂本）》，頁 604。

〔註405〕〈花東子卜辭所見人物研究〉，《古文字與古代史》第 1 輯，頁 28。

〔註406〕宋鎮豪提出，見〈從甲骨文考述商代的學校教育〉，《2004 年安陽殷商文明國際學
　　　　術研討會論文集》，頁 226～227，又見〈從花園莊東地甲骨考述晚商射禮〉，《花

蘇對與「射禮」相關卜辭排譜的起訖點，以及可納入排譜的卜辭理解不同，限於篇幅，茲不贅述。以下節錄相關辭例排譜：

（1）甲午卜，才（在）麗：子其射，若。　一

（2）甲午：弜射，于之若。　一

（3）丁酉：歲且（祖）甲牝一，祋鬯一。才（在）麗。　一

（4）丁酉：歲且（祖）甲牝一，祋鬯一。才（在）麗。　二　《花東》37

（5）丁酉：歲且（祖）甲牝一、鬯一，才（在）麗，子祝。　一

（6）叀（惠）一羊于二且（祖）用，入自麗。　一 [註407]　《花東》7

（7）戊戌卜，才（在）潹：子射，若。不用。　一

（8）戊戌卜，才（在）潹：子弜射，于之若。　一

（9）己亥卜，才（在）呂：子其射，若。不用。　二

（10）弜射，于之若。　一　《花東》467

（11）己亥卜：才（在）呂：子其射，若。不用。　一　《花東》37

（12）己亥卜，才（在）呂：子〔其射，若。不用。〕　二

（13）弜射，于之若。　二

（14）庚子卜，才（在）我：〔且（祖）〕☒。　一　《花東》7

（15）庚子卜：才（在）〔我〕：且（祖）□其眔𤉲廌。　一

（16）隹（唯）𤉲廌子。不用。　一　《花東》467

以上排譜顯示「我」地與「呂」、「潹」、「麗」分別相隔一日、二日、三日的路程。

　　王卜辭中我地經常出現，韓江蘇認爲我曾受商王命令征伐王都西部的

　　　　園莊東地甲骨論叢》，頁 80〜81 與〈從新出甲骨金文考述晚商射禮〉，《中國歷史
　　　　文物》2006.1，頁 14。姚萱、韓江蘇有相關排譜，可參：《初步研究》，頁 425〜
　　　　427；《殷墟花東 H3 卜辭主人「子」研究》，頁 395〜406。

〔註407〕韓江蘇認爲「入自　」是「入潹自　」之省，將此辭排在戊戌日卜問之後，見《殷
　　　　墟花東 H3 卜辭主人「子」研究》，頁 398、621。

「缶」，故我地在王都西部。〔註 408〕劉一曼、曹定雲曾舉出學界主要的說法爲：1. 鐘柏生的殷西之說，2. 鄭杰祥的河南蘭考縣儀封鎮之說，3. 江鴻、楊升南的湖北隨縣、京山、棗陽與漢東舉水流域附近說。劉、曹贊同第三種說法。〔註 409〕事實上，鄭杰祥在《商代地理簡論》中舉《合》6943「壬申卜，㱿貞：亘、戋𦔻我」，我地與亘、戋同版，歸於「商代的東土和東部方國」一節中，又認爲「我」地地望不能確指，並未以肯定態度討論我地地望。〔註 410〕甲骨文地名的考證多無直接證據，只能說是一種推論，我地未必在殷西，本文對該地地望仍持存疑的態度。舊有卜辭中人物「我」地位很高，在子組卜辭中有貞人「我」，而王卜辭中的「我」除了多見於記事刻辭外，有幾版分別見於賓組與歷組卜辭的「王令□葬我」卜辭也非常重要，可知他是受到商王重視的人物（相關討論見本文第五章第一節「□」處），又由於花東卜辭中的我尚未死去，其時代應在「王令□葬我」卜辭之前。

（2）□（附：□）

《花東》312「□」與「我人」對貞：

戊午卜：我人毕（擒）。子□（占）曰：其毕（擒）。用。才（在）斝。一

戊午卜：□毕（擒）。　一　《花東》312

花東卜辭中也有人物□，辭例如下：

戊子卜，才（在）□：□言曰：翌日其于萑（舊）官宜。允其。用。　一　《花東》351

舊有卜辭中有貞人□，也有人物□侯與方國□（□），羅琨認爲「從甲骨文看，□與□爲一字，□當爲出身於□族在王朝任貞人者」，〔註 411〕《花東》312 的□與我人對貞，其身分應與我人一樣爲都是子的田獵侍從，而《花東》351 的□顯然身分地位較高。以下進一步討論。

〔註 408〕《殷墟花東 H3 卜辭主人「子」研究》，頁 531。

〔註 409〕〈論殷墟花園莊東地 H3 的記事刻辭〉，《2004 年安陽殷商文明國際學術研討會論文集》，頁 44。

〔註 410〕《商代地理簡論》，頁 188～189。

〔註 411〕〈殷墟卜辭中的「先」與「失」〉，《古文字研究》第 26 輯，頁 54。

　　✦字歷來有多種解釋，以釋「先」影響最大，又有釋為「敖」、「失」之說，目前尚無定論，本文暫不隸訂。〔註412〕魏慈德從劉釗釋為「敖」，認為✦曾替子占卜，作占辭，〔註413〕韓江蘇在《殷墟花東 H3 卜辭主人「子」研究》的「H3卜辭中所見的貞人」一節中提到此人，曰：

> ✦在此為人名，辭義為✦說翌日將舉行歲祭（在「官」地這一祭祀場所）進行宜、侑祭？由此看，✦管理祭祀事宜，其身份、地位應比較高。王卜辭中有✦這一人名，稱「✦侯」，H3 卜辭中的✦，從字形看與王卜辭之「✦」完全相同，筆者認為✦是同一人、地、族名，究竟是否指同一人，有待進一步研究。〔註414〕

對於此辭的結構，姚萱指出此辭「于」、「允」原釋文誤為「歲」、「又」，並對斷句與釋讀有如下說明：

> 「允其」屬命辭，「用」是用辭，……。全辭意謂✦這個人說（商王）翌日將于「舊官」（舊的宗廟建築）舉行宜祭，子遂卜是否確實如此（「允其」），此卜結果被採用了。《花東》卜辭在命辭中先舉出「某人說某」，再貞卜是否「允」即是否確實如此，其例如 410.2：「壬卜，才（在）麓：丁曰：余其改（肇）子臣。允。」又如 257.20：「辛卜：丁曰：其改（肇）子臣。允。」「允其」的說法見於《合集》17613 正：「□□卜，永鼎（貞）：允其。」可以看作「其」後面省略了某個動詞。〔註415〕

此說可從，可知此辭是針對✦此人說的話是否會實現所作的占卜，✦可能是作占辭者，也可能是與子商議祭祀之事者，若卜問內容是商王武丁要作的事，此

〔註412〕舊說見《詁林》，頁 77。姚孝遂曾指出此字與「先」字有別，羅琨也引《合》5738「乙酉卜，爭貞：今日令✦以多射先陟」，指出✦、先不同字，見〈殷墟卜辭中的「先」與「失」〉，《古文字研究》第 26 輯，頁 52。可知釋「先」誤。而「敖」為劉釗提出，見〈釋甲骨文藉、義、壇、敖、栽諸字〉，收於《古文字考釋叢稿》（長沙：岳麓書社，2005）；「失」為趙平安提出，見〈從失字的釋讀談到商代的佚侯〉，《中國社會科學院歷史研究所學刊》第 1 輯（2001）。

〔註413〕《殷墟花園莊東地甲骨卜辭研究》，頁 86。

〔註414〕《殷墟花東 H3 卜辭主人「子」研究》，頁 232～233。

〔註415〕《初步研究》，頁 78～79，對釋文的改正見頁 335。

人也可能是傳達武丁意思的官員。總之，子對🔸說的話慎重卜問，應非與我人地位相當於的🔸。以下本文提出一種詮釋，即🔸爲「尹」，🔸是他所管轄的邑人或族人。

卜辭中有用異體字表示不同身分的例子，如《英》130 的「庚辰卜，貞：令🔸（肩）🔸（葬）白（伯）🔸（肩）」蔡師哲茂曾指出：「🔸可能就是白🔸之子，故殷王命🔸主持白🔸的葬禮。」〔註416〕又如《合》20017「戊午卜，🔸：令🔸人🔸（擒）救白（伯）〔🔸〕」李學勤認爲🔸、🔸一字，是命救伯國人或族人擒救伯的特殊內容，〔註417〕本文據此推測花東卜辭中🔸、🔸可能也是同字異形以別義。李學勤曾在〈釋多君、多子〉一文中舉出下列辭例：

☐貞：王曰☐多尹曰：其于☐曰：弗用，受☐。　　《合》2335

戊子卜，🔸貞：王曰：余其曰多君，其令二侯上絲眔🔸侯其☐周。　　《合》23560〔註418〕

辛巳卜，🔸貞：多君弗言，余其🔸（侑）于庚，匃，祳。九月。

辛巳卜，🔸貞：叀（惠）王祳，亡壴（害）。　　《合》24132

丁酉卜，🔸貞：多君曰：來弗以🔸。王曰：余其🔸。☐王。　　《合》24134

辛未王卜：曰：余告多君曰：朕卜有求（咎）。　　《合》24135

〔辛〕未王卜：〔曰〕：余告多君曰：朕〔卜〕吉。　　《合》24137

指出這些卜辭反映的是商王有事與多尹（君）商議。〔註419〕在上節「多尹」處提到本文認爲卜辭中的「尹」可能是行政單位「邑」之官長，而《花東》351 的🔸也是與子商議祭祀之事者，🔸的身分很可能就是「尹」，而與我人相對的🔸則指🔸的邑人或族人。不過《合》23805 中也有「卜竹」與王商議祭祀之事的辭例，🔸也可能是該族在子家族中擔任貞人者。

此人於花東卜辭中僅此一見，其身分從《花東》351 的辭例中無法判斷。

〔註416〕〈說甲骨文葬字及其相關問題〉，《第三屆國際中國古文字學研討會論文集》，頁123。

〔註417〕〈論養侯玉佩〉，《故宮博物院院刊》1995.1，頁143。

〔註418〕此條卜辭黃天樹先生指出與《合》3336 正、3337 類似文例爲同一事件之卜問，見《殷墟王卜辭的分類與斷代》，頁87。

〔註419〕〈釋多君、多子〉，《甲骨文與殷商史》，頁13～15。

可能是負責祭祀事宜者，作占辭者、貞人，也可能是替商王向子傳令者，或和子商議事務的多尹之一，目前也無法判斷何者爲是。因此他是否臣屬於子，與舊有卜辭中的同名人物有何關係，只能存疑待考。附帶一提，大約在武丁中期的「自賓間 A 類」卜辭有伐 ✷ 方的內容，〔註420〕而花東卜辭中的 ✷ 應非與商王朝敵對的方國，可知花東甲骨中應存在武丁晚期卜辭。

2. 玨人、叙人

（1）玨人

花東卜辭有「玨」字，相關辭例如下：

辛未卜：從玨坒（往）田。用。 一

辛未卜：從玨坒（往）田。用。 三

辛未卜：犟。用。 一

辛未卜：犟☑。 二三

辛未卜：玨坒（往）☑。 二 《花東》9

乙未卜：子其田，從玨，求豕，菁（遘）。用。不豕。 一二三

乙未卜：子其〔坒（往）〕田，叀（惠）豕求，菁（遘）。子曱（占）曰：其菁（遘）。不用。 一

乙未卜：子其坒（往）田，若。用。 一

乙未卜：子其坒（往）田，叀（惠）鹿求，菁（遘）。用。 一 《花東》50

戊戌夕卜：曀己，子其〔逐〕，從玨人鄉（向）敭，菁（遘）。子曱（占）曰：不三，其一。其二，其又（有）遭（奔馬）。用。 一 《花東》381

另外，以下二版學者認爲與《花東》50、381 有關，相關辭例如下：

乙未卜：子其坒（往）阶，隻（獲）。不黿（誅）。隻（獲）三鹿。 一

乙未卜：子其坒（往）于阶，隻（獲）。子曱（占）曰：其隻（獲）。用。隻（獲）三鹿。 二

〔註420〕《殷墟王卜辭的分類與斷代》（北京：科學出版社，2007），頁 118～120。

乙未卜：子其入三弓，若，侃。用。　一

己亥卜：母（毋）生（往）于田，其又（有）史（事）。子𠂤（占）曰：
其又（有）史（事）。用。又（有）宜。　一　　《花東》288

戊戌夕卜：曀〔己〕，子〔求〕豕，菁（遘），罕（擒）。子𠂤（占）曰：
不三，其一。用。　一二三四

弗其罕（擒）。　一二三四

罕（擒）豕。子𠂤（占）曰：其罕（擒）。用。　一二　　《花東》378

姚萱〔註421〕與韓江蘇都認爲《花東》381 與《花東》378 卜問同事，韓江蘇還
指出《花東》50 與《花東》288 也可能卜問同事，曰：

> 《花東》50 中「乙未」與《花東》381、378 之戊戌、己亥在一旬中
> 出現，有可能是一次田獵的不同時間的先後問詢。
>
> H3 卜辭中還存在一事不同文之占，……《花東》288 爲田獵之辭，
> 占卜所獲獵物爲「鹿」，《花東》50 爲田獵之辭，第（3）辭占卜所
> 獲獵物爲「豕」，第（6）辭所獲獵物爲「鹿」，與《花東》288 所
> 獲獵物同，且占卜日期同、事類同，與本組卜辭的繫聯組卜辭也
> 不發生衝突。由此判斷，《花東》288、50 爲同事異文之占。〔註422〕

若韓說成立，上舉《花東》50 卜問子「从垔往田」之事所前往田獵之地應該就
是《花東》288 的阤地，則垔在阤附近。又《花東》381、378 於戊戌夕卜問次
日己亥田獵結果，《花東》288 卜問己亥日因「有事」而「毋往于田」，此條卜
辭之驗辭爲「有宜」，《初步研究》指出「係事後追記果然王有舉行『宜』禮之
事，子的占斷『其又（有）史（事）』應驗了」。〔註423〕可見最後子並未進行田
獵。

這裏再簡單說明一下「往田」與「往于田」的問題。陳煒湛曾認爲卜辭「往
于田」的「田」是地名，曰：

> 考卜辭「往」字的用法，大別有三。……其三爲與于字結構結合爲

〔註421〕《初步研究》，頁 342、343、393。

〔註422〕《殷墟花東 H3 卜辭主人「子」研究》，頁 276、553。相關排譜也見頁 594～596。

〔註423〕《初步研究》，頁 73。

述補式詞組，稱「往于田」，介詞「于」所帶賓語多爲地名或廟號名
（這類詞組于字有時也可省去，而變爲述賓式詞組），「往于田」即
屬此類。「田」是介詞「于」的賓語，乃名詞，當爲地名，與往田之
田，音同而義異。〔註424〕

但郭錫良指出：

「于」和「步」「往」連用，是連動格式：「于田」是「于」帶處所
名詞格式的類推，「于」的意義抽象化，是「去進行」「去做」的意
思，也是動詞。「于田」即去進行田獵。〔註425〕

本文認爲郭說較合理，「往田」與「往于田」並無差別，都是去進行田獵的意思，
「田」皆爲動詞。而花東卜辭以下二版也可說明「往田」即「往于田」：

壬申卜：子生（往）于田，从昔听。用。罕（擒）四鹿。　一

壬申卜：既乎（呼）食，子其生（往）田。用。　一二　《花東》35

丙卜：子其生（往）于田，弜由佰（？），若。用。　一二

丁卯卜：子其生（往）田，从阤西劳，菁（溝）獸（獸）。子勹（占）
曰：不三，〔其〕一。卪（孚）。　一二三　《花東》289

《花東》35 同日有「子往于田」、「子其往田」的卜問，《花東》289 卜問「子其
往于田」，次日卜問「子其往田」，可知「往田」即「往于田」，這些「田」應該
都是動詞「田獵」之義，表示前往某地進行田獵。

關於生字，《花東・釋文》中曰：

生，本作生，从止土聲。過去所見的生，作生、生等形，此片止字
橫書。大多數甲骨文學者認爲生是往之異構（見《甲詁》829－831
頁）。此片第5、6辭生與往（生）連用，表明生與往屬二字。生，
不應再釋作往，而是作爲人名。此字亦見於50（H3:189＋217＋284
＋1529＋1524）。〔註426〕

姚萱在《花東》9「生生（往）☑」的注釋中指出：

〔註424〕〈有關甲骨文田獵卜辭的文字考訂與辨析〉《甲骨文田獵刻辭研究》，頁29。

〔註425〕〈介詞「于」的起源和發展〉，《古漢語語法論集》，頁92。

〔註426〕《花東・釋文》，頁1561。

對比 5、6 兩辭可知「坴」字上當還有一「从」、「由」一類的字，但
拓本、照片全不可見，從行款看也沒有此字位置，當係漏刻。1561
頁考釋謂「坴」字作人名恐不可信，大概因此而致誤。〔註 427〕

「从坴」的「坴」應爲地名，沈培指出卜辭中的「從」字結構只表示處所，它
既有前置的用法，也有後置的用法。〔註 428〕本文認爲《花東》9 的「从坴往田」
應該與《花東》50 的「子其田，从坴」意思相同，「子其田」即「子（其）往
田」、「子（其）往于田」，而「某人前往田獵，從某地」這類辭例在舊有卜辭與
花東卜辭中都還有不少，如：

丁酉卜：戊王其田，从兆。亡災。　　《合》30287

☒卜：王生（往）田，从來，求豕。畢（擒）。　　《合》33362

壬申卜：王生（往）田，从利。畢（擒）。

从旂。畢（擒）。　　《屯南》2299

之日王生（往）于田，从東。允獲豕三。十月。　　《合》10904

☒之日王生（往）于田，从融京。允獲麑二、雉十。十月。　　《合》10921

癸酉卜：子其生（往）于田，从剌〔註 429〕。畢（擒）。用。　一　《花
東》395+548【方稚松綴】

癸丑卜：翌日甲寅生（往）田。子勹（占）曰：其生（往）。用。从西
〔註 430〕。　一二　《花東》316

可知「坴」在花東卜辭中確爲地名。

　　林澐指出坴地與剌地一樣是子田獵必經之地，其地之邑人爲「坴人」，〔註 431〕
「坴人」見《花東》381「戊戌夕卜：暨己，子其〔逐〕，从坴人鄉（向）敄（疏），

〔註 427〕《初步研究》，頁 234。

〔註 428〕《殷墟甲骨卜辭語序研究》，頁 137。

〔註 429〕韓江蘇認爲此「剌」是人名，見《殷墟花東 H3 卜辭主人「子」研究》，頁 531。從
　　　　　本文所引辭例來看，應爲地名無疑。

〔註 430〕姚萱視「从西」爲用辭後附記施用情況的刻辭，即甲寅日確實從西方去田獵，見
　　　　　《初步研究》，頁 82。

〔註 431〕〈花東子卜辭所見人物研究〉，《古文字與古代史》第 1 輯，頁 28。

菁（邁）。……」此辭的釋讀有諸多異說，茲將主要幾家釋文表列如下：

釋　　　文	出　　處
戊戌夕卜：暨己，子其□从坒□鄉敔菁？……	《花東・釋文》，頁 1710。
戊戌夕卜：明己，子其〔田〕，从坒，〔北〕鄉，敔菁？……	《校釋》，頁 1030。
戊戌夕卜：暨己，子其〔逐〕，从坒人鄉（向）敔（虦），菁（邁）。……	《初步研究》，頁 99。
戊戌夕卜：暨己，□从坒□鄉敔，菁？……	《校勘》，頁 56。
戊戌，夕卜，翌日己，子其□从址鄉敔菁？……	《殷墟花東 H3 卜辭主人「子」研究》，頁 275～276。

本文從姚說。關於缺字，姚萱指出「逐」字尚存「豕」形頭部，「人」字非常清晰（見右圖）。〔註432〕而「敔菁」的詮釋原釋文的說法爭議較大，「敔」此字還見於《花東》14：

　　乙酉卜：既弖坒（往）敔，菁（邁）豕。　一

　　二

　　弜敔。　　一二　　《花東》14

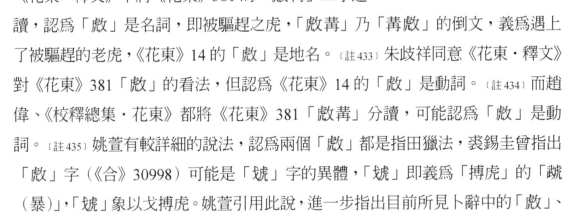

《花東・釋文》中將《花東》381 的「敔菁」二字連讀，認爲「敔」是名詞，即被驅趕之虎，「敔菁」乃「菁敔」的倒文，義爲遇上了被驅趕的老虎，《花東》14 的「敔」是地名。〔註433〕朱歧祥同意《花東・釋文》對《花東》381「敔」的看法，但認爲《花東》14 的「敔」是動詞。〔註434〕而趙偉、《校釋總集・花東》都將《花東》381「敔菁」分讀，可能認爲「敔」是動詞。〔註435〕姚萱有較詳細的說法，認爲兩個「敔」都是指田獵法，裘錫圭曾指出「敔」字（《合》30998）可能是「虦」字的異體，「虦」即義爲「搏虎」的「虦（暴）」，「虦」象以戈搏虎。姚萱引用此說，進一步指出目前所見卜辭中的「敔」、

〔註432〕《初步研究》，頁 99。

〔註433〕《花東・釋文》，頁 1710；《花東・釋文》，頁 1564。

〔註434〕《校釋》，頁 1030、963。喻遂生也認爲《花東》14 的「敔」是動詞，見〈花園莊東地甲骨的語料價值〉，《花園莊東地甲骨論叢》，頁 153。

〔註435〕《校勘》，頁 56；《校釋總集・花東》，頁 6557。

「虢」（《合》30998、《花東》14、381）所執武器皆在獵物背後，正表示「搏虎」之義，另外也討論了金文的相關字形。〔註436〕本文同意二字皆爲田獵動詞。《花東》14 的「敚」爲動詞應無可疑，而從下文所舉辭例的比對可知《花東》381 的「敚」確爲動詞。至於「鄉」字一般釋爲方向，「从」字一般釋作從某處之從，韓江蘇則釋「从」爲「率領」、「迎向」，〔註437〕從下文所舉辭例的比對也可知「从」應解釋爲從某處之從。姚萱將此辭與下列卜辭作比較：

　　辛酉卜：从曰昔听，毕（擒）。子𠂤（占）曰，其毕（擒）。用。三鹿。一二　《花東》295

　　壬申卜：子生（往）于田，从昔听。用。毕（擒）四鹿。　一　《花東》35

　　壬申卜：子其生（往）于田，从昔听。用。　二　《花東》395+548【方稚松綴】

時兵認爲此條卜辭也是同類的例子：

　　丁卯卜：子其生（往）田，从阞西**劳**，菁（溝）獸（獸）。子𠂤（占）曰：不三，〔其〕一。𠬝（孚）。　一二三　《花東》289

姚萱指出「昔听」一詞「『昔』當是地名，『听』則當是跟田獵過程有關的一個動詞」，〔註438〕時兵進一步認爲「听」從「𠯑（肩）」聲，可讀爲「刊」，有「砍斫（樹木）」之義，又認爲《花東》289「从阞西**劳**」與「从昔听」表達形式相同，「**劳**」字從「步」從「夸（乂字初文）」，似讀爲「乂」，有「割除（野草）」之義。〔註439〕此說可參。還有一條卜辭也可與此類句型參照，即：「辛卜：丁

〔註436〕《初步研究》，頁 101～102。裘説詳見〈説「玄衣朱襮褖」——兼釋甲骨文「虢」字〉，《古文字論集》，頁 350～352。劉海琴有〈「暴虎」補正〉一文，對文獻中訓爲「徒搏」的「暴虎」作了研究，指出漢初已誤釋爲徒手搏虎作，實應爲徒手持戈搏虎。見《語言研究》25.2（2005）。

〔註437〕《殷墟花東 H3 卜辭主人「子」研究》，頁 276。

〔註438〕《初步研究》，頁 104。黃天樹先生認爲　字見於《合》19875，作人名，「昔　」也可能整個作地名，見〈甲骨綴合九例〉，《黃天樹古文字論集》，頁 262。

〔註439〕時兵，〈説花東卜辭中的「刊」字〉，發表於「復旦大學出土文獻與古文字研究中心」網站（http://www.gwz.fudan.edu.cn/SrcShow.asp?Src_ID=538），2008 年 11 月 2 日。最近何景成發表〈釋「花東」卜辭的「所」〉一文，以爲「　（肩）」後代演

涉，从東兆獸（狩）。」（《花東》28）對比可知：《花東》381 的「坴人向」，《花東》295、35、395+548 的「昔」，《花東》289 的「阹西」，《花東》28 的「東兆」同爲「處所」；《花東》381 的「敚」，《花東》295、35、395+548 的「斫」，《花東》289 的「劈」，《花東》28 的「獸」同爲「田獵動詞」。句型結構爲「从」＋「某處」＋「田獵動詞」。

綜上所述，關於「从坴人向敚，逳」的解釋，本文認爲姚萱與林澐的解釋較爲合理，前者認爲「子狩獵從坴地之人的方向搏豕」，後者爲認爲此辭中坴人參加狩獵，是「占卜從坴人所在的方向去『敚』，是否能遇上獵物」。〔註 440〕因此「从」應解釋爲「從某處」，「敚」字爲田獵動詞，「敚菁」應斷開，非「菁敚」倒文，而坴人當指坴地的邑人，與我人、𢀉一樣應該都是子田獵的隨從。

（2）叙 人

最後，花東卜辭中還有「叙人」，見於《花東》113，「叙」字作　。辭例爲「叙人戈，于若。」《花東·釋文》中曰：「叙，本作叴。該字曾見於《屯

變爲「戶」，後代的「所」可能本作「　」，其後用形體相近的「戶」取代「　」，改爲形聲字，並解釋「昔　」爲昔日的處所（《古文字研究》第 27 輯，頁 122～124）。本文認爲此說可商，從本文所舉「从」＋「某處」＋「田獵動詞」的辭例可說明「昔」爲地名、「　」爲田獵動詞。至於「　」字能否釋爲「所」，甲骨文「戶（𢁒）」與「　（叴）」二字形、聲俱遠，以目前所見甲骨文來看，似無互相取代的可能，目前甲骨文中與「　」字有關的辭例非常少，或許要等的有足夠的辭例後方能進一步討論。關於「劈」字，韓江蘇認爲與以丂（鐮類工具）割草、禾之「劈」、「秄」構造相同，解釋此字有「把行徑中的步伐打斷（割斷、分開）」之意，見〈殷墟花東 H3 卜辭「不三其一」句解〉，《紀念王懿榮發現甲骨文 110 周年國際學術研討會論文集》，頁 160～161。從相關辭例來看，此字應該是與田獵有關的動詞，而此字於甲骨文中首見，對此字形、義的推測仍有待未來能有更多帶有此字的辭例出現，方能進一步討論。

〔註 440〕《初步研究》，頁 101；〈花東子卜辭所見人物研究〉，《古文字與古代史》第 1 輯，頁 28。張玉金認爲甲骨文的「从」字「和『自』不同，它不是表示動作行爲的處所起點的，而是表示動作形爲所經由的處所的，它可譯爲『經過』、『經由』」，見《甲骨文語法學》，頁 78。從花東卜辭的「从昔　」、「从　人向敚」、「从阹西劈」、「从東兆狩」來看，都是從某方向作某種田獵行動，「从」應該也有表示行爲處所起點的用法。

南》1111，作 形。該片與本片第 20 辭之 **敍** 字，均用爲地名。」〔註441〕魏慈德將花東卜辭的「**敍**」隸作「**勓**」，認爲即《屯南》1111「**勓絮**」的「**勓**」。〔註442〕事實上《屯南》1111 該字從泉從力作 、（又見於《合》32010，作 ），應隸作「**勓**」，與花東卜辭從泉從又的「**敍**」非同字。

「**戣**」字作從戈從豕，除了《花東》113，此字還見於《花東》363：

□卜，才（在） 京： （迄）戣大戰（獸）□□。〔用〕。

□〔 （迄）〕戣大戰（獸）☑。　　《花東》363

《花東・釋文》中認爲即《集韻》的「**戣**」字，「象以戈對準豕的頭部，表示搏擊之意」，姚萱改釋爲「**戣**」，〔註443〕姚萱的說法見於「」字的考釋中，曰：

> 「**戣**」是一個「從戈豕聲」的形聲字，與會意的「**戣**」不同。「**戣**」字是否有可能經歷了一個將其中的「豕」改造爲字形相近的「豕」的表因過程，也難找到佐證。我們認爲「**戣**」很可能就是「**虢**（虣）」字的異體。……將「」字中以戈搏擊的對象「虎」換成「豕」，表示以「戈」搏擊「豕」，就成爲此處討論的「**戣**」字了。類似的情況如，甲骨文「逐」字異體或作「」……將「」字中的「豕」換成「兔」，「原來也應該是可以表示『逐兔』的（「逐」原來也應該可以用來表示『逐豕』）」。「」和「」的關係跟「**虢**」和「**戣**」的關係極爲相似。〔註444〕

從字形上來看 **虢**、**戣** 同字是有可能的，不過目前尚未見到二者同字的確證，從辭例上看只能肯定 **戣** 爲某種田獵方法。關於 **敍** 人的身分，韓江蘇指出：「《花東》113 辭義爲 **敍** 人參與（活著的）丁（武丁）和『子』舉行的田獵活動，說明 **敍** 爲

〔註441〕《花東・釋文》，頁 1605。

〔註442〕《殷墟花園莊東地甲骨卜辭研究》，頁 107。

〔註443〕《花東・釋文》，頁 1605；《初步研究》，頁 262。學者多從《花東・釋文》，《校勘》認爲二字無本質的分別（頁 22），章秀霞從《初步研究》，見〈花東田獵卜辭的初步整理與研究〉，《殷都學刊》2007.1，頁 31。

〔註444〕《初步研究》，頁 190～191。

丁（武丁）和『子』的臣屬者。」〔註445〕此版提到「丁有鬼夢，🔯在田」，辭
義不明，是否丁也參與田獵，難以判斷，而敘人或指敘地之邑人，應該與叀人、
我人、🔯一樣是子田獵時的隨從。

第三節　人名格式「某友某」與「某友」

一、甲骨文「某友某」、「某友」諸說

　　甲骨文中有「某友某」與「某友」二詞，「友」疑似某種身分，學者或認爲
「某友某」是一種人名格式，「某友」即「某友某」的省略。武丁朝與舌方有
關的卜辭中，常見「崖友角」、「崖友唐」、「崖友（戈）化」報告軍情之卜問（辭
例詳下文），〔註446〕這些卜辭也成爲討論此種人名格式以及「友」字含義重要
的資料。然而學者對「某友某」的理解有很大的歧異：或認爲「友」是動詞，
或認爲「某」、「友」、「某」爲三地名（即三人名），或認爲「某友某」指一個人
物。將「某友某」視爲人物者，對其身分也有多種不同的解釋。茲列出幾種具
代表性的意見：

　　1. 釋「友」爲動詞：

饒宗頤曰：

> 「自崖叒唐」（《前編》7.8.2）又《前》4.29.5 殘辭云：「四日丙午……
> 叒唐告……入于兌」。則「叒」字乃動詞，宜誼爲佑助之右。〔註447〕
> 双即友，讀爲侑，有輔助之義。……殷地名有唐，又稱北唐與舌方
> 每見于同片，而光氏于友角、友化、友角之外，又有友唐之記錄。
> 〔註448〕

〔註445〕《殷墟花束 H3 卜辭主人「子」研究》，頁 277。

〔註446〕「徵」（崖、崖）字各家釋爲「微」（崖、光）或長（崖），本文從裘錫圭與林澐之説
　　　　釋爲「徵」（崖、崖），相關討論詳見本章第一節「崖（崖）」處。

〔註447〕《殷代貞卜人物通考》，頁 594。

〔註448〕〈殷代地理疑義舉例──古史地域的一些問題和初步詮釋〉，《九州》第 3 輯，
　　　　頁 56。

2. 視「某友某」為三地名（即三人名）：

林小安引用《合》6057 正、584 正反、6063、6068 正，曰：

> 總計爲舌方所侵之地有：光、友、角、唐、留、化、沚、戈、……
> 等。可見舌方危害之烈。〔註449〕

不少學者對相關辭例有同樣的理解，如李伯謙引用《卜通》512（《合》6057 正），
曰：「長、友、角和沚族居地不能確知，但其在商都之西北當無大誤」。〔註450〕

3. 視「某友某」為一個人物：

將「某友某」理解爲人物的學者較多，對其身分的詮釋各有不同，如：

（1）張亞初、劉雨認為「友」是「僚友」之義，曰：

> 友也是古代職官中的一種稱呼。《尚書·牧誓》：「我友邦冢君」傳云：
> 「同志爲友」。《説文》：「友，同志爲友，从二又相交友也」。《公羊
> 傳》定公四年傳：「朋友相衛」，注云：「同門曰朋，同志曰友」。在
> 金文中寮與友并稱，寮友都是部屬、助手之稱。
>
> 友之稱西周銘文習見。這種稱呼已見于殷墟卜辭，例如「𣌰友角」、
> 「𣌰友唐」等（參《殷墟卜辭綜類》九五頁）。角與唐都是𣌰的僚友。
>
> 〔註451〕

鍾柏生曾將《合》5622「令郭以㞢族尹𠂤（愁）㞢友」的「㞢友」解釋爲「㞢
族的其他僚友」。〔註452〕趙鵬也接受「友」爲「僚友」之說，曰：

> 這種人名結構的「友」思量很久不敢作定論，方稚松認爲可能與金
> 文「僚友」、「朋友」的「友」意思相同。前不久幸得有機會向裘錫
> 圭先生請教。裘先生認爲「友」應讀爲「僚友」的「友」，前後的某
> 皆爲人名。這種人名結構意爲：某的僚友某。張亞初、劉雨說：「僚
> 友都是部屬、助手之稱……角與唐都是𣌰的僚友」此從其說。〔註453〕

〔註449〕〈殷武丁臣屬征伐與行祭考〉，《甲骨文與殷商史》第 2 輯，頁 275。

〔註450〕〈從殷墟青銅器族徽索代表的族氏的地理分布看商王朝的統轄範圍與統轄措
施〉，《考古學研究（六）》（北京：科學出版社，2006），頁 126。

〔註451〕《西周金文官制研究》，頁 59。

〔註452〕〈卜辭中所見的尹官〉，《中國文字》新 25 期，頁 8。

〔註453〕《殷墟甲骨文人名與斷代的初步研究》，頁 88。

方稚松也接受僚友之說，並進一步指出「友」與「示」有關，曰：

> 「某示」或「某示某」的結構，這與卜辭中常見的「某田（或牧、
> 犬、任、友）某」形式是很相近的。尤其是其中「友」的用法、含
> 義與這裡的「示」更為接近。……《合補》1760 反、《合》4057 正
> 中的「𨙷示易」、「我示𤔲」，陳夢家曾將其中的「示」理解為指邊域
> 的名詞，與「奠」、「鄙」義近；李學勤的《殷代地理簡論》將「𨙷示
> 易」中的「易」理解為𨙷地的一個地名，……我們認為陳夢家、李
> 學勤對這一短語結構的理解應是正確的，「我示𤔲」、「𨙷示易」中的
> 「我示」、「𨙷示」是「𤔲」、「易」的修飾限定成分。《合》296+10048、
> 4593、4759、21284 等辭中的「屮示」之「屮」應為族名或地名。《合》
> 296+10048、4593 兩條卜辭中的「収」有「徵求」義，「屮示」是「屮」
> 的臣屬之類，需要向商王朝提供一定的服務或物品。……《合》21284
> 中的「屮示𣪊」結構與《花東》21 中的「子雍友𤔲」相當，「𣪊」
> 與「𤔲」也可能是一字，表示的可能是一種身份。……《合》14198
> 正中的「黃示」與「王族」並稱，與戰爭有關，指的應是「黃」所
> 率領的一支族眾，「友」在甲骨金文中也是常參與戰爭的。……董珊
> 在與筆者的一次交談中，曾提出一意見，認為記事刻辭中的「示」
> 可從「主」字考慮讀為「屬」。……「屬」有委託、交付之義。……
> 「屬」的這種含義與記事刻辭中的「示」的含義是相合的。此外「屬」
> 還有臣屬、屬吏之義（《廣韻》音為市玉切，禪母屋部）。……由此，
> 甲骨文寫作「丅」的「示」讀為「屬」的可能性是很大的。〔註454〕

（2）鄭杰祥認為「友某」是私名，曰：

> 「友角」以及其他卜辭中的「友唐」（《合集》6063），「友化」（《合
> 集》6068），應是長族首領的私名。長族是商王朝西部的重要盟
> 邦，……。〔註455〕

朱鳳瀚的觀點與鄭說類似，曰：

〔註454〕〈談談甲骨文記事刻辭中「示」字的含義〉，《出土文獻與古文字研究》第 2 輯，
　　　　頁 88～90、93。此說已見於《殷墟甲骨文記事刻辭研究》。
〔註455〕《商代地理概論》，頁 303。

長亦是卜辭多見之氏名……，戈化是長氏人名，長氏人名好用雙字，如《合集》6075 又有「長有角」。〔註456〕

王恩田也有同樣的觀點，曰：

> 微，族名。武丁卜辭有微友化（合集 6068 正），友化為私名，是微族首領。微字的異體字加止，有微友角（合集 6057 正）；微友唐（合集 6063 反）；都是微族首領。這部分卜辭所涉及的都是向殷王朝報告呂方侵犯西部邊疆的有關情況。〔註457〕

最近朱鳳瀚對私名之說有進一步發揮，曰：

> 晚商時期，商人的私名應該並非是一個字的，如上舉「𢀛戈化」、「𧵎友角」，……將𢀛解釋為氏名，代表這個族氏之群體，同時又是地名，是因其所居之地與氏名相同。而在作個人名稱使用時，顯然只有代表這個族氏的族長才可能以氏名同時作為個人名號。這應該是商人特有的名號制度。但這種以氏名稱族長個人的用法，也許只在於特殊的文體中，如卜辭，或禮器的銘文中，不等於日常也這樣稱呼，而是應有類似「𢀛戈化」、「𧵎友角」這樣的名子。「𢀛戈化」、「𧵎友角」亦當是𢀛氏內首領之名。𢀛氏內類似的人名還有「𧵎友唐」（《合集》6063 反），「友」在這裡也可能有同族兄弟之意。由此種稱呼，可知商人私名也是以氏加本人名組成。像戰國以後人稱「姓」（即氏）加本人名組成，當是沿襲此種制度。〔註458〕

（3）蔡師哲茂認為「友」可能表示某種血緣關係，曰：

> 「友唐」疑為「𡊄友唐」（見合 6063）之殘，疑與「𡊄友角」（合 6057）屬同一族。〔註459〕

（4）林歡認為「某友某」為前一「某」族之將領，曰：

> 長族是商人在晉南最重要的附屬國族之一，長族將領「長友角」、「長

〔註456〕《商周家族形態研究（增訂本）》，頁 152。

〔註457〕〈釋　、畀、　——兼說畀、鼻字形〉，《古文字研究》第 25 輯，頁 32。

〔註458〕〈武丁時期商王國北部與西北部之邊患與政治地理〉，《國博》，頁 275。

〔註459〕《綴集》，頁 387。

友唐」等均曾直接向大邑商通報地方軍事情況。

晉南長子族將領中有「長友唐」……長友唐之得名或因領地近於唐。

〔註460〕

王震中看法相同，曰：「卜辭中『長友角』、『長友唐』也是有名的長族將領（《合》6057 正、6063 反等）。」〔註461〕

（5）林澐認為「友」是一種職事，曰：

「友」在商代是一種特殊的社會關係。過去在賓組卜辭中曾見到過「壴友角」（合 6057 正）、「壴友唐」（合 6063 反）、「壴友化」（合 6068 正），此壴和花東子卜辭的壴極有可能就是一個人，則壴和不同的人有「友」的關係。在西周金文中，仍存在這種特殊的社會關係的記載。如師旂鼎銘：「雷使厥友引，以告于伯懋父。」（集成 5・2809）大鼎銘：「大以厥友守……以厥友入捍王。」（集成 5・2897）師訇簋銘：「敬明乃心，率以乃友，捍禦王身。」（薛氏 137）而且從令方彝銘「乃寮（僚）」和「乃友」並舉（集成 16・9901），麥鼎銘稱「用饗多寮（僚）友」（集成 5・2706）來看，<u>「友」的關係大概是相當固定的一種職事</u>。師詧父鼎銘中王在冊命師詧父時讓他「官嗣乃父官友」，則「友」的關係還可以世代相繼。

在古代，人們以家族的血親關係作為立足於社會的基本依賴。而要維護不同家族間的聯繫，一是靠婚姻，一是靠朋友。所以，眉敖簋銘：「好朋友雪百諸婚媾「（集成 8・4331），克盨銘：「唯用獻于師尹、朋友、婚媾」（集成 9・4465），都以朋友和婚媾並舉。<u>以兄弟的血親關係來比擬「友」的關係，以及用「友」來表達兄弟間的關係，應該是同樣古老的。從卲（卬）是子妻的友來看，他和子妻不是一個家族的人</u>。〔註462〕

上述看法中，將「友」視為動詞，衡諸相關卜辭皆難通讀，而將「某友某」視

〔註460〕 《晚商地理論綱》，頁 78、64。

〔註461〕 〈商代都鄙邑落結構與商王的統制方式〉，《中國社會科學》2007.4

〔註462〕 〈花東子卜辭所見人物研究〉，《古文字與古代史》第 1 輯，頁 20～21。

爲三人名並列，則「友」此人同時能與數十位不同人物並列，也不合理。目前較多學者接受「某友某」指一個人物，但對「友」的解釋仍無定論。本文同意「某友某」爲人物，「友」表示某種社會關係。以下先對舊有卜辭「某友」、「某友某」的相關辭例作一初步的分類整理與討論。

二、相關卜辭整理與討論

關於舊有卜辭的「某友」、「某友某」，趙鵬、方稚松都有全面的整理，以下依卜辭事類作區分（辭例太過殘缺者不列入討論）。

（一）舊有卜辭分類與整理

1. 被「取」、「収」、「求」之「友」

貞：乎（呼）𢓊取龔友于[illegible]庶，𠂤（以）。　《合》6595

⊠其乎（呼）取⊠龔友𠧟（剢）⊠。　《合》8202

取[illegible]友于鳥。　《合》8240

貞：収隻（獲）友冊。　《合》685 正

癸未卜，[illegible]：令䍧（匕）比磬求㞢友。　《合》21050

關於「取」字，本文多次提到此字爲「徵取」之義，此字也是判別臣屬關係的指標之一，〔註 463〕而《合》6595 句型較爲特殊，茲舉同類句型如下：

令𡚬取大，𠂤（以）。　《醉古集》307（《合》11018 正+《乙》4084【鄭慧生綴】+《乙補》2471【林宏明加綴】）

壬⊠令⊠取〔[illegible]〕侯，𠂤（以）。十一月。　《合》3331

取[illegible]馬，𠂤（以）。才（在）昜。　《合》20631

己酉卜，㱿貞：勿乎（呼）[illegible]取[illegible]（肩）任伐，弗其𠂤（以）。　《合》7854 正

□辰卜，𡆥貞：乎（呼）取馬于𡆥，𠂤（以）。三月。　《合》8797 正

戊午卜，穷貞：乎（呼）取牛百，以。王固（占）曰：吉。𠂤（以），其

〔註 463〕詳見本文第一章第二節「界定甲骨文所見人物臣屬關係的主要方法」所引楊升南、林澐之說，以及第四章第二節「吳」處，下文第六章第三節「[illegible]」處也有相關討論。

至。　　《合》93 反

⬚乎（呼）取羌，吕（以）。　　《合》891 正

貞：⬚乎（呼）取白馬，吕（以）。　　《合》945 正

貞：勿〔乎（呼）〕追取牛，弗其吕（以）。　　《合》8805

己巳卜：雀取馬，吕（以）。　　《合》8984

庚子卜，亘貞：乎（呼）取工芻，吕（以）。　　《英》757

己亥卜，宔貞：牧勹人，攴（肇）。　　《合》8241（《合》10526、11403
同文）

戊戌卜，宔貞：牧勹人，令菁吕（以）⬚。　　《合》493

⬚取⬚芻，示（屬）。　　《合》115

「取某」即向某人（某地）徵取物品，也有直接說取某物者，最完整的是
如《合》8797 正「取馬于⬚」卜辭中也有「某以……有取」句型，與此類句型
相對，可參本文第六章第三節「」處。另外，《合》8202 有「𥝤」字，裘錫
圭指出此字爲禾黍一類穀物的莖桿，卜辭中常作動詞，即芟除禾桿之類的農事，
卜辭中也見「𥝤」後祈雨者，可能是希望直接以之爲肥料。〔註464〕此版若是卜
問向龏友徵取「𥝤」，可能之前也有命龏友行芟除之農事，再取禾桿做肥料用
（也可能做燃料）。《合》8240 的「鳥」爲地名，〔註465〕該辭卜問在此地向「屮
友」徵取物品，《合》8239 有「⬚屮友獲于鳥」，可能徵取的就是屮友在此地獵
獲之物。《合》10914 正有「戈友獲在西呼⬚」也與「某友」獲取獵物有關。而
「収」與「取」一樣是「徵取」之義，卜辭中「収人」、「収眾」、「収牛」、「収
羊」的辭例甚多（參《類纂》361～362），還有蔡師哲茂指出的「収生」（《合》
20637）、「𢼹生」（《合》15862 正），及前文提到的「収多女」（《合》675）。「求」
與「収」一樣有「徵取」之義，卜辭中有「求奠臣」（《英》1806、《合》7239
正）、「収奠臣」（《合》635 反），可參照。〔註466〕

〔註464〕〈甲骨文中所見的商代農業〉，《古文字論集》，頁 175～177。

〔註465〕學者或認爲卜辭中的「鳥」字有作星宿名者，方稚松曾辨之，並整理出「鳥」作
　　　　地名之用法，見《殷墟卜辭中天象資料的整理與研究》（北京：首都師範大學碩士
　　　　論文，黃天樹先生指導，2004），頁 64。

〔註466〕詳見裘錫圭，〈釋求〉，《古文字論集》；〈說殷墟卜辭的「奠」──試論商人處置服

綜上所述，「龔友」、「𡆥友」、「獲友」、「㞢友」是被「取」、「収」、「求」者，說明了「某友」與卜辭中許多人物、族邑一樣是商王徵取物資的對象。其中「龔友」此人身分較爲特殊，劉桓在討論晚商的「龔姛方鼎」、「龔姛觚」時曾認爲「龔乃方國部族名，大概長期與商族通婚，友好互助，龔的首領被稱爲『龔友』（《前》4.29.3、4.30.1 等）」。〔註 467〕

2.「告」邊事之「友」

癸巳卜，㱿貞：旬亡〔𡆥（憂）。王𠧩（占）曰：㞢（有）〕求（咎），其㞢（有）來嬄，气（迄）至。五日丁酉允㞢（有）來嬄自西。沚或告曰：土方圍于我東鄙〔田，𢦏〕二邑，𢀛方亦𠬝（侵）我西鄙田⌧。

〔癸亥卜，□貞：旬亡𡆥（憂）〕。王𠧩（占）曰：㞢（有）求（咎），其㞢（有）來嬄，气（迄）至七日己巳允㞢（有）來嬄自西。峀友角告曰：𢀛方出，𠬝（侵）我示𥝢田七十人。五〔月〕。　《合》6057 正

〔癸卯卜〕，徐⌧旬亡𡆥（憂），王𠧩（占）曰：㞢求（咎），陪美其㞢⌧四日丙午允㞢來〔嬄〕⌧友唐告曰：𢀛方⌧入于莧⌧。　《綴集》135（《合》6065+8236）〔註 468〕

⌧自峀友唐：𢀛方（三𠂤圍）〔註 469〕⌧𢦏（翦）𡆥示易。戊申亦㞢（有）來自西。告牛家。　《合》6063 反+《東文研》B0388a【松丸道雄綴】〔註 470〕

癸未卜，永貞：旬亡𡆥（憂）。七日己丑峀友化乎（呼）告曰：𢀛方正（征）于我奠豐。七月。　《合》6068 正

⌧〔㞢（有）〕來嬄⌧〔峀□化〕乎（呼）告曰：⌧〔我奠〕豐。七月。

屬者的一種方法〉，《中央研究院歷史語言研究所集刊》64.3，頁 679。

〔註 467〕〈商史札記三則〉，《甲骨集史》，頁 81。

〔註 468〕蔡師哲茂指出本組與《合》6062、39495 正同文，「友唐」疑爲《合》6063「峀友唐」之殘。見《綴集》，頁 387。

〔註 469〕嚴一萍指出此字爲「三」、「𠂤」、「圍」合文，見〈釋 、 〉，《甲骨古文字研究》（台北：藝文印書館，1976）第 1 輯，頁 110。

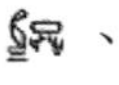

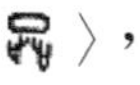

〔註 470〕趙鵬指出此版與《合》3394、6064 反、17587 爲同文例，見《殷墟甲骨文人名與斷代的初步研究》，頁 89。

《懷》439+《合》7151 正【趙鵬綴】〔註471〕

癸未卜，[𣜩]貞：旬亡[囚]（憂）。〔王固（占）曰：[𡉚]（有）〕求（咎），其[𡉚]（有）來婎。气（迄）至七日己〔丑〕允[𡉚]（有）來婎自西，[崖戈化]乎（呼）告曰：舌方圍于我奠[囗]壬辰亦有來自西，[吹]乎（呼）[囗]圍我奠，戋四[囗]。　《合》584 正反甲+9498 正反【蕭良瓊綴】〔註472〕+《合》7143 正反【劉影綴】〔註473〕+《東文研》B0571ab【李愛輝綴】〔註474〕

〔癸未卜，□貞：旬〕亡[囚]（憂）。王固（占）曰：[𡉚]（有）求（咎），[𡉚]（有）夢，其[𡉚]（有）來婎[囗]七日己〔丑〕允[𡉚]（有）來婎自〔西〕，[崖戈化]乎（呼）告〔曰：舌〕方圍于我示[囗]四日壬辰亦有來自西，[吹]乎（呼）告[囗]。　《合》137 反+7990 反+16890 反【蕭良瓊綴】〔註475〕

[囗]婎[崖][囗]圍于我[囗]辰亦[𡉚]來[囗]日舌[囗]四邑。　《綴集》140（《合》6067+7866 正）〔註476〕

以上為「舌方」侵略崖此地，「崖友角」、「崖友唐」、「崖友（戈）〔註477〕化」諸「友」向商王報告軍情之卜問，這些人可能是崖的使者，或由他們負責

〔註471〕〈甲骨新綴二例——附《甲骨文合集·材料來源表》補記一則〉發表於「先秦史研究室」網站（http://www.xianqin.org/blog/archives/68.html），2008 年 9 月 30 日。

〔註472〕〈卜辭文例和卜辭的整理與研究〉，《甲骨文與殷商史》第 2 輯，頁 62。該文指出據《合》137 反+7990 反+16890 反可知正面「我奠[囗]」下接反面「壬辰亦有來自西……」（頁 40）。

〔註473〕〈賓組甲骨新綴三則〉，發表於「先秦史研究室」網站（http://www.xianqin.org/blog/archives/1631.html），2009 年 9 月 10 日。

〔註474〕〈賓組胛骨綴合一則〉，發表於「先秦史研究室」網站（http://www.xianqin.org/blog/archives/1727.html），2009 年 10 月 27 日。

〔註475〕〈卜辭文例和卜辭的整理與研究〉，《甲骨文與殷商史》第 2 輯，頁 59。趙鵬先生指出為《合》584+9498 同套卜辭之三（《殷墟甲骨文人名與斷代的初步研究》，頁 89）。

〔註476〕蔡師哲茂指出本片疑與合 584 正反+合 9498 正反為同文例，見《綴集》，頁 388。

〔註477〕陳劍認為「崖戈化」的「戈」可能是「友」字誤刻，見趙鵬，《殷墟甲骨文人名與斷代的初步研究》，頁 89。不過「友」、「戈」字形差異頗大且上舉《合》137 反、《合》584 正反，兩版皆為「戈」，或許作「友」、「戈」有其他理由，不過二者仍應是同一人。

派人回報軍情。受侵略者爲「我示爨田」、「我奠豐」、「莧」、「畓示易」，後二者非崔族領地，前二者學界有不同意見，或以爲指崔之領地，或以爲屬商王領地。就「奠」而言，王貴民以奠爲都外之地，認爲此「我奠」指該族邑之奠，〔註478〕裘錫圭則以奠爲奠置戰敗者之地，分散於各地，此「我奠」指「商的奠」。〔註479〕裘先生認爲「我」是商人自稱，也認爲「侵我示爨田七十人」指入侵商人農田之事，〔註480〕張玉金從第一人稱的角度說明：

> 在甲骨卜辭的驗辭裏，有記載殷邦邊疆官吏的話。例如：……（引者按：即上引《合》6068正、《合》6057正）這類例子中的「我」顯然是指代殷邦，而不僅是指代說話者自己，因爲「奠豐」……、「東鄙」絕不是說話人自己的。〔註481〕

「我」究竟所指爲何是個有趣的問題。事實上，出現在「命辭」中的人稱用法較容易判斷，即王爲占卜主體者，貞人基本上是用王的口吻表述，其中第一人稱指王；若占卜主體爲非王族長，則用子的口吻表述，而卜辭中有時也可能出現貞人（甚至契刻者）的口吻。〔註482〕然而，上引告邊事之卜辭的「我」出現在「驗辭」中，且爲他人的話語，其中的第一人稱究竟指誰，實難判斷，以下略作推測。

關於卜辭中第一人稱代詞「我」的用法，張玉金指出「在卜辭中找不到『我』表示單數的確切例證」，〔註483〕因此就上引諸辭而言，「我」若以占卜主體商王的角度表述，自然指「我們商王朝的……」，則「我奠」、「我示」應該就在崔地附近，才會由其臣屬「崔友某」負責通報之事。但也可能是以崔的角度出發，也就是由使者代表本國通報，此我指「我國（或我族）的……」，則「奠」、「示」

〔註478〕《商周制度考信》，頁162～163。

〔註479〕〈說殷墟卜辭的「奠」——試論商人處置服屬者的一種方法〉，《中央研究院歷史語言研究所集刊》64.3，頁677。

〔註480〕〈關於商代的宗族組織與貴族和平民兩個階級的初步研究〉，《古代文史研究新探》，頁325。

〔註481〕〈殷墟甲骨文代詞系統研究〉，《西周漢語代詞研究・附錄》，頁373。

〔註482〕見沈培，〈商代占卜中命辭的表述方式與人我關係的體現〉，《古文字與古代史》第2輯。

〔註483〕〈殷墟甲骨文詞類系統〉，《西周漢語代詞研究・附錄》，頁374。

爲𡆥的領地，〔註484〕本文認爲此種可能性不能排除，如以下此例所示：

> ☑王固（占）曰：屮（有）求（咎），其屮（有）來婕，气（迄）至九
> 日辛卯允屮（有）來婕自北。奴妻㚔告曰：土方犦（侵）我田十人。五
> 〔月〕。　　《合》6057 反〔註485〕

此版正面有「𡆥友角告曰：舌方出，侵我示爨七十人」，而奴之妻「奴妻㚔」〔註486〕負責向商王通報奴地受到侵略時也用了「我」。以下此例中「子娥」之通報表明奴地確有受到侵擾：

> 四日庚申亦（有）來婕自北。子娥告曰：昔甲辰方正（征）于奴，俘（俘）
> 人十屮五人。五日戊申，方亦圍，俘（俘）人十屮六人。六月。才（在）
> ☑。　　《合》137 反+7990 反+16890 反【蕭良瓊綴】

而前面提到「𡆥」地也經常爲舌方侵擾（詳本章第一節），似乎「我」也可代表受侵擾之國族，也就是由𡆥、奴的立場表述，指「我國（或我族）的……」，並由「𡆥友某」、「奴妻㚔」負責通報。負責通報者的身分也很多元，如「𡆥友某」是𡆥之「友」，「奴妻㚔」是奴之「妻」，他們可能是自己親自通報，或派人通報，「子娥」身分不明，也有可能是商王朝派出的人回報軍情。卜辭中「呼告」的辭例常見，如：

> 三日乙酉屮（有）來自東，妻乎（呼）𠄌告旁㦜（戎）。　　《合》6656
> 正

> 乙巳卜，宁貞：畓乎（呼）告舌方出，允其。　　《合》6079

> 癸亥卜，爭貞：旬亡田（憂）。王固（占）曰：屮（有）求（咎），戊辰

〔註484〕陳夢家曾將示理解爲指邊城之類名詞，與奠、鄙義近，李學勤也將示解釋爲表示地名之詞，方稚松進一步指出「示」可能讀爲「屬」，有臣屬、屬吏之義，見〈談談甲骨文記事刻辭中「示」字的含義〉，《出土文獻與古文字研究》第 2 輯，頁 92～93。朱鳳瀚認爲「示」與「奠」同音，可能指同一行政區域名，因不同習慣而寫成兩個字，見〈武丁時期商王國北部與西北部之邊患與政治地理〉，《國博》，頁 276。不過若根據裘錫圭之說，奠字有處置之義，或許奠與示是不同處置臣屬的方法，從「屬」考量，或是派任、委付某人或某族人去管理某地，使之成爲屬地，奠則是奠置戰敗者。

〔註485〕《合》4547、7142 反有殘文「奴妻」、「㚔」應該也指同一人。

〔註486〕朱鳳瀚認爲此人出身於「竹」氏，見《國博》，頁 276～277。

允屮（有）來婡。沚馘乎（呼）告曰：☒。 《綴集》12（《合》583
正+7139）

「中」爲子妻所派，上舉《合》584 正反+9498 正反、《合》137 反+7990 反+16890
反也有「由呼告」。從「呼告」來看，「峀友（戈）化」也可能不是自己通報的。
因此除了「中」以外，應該還有很多奉命通報軍情者，只是在卜辭中沒有提到
他們的名子。將這些通報者視爲該族邑之長的臣屬應該是合理的。

　　3. 被「愻」之「友」

丁未卜，爭貞：令郭呂（以）屮族尹矛（愻）屮友。五月。 《合》5622

丁酉卜，出貞：令侃迌（愻）鳴友☒。 《合》23684

貞：叀（惠）般商令孚（愻）鳴友。 《合》40742

　　裘錫圭指出「愻」字有敕戒鎭撫之義，前文已引述相關說法，卜辭中還有
「愻沚」、「愻易」，「愻堂」，[註487]這些地方處於西陲，鄰近敵國，都是上文
提到受到吾方侵擾並向商王通報軍情的地方，此「屮友」、「鳴友」也可能地處
邊境。從「屮族尹」愻「屮友」來看，此「友」可能代表一批屮族的臣屬或代
表屮族臣屬之駐地。《合》8964 有「令薜以屮友馬彷（衛）☒」，對照以下辭例：

乙亥卜，貞：令多馬亞伲、薜、詠省陝啇，至于冒侯，從 川，從 侯。
《合》5708

☒卜，宁貞：☒〔令〕薜呂（以）多馬衛（衛） 。 《合》5712

辛未貞，薜呂（以）新射于蕲。 《合》32997

令郭呂（以）多射衛（衛），示乎（呼） 。六月。 《合》5746

□戌〔卜〕，永貞：令旨呂（以）多犬衛（衛）從多☒蠱羊☒從𠂤☒。
《合》5666 正

「薜」是「多馬亞」，曾率領「多馬」、「屮友馬」從事防衛工作，也率領「新射」。
從上引卜辭來看，「屮友馬」、「多馬」、「多射」、「多犬」都是被率領從事防衛工
作者，王貴民認爲「『馬』似爲武職，同於當時以『犬』稱田獵官吏」，[註488]

〔註487〕〈釋祕〉，《古文字論集》，頁 24～25。

〔註488〕《商周制度考信》，頁 229。也有學者認爲「馬」指「馬兵」、「騎兵」，如王宇信，
　　　　〈甲骨文「馬」、「射」的再考察——兼駁馬、射與戰車相配置〉，《第三屆國際中

從「㞢友」提供「馬」來看，「㞢友」確有可能處於邊地，如同圉之諸友。

（二）甲骨文「友」是否為表示某種血緣關係的稱謂

據上述各家說法，「圉友某」或爲將領、或爲僚屬、或視「友某」爲族長私名，還有將「圉」比擬爲後代的「姓」，「友某」如同後代的名。對「友」也有視爲代表某種血緣關係的「稱謂」，以及視爲與血緣無關的「職事」。

比較各種「某｜身分＋某」的人名格式，將「某友某」視爲此種人名格式應較爲合理，而非「某＋私名」，上文提到的「㐭妻安」以及本文第三章第三節整理各家說法所得九個「某子某」都可作爲參照。關於「友」本身的意義，從上引「友」的辭例來看，此類人物的臣屬性質非常明顯，不過「某友某」中前一「某」與後一「某」是否有血緣關係，從卜辭內容實無法判斷。朱鳳瀚將「圉友某」解釋爲「圉」族的諸位首領，「友」解釋爲「同族兄弟」，應該是上承他在《商周家族形態研究（增訂本）》第二章第三節之「『朋友』考」一文而來，該文發揮錢宗範〈朋友考〉的觀點，基本上是對金文與先秦文獻中「友」、「朋友」等詞的解釋，朱先生認爲先秦的「友」指同族兄弟，其中應包含族內諸從父、從祖兄弟。這樣的觀點用在卜辭中的「友」字未必合適。根據朱先生對「子族（多子族）」的定義：「作爲王子的『子某』所領率之族──由先王的部分未繼王位的王子（王卜辭中亦稱「子某」）在其父王卒後從王族中分化出去建立的家族」而對「子某」之稱認爲「不限於時王之子，……王卜辭中的『子某』有一些可能是前一代（或前二三代）先王之子」，〔註489〕由其定義來看，此中必有時王之從父、從兄弟或子姪輩。如前文提到的子妻可能是盤庚後代，對武丁而言自然也是從兄弟或叔姪之類關係，此類人物在概念上與他所謂的「友」相同，若在商朝「子」、「友」都能指涉從兄弟輩，區分標準何在？是王室與非王室之分？還是階級高低之分？或根本無分別？都是需要討論的問題，本文認爲目前有關商代史的文獻資料相當貧乏，僅憑甲骨卜辭不容易深入討論這些問題。而「僚友」、「職事」之說來自對金文「友」的研究，當然也不能簡單的以此上溯甲骨文「友」之字義，但就目前所能掌握的有限辭例來看，可以

國古文字學研討會論文集》；劉釗，〈卜辭所見殷代的軍事活動〉，《古文字研究》第 16 輯（1989），頁 80～81。不過商代是否已有騎兵，仍有待考證。

〔註489〕《商周家族形態研究（增訂本）》，頁 81、50。

確定這些人物具有臣屬性質，包括作爲徵取貢物的對象、向中央通報軍情、受中央戒敕鎮撫等等，應可將「友」解釋爲具有「職事」性質的稱呼，爲「僚屬」之類的意思。〔註490〕當然，也不能排除「友」表示某種血緣關係的稱謂的可能性，但就卜辭內容而言，或有一鱗半爪可資聯想，實難得其確證。

三、花東卜辭中的「友」

花東卜辭中也有「某友某」與「某友」兩種人名格式，即「子營〔註491〕友敉」、「妻友邜」、「凵友」。以下先分別對相關卜辭的釋讀作一檢討，並對此三人之身分與地位作初步討論。

（一）子營友敉

子營友敉之相關辭例如下：

乙亥卜，鼎（貞）：子營友敉又（有）复（復），弗死。　一《花東》21

朱歧祥曰：

> 子雍，人名。友，用爲動詞。敉，外邦名。言子雍友於外邦。相對於416版的「齧妻友邜」例，本辭的「子雍友敉」應獨立成句。〔註492〕

林澐則認爲：

> 爲「凵友敉」進行占卜的事，可以和子妻有「妻友邜」（花 416）相比照，如果凵讀爲「子雍」是正確的話，倒也有可能是家族親屬成員之一。〔註493〕

朱歧祥的思路與前舉饒宗頤之說相同，將「友」視爲動詞，林澐則視之爲「某友某」的人名格式，並將「友」視爲某種「職事」。方稚松、趙鵬也都視之

〔註490〕關於金文的「友」，陳英杰有精詳的討論，指出金文中「（多）友」與「（多）朋友」可能在意義上有所區別，「友」相當於後世的「僚屬」，詳見《西周金文作器用途銘辭研究》（北京：線裝書局，2008），頁341～349。

〔註491〕此字一般釋作「雍」，本文從何樹環釋爲「營」，相關說法詳見本文第七章第一節「丁族」處。

〔註492〕《校釋》，頁964。

〔註493〕〈花東子卜辭所見人物研究〉，《古文字與古代史》第1輯，頁19。

爲「某友某」的人名格式，並將「友」解釋爲「僚友」。〔註 494〕韓江蘇則認爲「又」即「侑」，「复」有「往復」之意，「㣇」爲「羊牲」，解釋此辭爲「令子雍侑祭用羊牲反復多次，牲會死去」。〔註 495〕

本文認爲朱說與韓說皆可商。「子營友㣇」其是否爲人名可從花東卜辭其他「弗死」的辭例來看，如：

　　乙卜，鼎（貞）：𠂤（賈）壴又（有）口，弗死。　一

　　乙卜，鼎（貞）：中周又（有）口，弗死。　一　《花東》102

　　丙辰卜：𢀛又（有）取，弗死。　一　《花東》321

「弗死」是花東卜辭特有的用法，其解釋目前無定論，可能同「不死」。「賈壴」、「中周」、「𢀛」皆爲人名，前二者是卜問在有「口」這種狀況下是否不會死，後者是卜問對𢀛有「徵取」之事或𢀛有出外「徵取」之事，是否不會死。可知《花東》21「子營友㣇有复」的「子營友㣇」也應爲人名，「复」即「歸返」，前文已有討論。故本辭是卜問此人將歸返，是否不會死。〔註 496〕

關於「㣇」字，於甲、金文中多見，爲職官名或族名，非「羊牲」。在「子雍友㣇」一詞中，「㣇」應如何解釋，至少有三種可能：第一是「職官名」，第二是「私名」，第三是「族氏名」。甲骨文的「㣇」與「牧」可通，裘錫圭曾指出甲骨文中的「牧」是與「田」類似的職官，皆有一定程度的武裝，不同的是在商代牧並沒有成爲諸侯的正式封號。〔註 497〕此類「牧」多見於「在某牧某」、「在某牧」、「某牧」的人名格式中。〔註 498〕不過就上引「某友某」的辭例來看，後一「某」並無作「職官名」者，而在「某+身分+某」的人名格式中，後一「某」

〔註 494〕《殷墟甲骨文人名與斷代的初步研究》，頁 89；〈談談甲骨文記事刻辭中「示」字的含義〉，《出土文獻與古文字研究》第 2 輯，頁 89。

〔註 495〕《殷墟花東 H3 卜辭主人「子」研究》，頁 189。

〔註 496〕「弗死」、「复」的討論參本章第一節「射告、南」、「大、發（射發）」處，「有口」的討論參本文第五章第一節「壴（賈壴）」處，「𢀛」的討論參本文第六章第三節。

〔註 497〕〈甲骨卜辭中所見「田」、「牧」、「衛」等職官的研究〉，《古代文史研究新探》，頁 352～356。林歡對甲骨文中的「牧」有完整的討論，可參《晚商地理論綱》83～85，又見〈甲骨文諸「牧」考〉，宋鎮豪等主編，《殷商文明暨紀念三星堆遺址發現七十周年國際學術研討會論文集》（北京：社會科學文獻出版社，2003）。

〔註 498〕參《殷墟甲骨文人名與斷代的初步研究》，頁 75～77。

也無作「職官名」者，可知「職官名」可能性最小。而「私名」是最容易解釋的途徑，即身分爲「子營友」之人，名爲「敉」。不過本文認爲在「某+身分+某」的人名格式中，後一「某」字還是有可能表示族氏，如前舉「収妻妟」的「妟」爲「竹」國之女。

至於將「敉」解釋爲族氏名基本有兩種觀點。其一是用「以官爲氏」解釋「敉」。嚴志斌指出甲骨文「牧」字與金文「牧」字的差別爲：

> 關於牧與敉，其作爲職官的性質是一樣的，但具體而言似乎還應該有所區別的。正如甲骨卜辭中牢與宰是有區別的一樣。也許牧者側重於畜牧牛而敉則側重於畜牧羊。另外，就甲骨卜辭中有關材料來看，多用「牧」字（或從彳，偶從辵），而「敉」則少見；而在青銅器銘文中，則「敉」卻遠遠多於「牧」，這種不均衡性是否有其內在背景，可作近一步探究。〔註499〕

又認爲金文中的「敉」字從「亞牧」、「亞敉」、「亞右敉」來看，「牧官也有被轉用作族氏名號的」，「亞高敉」表明敉族可能還分化出名「高」的亞族。〔註500〕此說針對金文，甲骨文中的「敉」是否有從職官演變而來的族氏名，難以考證。陳絜就認爲：

> 以職業爲族氏名號的說法沒有太多的直接證據；同樣，「以官爲氏」的族氏命名法儘管在商時期已露其端倪，但直接的證據也極其罕見。目前所知者，可以與「以官爲氏」發生聯繫的大概就是「宁貝」、「宁酉」、「宁羊」等名號了。〔註501〕

其二是直接認爲「敉」即「養」字，爲國名。早期容庚曾認爲金文「敉」與《說文》養字古文「�======」同，由於「敉」字於金文皆爲單詞，故以養釋之。李孝

〔註499〕《商代青銅器銘文研究》，頁111。

〔註500〕《商代青銅器銘文研究》，頁112。關於某個銘文是否爲族徽文字，嚴志斌曾提出一判斷標準，即：「凡配有亞形、字形比較象形又常單獨出現的銘文應當就是族徽。這可以作爲判定該銘文是否爲族徽的一個標準」。見〈也談「準族徽文字」──讀《試論商周青銅器族徽文字獨特的表現形式》〉，《中國歷史博物館館刊》2000.2，頁63。

〔註501〕《商周姓氏制度研究》，頁147。

定認爲甲骨文之「牧」與「𢼄」之分別爲「於牛爲牧，於羊爲養（𢼄）」，都將𢼄釋爲養，其後單周堯亦支持李說，認爲牛與牧、羊與𢼄各自在聲音上有關，分別爲牧牛、養羊專字。〔註 502〕此說缺乏辭例證據，其中提到「貞：呼王𢼄羊」一辭，當時恐怕無人能命令王去養羊，將「𢼄」解釋爲動詞「養」或「牧」都不合理。此版已有新的綴合，林宏明曰：「可能是呼令『王牧』収羊、來羊一類的事，王牧大概是爲王牧養牛羊之類的管理人員」，〔註 503〕此說較合理。故「𢼄」字解釋爲動詞「養」可商。除甲、金文外，中國故宮博物院收藏了一件清宮舊藏的商代「青玉鳥形佩」上也有「𢼄」字，其鳥冠上刻有𢼄侯二字，張克忠認爲𢼄即「牧」字，此書編者指出此爲𢼄侯所作玉鳥，其姓氏、地域、存在年代尚不能考出。〔註 504〕而李學勤認爲𢼄爲「𢼄」，甲、金文中常見此字，「支」形左右對稱如婦好墓銘文的「好」字「女」旁每左右對稱，爲字形之美術效果，也認爲「𢼄」即《說文》古文「養」，二字應讀爲「養侯」，而玉佩的風格同殷墟所出，此國應與商朝有密切關係。至於甲、金文中的「𢼄」與玉佩所有者之「養國」相同，李先生持保留態度。〔註 505〕另外，李先生認爲《顧》77 有「于大乙告𢼄」、「于大甲告𢼄」，《屯南》1024 有「于祖甲告𢼄」，「𢼄」即「養」，參照卜辭中「告舌（方）」之例，可能是方國名。〔註 506〕

本文認爲甲骨文中𢼄字大部分應解釋爲職官名「牧」，但學者指出仍有少數可能作爲族氏名者，相關辭例如下：

（1）戊午卜，扶：令𢾞人擒𢼄伯〔𦘼〕。　《合》20017（𠂤肥筆）

（2）癸巳卜：令𢼄[illegible]。　《合》21069（𠂤小字）

（3）戊寅卜，𠂤貞：阦其㠯（以）㞢示𢿞。

戊寅卜，𠂤貞：阦弗其㠯（以）㞢示𢿞。二月。　《合》21284（𠂤

〔註 502〕單周堯，〈古文字札記二則〉，《第三屆中國文字學國際學術研討會論文集》（台北：輔仁大學，1992），頁 21～22。

〔註 503〕《醉古集》54（《合》774 正+《合》778 正【林宏明綴】+《乙補》2213【林勝祥綴】）。考釋見頁 512。

〔註 504〕故宮博物院編，《古玉菁萃》（上海：上海人民美術出版社，1987），頁 3。

〔註 505〕〈論養侯玉佩〉，《故宮博物院院刊》1995.1。

〔註 506〕〈美國顧立雅教授及其舊藏甲骨〉，《四海尋珍》（北京：清華大學出版社，1998），頁 230。

小字）

李學勤認爲（1）是命救伯國人或族人擒救伯的特殊內容，[註507] 趙鵬認爲（1）、（2）的救同名，[註508] 方稚松認爲（3）的「㞢示敫」結構與「子營友救」相當，「敫」、「救」可能一字，表示一種身分。[註509] 上節提到蔡師哲茂曾認爲《英》130 的「令𢀜葬伯𢀜」一辭「𢀜可能就是白𢀜之子」，而𠂤組卜辭中的「救」、「敯」、「敫」很可能也是用字形相近的字體表示同一族群不同身分者，「救」可能指族氏名、族長名，「敯」、「敫」分別代表該族邑之人與地，基本結構都從「羊」、「攴」，而繁簡不同。

不過即便有上述種種推測，也很難落實「子營友救」的「救」所指爲何，只能說將「救」視爲私名有其合理性，若視爲族氏名，或許與𠂤組卜辭的「救」、「敯」、「敫」有關，但究竟是「以官爲氏」之名，還是「養」國，又或純粹是以「救（牧）」字作族名，不得而知。而在「某+身分+某」的人名格式中，作「職官名」的可能性較小。

（二）妛友卬

妛友卬之相關辭例如下：

己丑卜：齒、妛友卬□□妛□子弜示，若。　一

己丑卜：子妛示。　一　《花東》416

朱歧祥曰：

> 命辭中間的妛字後一殘字右邊清楚見从人持毛狀物形，應作𣦼，隸作舞。同版（3）辭亦見「子往于舞」一舞字。舞在此用爲祭儀。命辭前的齒、妛，均用爲人名。493 版有「子妛」。<u>友，動詞，友相好意。卬，外族名。</u>449 版有「辛未卜：白或再冊，隹丁自征卬？」同一版亦見「子妛」祭祀祖乙活動。416 版（1）言<u>子齒、子妛與卬族結盟相好</u>，子妛即進行舞祭，子不祭祀先祖，順利嗎。對貞的（2）

〔註507〕〈論養侯玉佩〉，《故宮博物院院刊》1995.1，頁 143。

〔註508〕《殷墟甲骨文人名與斷代的初步研究》，頁 152。

〔註509〕〈談談甲骨文記事刻辭中「示」字的含義〉，《出土文獻與古文字研究》第 2 輯，頁 90。

辭問由子叀主持祭祀先祖，順利嗎。〔註510〕

林澐則認為：

> 為「🔲友𢇅」進行占卜的事，可以和子叀有「叀友卬」（花 416）
> 相比照，如果🔲讀為「子雍」是正確的話，倒也有可能是家族親屬
> 成員之一。

> 根據「叀友卬」（花416）一詞可知卬（即卬）是子叀之友。「友」在
> 商代是一種特殊的社會關係。……「友」的關係大概是相當固定的一
> 種職事。師奎父鼎銘中王在冊命師奎父時讓他「官嗣乃父官友」，則
> 「友」的關係還可以世代相繼。……以兄弟的血親關係來比擬「友」
> 的關係，以及用「友」來表達兄弟間的關係，應該是同樣古老的。從
> 卬（卬）是子叀的友來看，他和子叀不是一個家族的人。〔註511〕

「叀友卬」的爭議較大，由於該辭有幾字殘損，無法確定辭意，方稚松在
「某友某」的討論中便未收入此條。趙鵬也對「叀友卬」存疑在整理花東卜辭
人名時在「叀友卬」後標「？」，在總結花東卜辭所見人名結構的「某友某」
處也未列「叀友卬」，而在附錄的「殷墟甲骨文所見人名列表（部分）」中又列
入「叀友卬」。〔註512〕韓江蘇則釋讀為「🔲、叀、友、卬□□子弜示若？一」，
其中漏釋「叀□」二字，並視「🔲叀友卬」為四人，認為此辭「辭義為🔲、叀、
友、卬、『子』陳列祭祀用品？子做此事順利？還是子畫陳列順利？」。〔註513〕

關於朱歧祥之說，目前所見的卜辭中「友」字似無用為「友好」之義者，「叀
友卬」要解釋為「子叀與卬族結盟相好」缺乏證據。又認為辭末「叀」、「子」
之間的殘文為「舞」亦可商，該字作 ，左邊從 ，右邊殘文作 ，而
同版「舞」字作 ，與此字差異甚大，實難認定為「舞」字。《花東》262
有「嗷」字作 ，與此字結構較為接近，但所從 、 二部件分隔較遠，
也未必是同字，只能存疑。而韓江蘇將「🔲叀友卬」視為四人，思路與前文提

〔註510〕《校釋》，頁 1034。

〔註511〕〈花東子卜辭所見人物研究〉，《古文字與古代史》第 1 輯，頁 19、20～21。

〔註512〕《殷墟甲骨文人名與斷代的初步研究》，頁 295、312、499。

〔註513〕《殷墟花東 H3 卜辭主人「子」研究》，頁 261、263。

到林小安、李伯謙等人相同，在本辭有殘損的情況下，也是一種可行的解釋。不過考量卜辭中多見「某友某」的人名格式，又子妻與𠚢（邵）在花東卜辭中都曾受到子的呼令「匄馬」（見《花東》288、493、179、467），兩人在職務上有所重疊，可能𠚢（邵）就是子妻的僚屬。故本文仍從林澐將「妻與𠚢」視爲一人名。

（三）𠙵　友

花東卜辭中有「𠙵」此人（參本文第七章第二節），也有「𠙵友」一詞，見於《花東》300、375、455，由於舊有卜辭曾有「𠙵友」此人，學者一般也將花東卜辭的「𠙵友」視爲人名，不過對卜辭內容則有不同的解釋。魏慈德指出上引卜辭爲一組同文卜辭，[註514] 姚萱將《花東》88 加入繫聯，[註515] 相關辭例如下：

> 甲子：歲匕（妣）甲牝一，酓三小宰又帚（置）一。　一
>
> 乙丑卜，才（在）𢍺（嚳京）：□又（有）鬼心，其方遇戌。　　《花東》88
>
> 甲子卜：歲匕（妣）甲牝一，酓三小宰又帚（置）一。才（在）𢍺（嚳京）。　一
>
> 〔乙丑卜〕：征（延）又（有）凡，𠙵友其艱（艱）。　一
>
> 乙丑卜：我人𠙵友子𡆥（金）。　一
>
> 子𡆥（金）南。　一　《花東》455
>
> 乙丑卜：𠙵友其征（延）又（有）凡，其艱（艱）。　二　《花東》375
>
> 丙寅卜，才（在）𢍺（嚳京）：𠙵友又（有）凡，隹（唯）其又（有）吉。　一
>
> 隹（唯）樵（虞）。　　《花東》300

朱歧祥在《花東》300、455 考釋中曰：

> 455 版有「征有凡，𠙵友其艱？」，句意與本辭同。<u>𠙵友，人名</u>。凡，

讀如盤。有凡，即有盤。盤字有盤旋，引伸出遊，逗留外地的意思。
「隹其又吉」的主語仍是「凷友」。(《花東》300)

「凷友」自成一詞，作爲人名。〔原考釋〕認爲「友讀爲又」，可商。
300 版見「凷友有凡」，本版（2）辭亦見「延又凡，凷友其艱」句，
同版另出又字，可之友字與又字無涉。〔原釋文〕的「于」字，是「子」
字之誤。（3）辭的「乙丑卜：我人凷友？一」與「子炅」疑分讀爲
二句。（4）辭的「子炅南」成句亦無意，應分讀爲二。「南」，人名。
在此應讀立成詞，見於左甲橋下側，爲整理或納貢此甲的人。相同
文例如 47 版的「南」是。（4）辭的「子炅」，亦應讀立成詞，與（3）
辭的「子炅」相對。這種單獨刻寫人名的例子普遍出現，如 419 版
的「戊卜：子炅？」、453 版的「乙卜：子炅？」、560 版的「庚卜：
子炅？」是。因此，本版的（3）（4）辭應分讀作四段：

乙丑卜：我人凷友？　一

子炅？

子炅？　一

南。　　（《花東》455）〔註 516〕

魏慈德將「凷友」解釋爲動詞，「凡」解釋爲行動之義，「子金南」爲「子金
往南」之事，〔註 517〕林澐也認爲「凷友」是人名，對《花東》300、375、455
三版認爲「辭意難明。『凷友』也見於賓組王卜辭（《合集》8239）」。〔註 518〕方
稚松、趙鵬將此三版之「凷友」視爲「某友」之人名格式，並將「友」解釋
爲「僚友」，方稚松認爲「凡」可讀爲「興」。〔註 519〕韓江蘇也認爲「凷友」
是人名，解釋此辭爲我族人、凷友、子金受命往南部地區辦事，不過認爲凷
友是人物「友」的別稱（即《花東》2、152 貞人「友」與齒、妻、友、刖之

〔註 516〕《校釋》，頁 1020、1039。

〔註 517〕《殷墟花園莊東地甲骨卜辭研究》，頁 144。

〔註 518〕〈花東子卜辭所見人物研究〉，《古文字與古代史》第 1 輯，頁 32～33。

〔註 519〕〈談談甲骨文記事刻辭中「示」字的含義〉，《出土文獻與古文字研究》第 2 輯，
頁 89；《殷墟甲骨文人名與斷代的初步研究》，頁 90、312。

「友」），又將「凡」解釋爲「骨凡有疾」。〔註520〕

　　首先從「延有凡，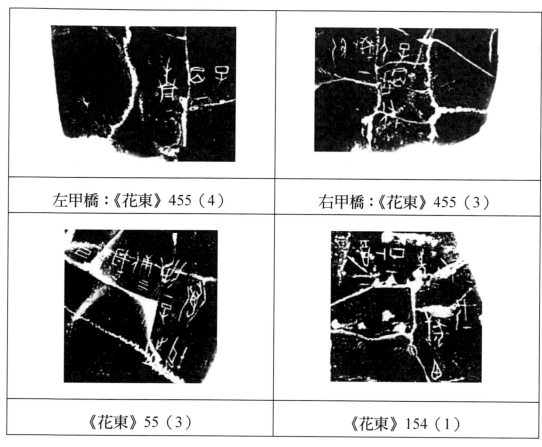友其艱」、「友其延有凡，其艱」、「友有凡，唯其有吉」來看，「友」爲人名無疑，本文認爲應該是「某友」之人名格式，非「友」之別稱。而朱歧祥所謂應分讀者（下圖上一、二）二辭對貞，從行款看《花東》455（3）即《花東‧前言》舉出的第四種行款「單列轉複列左行或右行」，如下圖下一、二。〔註521〕

左甲橋：《花東》455（4）	右甲橋：《花東》455（3）
《花東》55（3）	《花東》154（1）

　　舊有卜辭有如下辭例：

　　　勿令妟南。

　　　妟呂（以）。

　　　弗其呂（以）。　　　《合》945 正

此版內容整版幾乎都與徵取、貢納之事有關，「妟」應該是被命令南來致送物品者，則「子金南」也可以理解爲派子金南行辦事，「我人友子金」指派「我

〔註520〕《殷墟花東 H3 卜辭主人「子」研究》，頁 209、233〜234。

〔註521〕《花東‧釋文》，頁 22。

人」、「凵友」、「子金」三人，本文認爲此二辭皆不需分讀。舊有卜辭中也曾見一次派三人出行之例，如：「丁卯貞：王令鬼、夃、剛于京。」（《懷》1650）

至於「凡」應如何解釋，從「有艱」來看可以解釋爲疾病好轉之「興」，〔註522〕但從「子金南」來看，「凡」也可能是出行之義，《合》6343 有「勿呼王族凡于疫」，「疫」爲地名，多見於戰爭卜辭中。〔註523〕《合》13922 有「貞☑王☑凡☑疫☑」，應爲同文例，可補爲「貞：〔乎（呼）〕王〔族〕凡〔于〕疫」。此「凡」可能也有出行之義，「延有凡」或指延後出行。

總結以上，子營友敕、妻友夘、凵友三人爲子雍、子妻、凵之僚屬，皆受到子的命令辦事，表示子也可差遣臣屬之「友」。除了「夘」可知有「芻馬」之事，另二人從事何事無法確知，而子還對子營友敕、凵友表示關心，此二人地位應較高。至於子營友敕與子營、妻友夘與子妻、凵友與凵是否有血緣關係，若有，又是何種血緣關係，從卜辭內容皆無法得知。

〔註522〕詳見蔡哲茂，〈殷卜辭「肩凡有疾」解〉，國家圖書館等主編，《屈萬里先生百歲誕辰國際學術研討會論文集》（台北：行政院文建會，2006）。

〔註523〕可參本文第六章第一節「疫」處。

第五章　花東子家族臣屬考（二）

第一節　花東卜辭所見記事刻辭人物考

一、甲橋刻辭

（一）甲橋刻辭正面

此類人物包括：賈、卯、鼎、朕、万家，其中万家已於本文四章第二節中討論，由於賈與甲橋反面的𤔲都有動辭「乞」，故一併討論。

1. 賈〔附：𤔲〕

（1）花東記事刻辭中的賈與𤔲

花東卜辭有人物「賈」，見於甲橋正面記事刻辭：

　　自屮（賈）〔气〕。　《花東》26

　　自屮（賈）气（乞）。　《花東》63

而花東記事刻辭中關於「乞」的辭例還有甲橋反面的「𤔲乞」，如：

　　𤔲气（乞）。　《花東》79

　　〔𤔲〕气（乞）。　《花東》440

　　〔𤔲〕气（乞）。　《花東》444

𦎫气（乞）。　《花東》483

關於以上「乞」字，《花東・釋文》中皆釋爲「三」，《花東》26「自賈」下殘斷，原釋文爲缺文符號，認爲可能是「三」。並認爲「賈」是人名或地名，意謂此人一次貢納了三片龜甲，而𦎫是氏族徽號，指該氏族一次貢龜三隻。〔註1〕劉一曼、曹定雲在〈論殷墟花園莊東地 H3 的記事刻辭〉中進一步曰：

> H3 正面甲橋刻辭的「自某若干」與賓組反面甲橋刻辭的「乞自帚井三。庚戌」（《甲》2969，右橋）相近。兩者對照，可以看出 H3 刻辭「自」字之前省略了動詞，句末也省了干支。但刻辭性質是相同的。
>
> H3 反面甲橋刻辭常見「某若干」，應是「某入若干」或「某示若干」的省略式，省去動詞「入」或「示」字。〔註2〕

然而，姚萱認爲所謂「三」字應釋爲「气（乞）」。〔註3〕方稚松對記事刻辭中「乞」字的研究有詳細的回顧與討論，提到賓組記事刻辭中「乞」字作「☰」，歷組骨面記事刻辭有三橫劃長度相同的「≡」，對此字學界看法不同，釋爲「三」、「乞」者皆有，而花東卜辭中也有同樣的問題。方先生認爲姚萱釋爲「乞」可從，而歷組骨面記事刻辭的「≡」也應爲「乞」。茲引述相關討論如下：

> 沈培在《申論殷墟甲骨文「气」字的虛詞用法》一文中又指出這一現象：「歷組卜辭記事刻辭中『气』和『三』一般都寫成『三』形，但是歷組卜辭中的作爲副詞和介詞的「气」卻很明顯寫得跟『三』有區別。」這似乎又不利於將這類刻辭中的「≡」釋爲「气」字了。
>
> 2003 年，《殷墟花園莊東地甲骨》一書公佈了 1991 年於殷墟花園莊東地發掘的甲骨材料，其中有幾例記事刻辭作「自賈≡」（《花東》26、63）、「𦎫≡」（《花東》79、440、444、483），該書釋文將其中

〔註 1〕《花東・釋文》，頁 1568、1591。劉一曼、曹定雲補充「𦎫」是「複合氏族徽號」，甲骨文「賈」有人名用法，金文也常見此字作爲氏族徽號，應爲族氏名，見〈論殷墟花園莊東地 H3 的記事刻辭〉，《2004 年安陽殷商文明國際學術研討會論文集》，頁 41、43。

〔註 2〕〈論殷墟花園莊東地 H3 的記事刻辭〉，《2004 年安陽殷商文明國際學術研討會論文集》，頁 43。

〔註 3〕《初步研究》，頁 190～198。

的「三」都釋爲「三」，認爲這幾例刻辭都省略了動詞。但姚萱在其博士論文《殷墟花園莊東地甲骨卜辭的初步研究》中對此提出了懷疑，她認爲「鼟三」之辭，《花東》中共見四版，若將「三」釋爲「三」，則實際所見龜版數大於辭中所記數目，這在《花東》中是很特殊的，故「三」以釋爲「乞」爲妥。文中還以《花東》卜辭中「气」作「氜」、記事刻辭中「气」作「三」爲例解釋了歷組中的「气」爲何會出現上引沈先生文所揭示的現象。

記事刻辭中的「气」字，由於受刻辭性質和出現在辭中固定語法位置的限制，即使字形跟「三」混淆，也不會引起誤解，但出現在普通卜辭中作爲副詞或介詞的「气」如果寫成「三」形則有可能會導致誤解，有必要跟「三」字明確區分。

我們認爲這些意見都是很精當的。〔註4〕

可知花東記事刻辭的「乞」字也和歷組記事刻辭一樣寫作三橫劃長度相同的「三」。因此關於「自賈乞」、「鼟乞」二辭的理解也應修正，姚萱指出：

26 和 63 說「自宁（賈）气（乞）」，類似例子多有，……「自畐气（乞）」見於……，與《合集》9401、9402「气（乞）」自畐」意同。……「鼟气（乞）」指這版腹甲是由「鼟」這個人求取來的。按照一般對記事刻辭的分析，「鼟」是所謂「乞」者。……「鼟气（乞）」即「鼟气（乞）肩幾自某」一類歷組常見的骨面署辭的省略形式〔只是《花東》所「气（乞）」的是龜甲而非肩胛骨〕。〔註5〕

魏慈德也有同樣看法，曰：

「自某乞」，表示甲骨來自某地。《屯南》3028 上有完整的記事刻辭作「乙未奠乞肩六自辛，則」，「奠」爲負責提供龜甲的人，「辛」爲甲骨所從來之地。相較之下知花東的記事刻辭「鼟乞」省略了所乞甲骨數量及乞自何地的記載，作「自賈乞」者，則略去了乞人和所乞甲骨的數量。〔註6〕

〔註 4〕《殷墟甲骨文五種記事刻辭研究》，頁 56～57。
〔註 5〕《初步研究》，頁 196～197。
〔註 6〕《殷墟花園莊東地甲骨卜辭研究》，頁 97。

可知賈是甲骨來源，耑是求取甲骨者。至於耑與賈的身分爲何，上引《花東‧釋文》認爲耑爲族氏名較無問題，而「賈」的身分問題複雜，基本上本文認爲《花東》26、63「自賈乞」的「賈」是指職官，表示此龜甲從的「賈」官那裏取得。以下進一步討論。

（2）關於甲骨文「賈」字的一些問題

「賈」字在甲骨文中作 中、中 等形，也有從「貝」的 商、宮、崗 等形。在古文字的研究中，金文從「中」從「貝」的 𧷽 字究竟應釋爲何字，長期存在爭議，趙誠在對二十世紀九十年代前後金文研究的學術史討論中曾指出：

> 這一段時期爭論的最激烈、最長久、參加的學者最多的，是關於金
> 文的 𧷽 字，摹本見《金文編》432 頁 4 至 6 行，共收 16 個字形，
> 其中小有不同，如同見於《頌鼎》的或寫作 𧷽，但大體形同。阮
> 元最早釋此字爲貯，學者多從之，並皆以爲即小篆之「𧶠」，從貝
> 在下在左同。金文又有一形 𡩜，從貝在宁中，甲骨文亦有此形，羅
> 振玉釋貯，謂象內貝於宁中之形，爲學者所從，詳見《金文詁林》
> 卷六 4072 至 4033 頁。所以，在很長一段時期裏，釋貯之說幾乎成
> 了共識。〔註 7〕

由於甲骨文也有同形字，且甲骨文中該字相關辭例幾乎都用爲人名或稱呼，難以探討字義，因此對金文 𧷽 字的考釋也影響了對甲骨文該字的理解。趙誠對相關討論有詳細的評介，清代的阮元就已經將此字讀爲「貯」，長期爲學界認同，至李學勤在一九八二年提出應讀爲「賈」後引發論戰至今。〔註 8〕基本上李說賈字有四義項，其後彭裕商對李說有所發揮，並修正爲三義項，即：1. 動詞，交換、交易之義；2. 名詞，指與商賈有關的賈正、賈師等；3. 名詞，國名。將李學勤釋爲名詞「價」的義項併入第一個義項中。〔註 9〕本文認爲此解釋較爲合理，故從之將此字釋爲「賈」，而由於目前該字字形演變仍存在爭議，故本文對此字暫不隸定。

〔註 7〕 《二十世紀金文研究述要》（太原：書海出版社，2003），頁 468。

〔註 8〕 約趙先生此書出版同時，彭裕商有〈西周金文中的「賈」〉，《考古》2003.2 一文發表，最近仍有李憘的〈𧷽爲賈證〉，《考古》2007.11 一文支持李說。

〔註 9〕 見〈西周金文中的「賈」〉，《考古》2003.2，頁 60。

甲骨文中的「賈」字也有人名的用法（人、地、族同名），茲舉幾例如下：

　　𣪊（賈）入。　　《合》10408 反

　　𣪊（賈）入二。　　《合》14559 反

　　𣪊（賈）入七十。　　《合》6617 反、10964 反

　　我來𣪊（賈）囗（肩）　　《合》6571 反

　　甲午卜，爭貞：𣪊（賈）其又（有）田（憂）。

　　貞：𣪊（賈）亡田（憂）。　　《合補》100 正（《合》672 正+1403+7176+15453+
《乙》2462）

　　己亥：𣪊（賈）受又（祐）。　　《合》4692

　　令𣪊（賈）比侯告。　　《合》20060

　　戊申貞：𤳇（賈）。　　《合》21979+《乙》622【蔣玉斌綴】〔註10〕

　　貞：乎（呼）収𣪊（賈）𠨘（次）　　《合》777 正

　　自𤳇（賈）其乎（呼）取美钔。吉。　　《合》28089 正

　　乙未卜，𣪊貞：自𤳇（賈）入赤馼，其犅（牲），不歺（死）。吉。　　《合
補》9264（《合》28195+28196）〔註11〕

以上基本上爲從「貝」的𣪊、𤳇。用作人物的「賈」也有作𠀎形者，茲舉幾
例如下：

　　癸亥卜，宕貞：令𤉼、愛乎（呼）𨌺小臣柲（惹）卒。　　《懷》961

　　貞：令𠀎（賈）㠯（以）射𤉼柲（惹）卒。四月。

　　貞：令𤉼、愛乎（呼）𨌺小臣柲（惹）卒。　　《懷》962

　　庚辰卜：𠀎（賈）戈（戎）魚帚（？），不歺（死），才（在）茲。　　《合》

〔註10〕　〈子卜辭新綴三十二例〉，《古文字研究》第 26 輯，第 26 組，頁 130。魏慈德曾將《合》
21979 該條卜辭釋爲「戊戌貞：子賈」（《殷墟 YH127 坑甲骨卜辭研究》，頁 157），從
拓片看似無「子」字。

〔註11〕　「馼」、「犅」從周忠兵所釋，見〈甲骨文中幾個從「⊥（牡）」字的考辨〉《中國
文字研究》第 7 輯。「歺」字于省吾釋爲列（烈），李孝定曾認爲該字可假爲「死」，
見《詁林》，頁 2877。最近蔡師哲茂於〈甲骨文研究二題〉的「花東卜辭中的「𡩋」
字試釋」中也將此字釋爲「死」，見《中國文字研究》總第 10 輯。本文從之。

18805

貞：中（賈）值卬（禦）。

□中（賈）不□卬（禦）。　　《合》940 正

□犬令中（賈）。　　《合》20741

貞：中（賈）亡疾。　　《合》4711

乙巳卜，中（賈）告匕（妣）卟□。　　　《合》21641

中（賈）入。　　《合》6647 反

以上多與戰爭有關，包括令賈帶「射疒（疒）」敕戒鎭撫「卒」地，[註12] 以及戎事，還有參與祭祀、被關心的卜問，最後一例爲記事刻辭。[註13] 另外，何組一類常見的「王賓」卜辭中有貞人中，黃天樹先生曾將相關卜辭與出組二類卜辭比對，認爲可能是同時所卜，而此類卜辭時代上限很可能在祖甲晚期。[註14] 饒宗頤曾認爲甲骨文中、中同字，[註15] 說《甲》2920（《合》4715）[註16] 有「中壴」，與「中壴」比較可知中、中一字，然該版賈字拓片不清，從照片看很明顯爲中，[註17] 又所舉《乙》3925（《合》9745）、《珠》931（《合》11750）有貞人中，二版皆爲賓組卜辭，與何組貞人中不會是同一人，也無從證明二者同字。卜辭中還有「多賈」、「賈某」、「某賈」的辭例，數量較多，茲不具引，可參《類纂》頁 1104～1105。

關於字形問題，白玉崢曾指出：

> 崮：羅振玉釋爲貯，……崢按：字見於卜辭者，爲第一期武丁時期
> 人名、或方國、地名，……。見於第三期之卜辭者，字作𢍉（後下

[註12]　參裘錫圭，〈釋祕〉，《古文字論集》，頁 24～25。

[註13]　《合》4712、7060、21586 也有「賈」字，可能爲「多賈」或「某賈」之省，應非人名（詳下文）。

[註14]　《殷墟王卜辭的分類與斷代》，頁 236～237。

[註15]　《殷代貞卜人物通考》，頁 631～637。

[註16]　「甲骨文合集材料來源表」將《甲》2920 對應到《合》4711，《乙》3756 對應到《合》4715，實應爲《甲》2920=《合》4715，《乙》3756=《合》4711。

[註17]　參中央研究院「考古資料數位典藏資料庫」（http://ndweb.iis.sinica.edu.tw/archaeo2_public/System/Artifact/Frame_Advance_Search.htm）。

一八‧八）。然宁字則散見於各期之卜辭；尤以「多宁」一語，各期之卜辭多用之。其間，亦有爲人名者，如：……是宁、貯二字，雖或爲一字，然見於甲骨文字中者，至少在武丁以後，二字已各自爲用；且其用，亦非造字時之初誼矣。〔註18〕

由於當時所見資料及工具書未如今日之齊備，故白說引證未詳。最近方稚松在甲骨文記事刻辭的研究中指出：

> 花東甲骨中兩字多見於同一版卜辭中，意義上似沒有區別，如花東7、168、352、367 等。但這一對異體字也並非完全無別，其中「賈」是多作爲人名的，甲橋刻辭貢納者中即爲此字（《合》6647 作「宁」）；而「宁」多作爲職官名，卜辭中常見的「多宁」和「宁某」之「宁」從不作「賈」。〔註19〕

方先生所謂「職官名」乃從李說。值得注意的是其所舉《花東》7、168、352、367 四版的「賈」字都是出現在「賈視」或「賈馬」等詞中，〔註20〕而花東卜辭中命辭提到的「多賈」、「賈壹」其「賈」一律爲「中」，也符合方先生所指出的現象，可見雖然卜辭中從「貝」與不從「貝」的「賈」字確有互通的例子（花東卜辭），且二形皆可作人名（上引卜辭），但「多賈」、「賈某」之類人物的「賈」字皆無從「貝」之形（「某賈」亦然），「中」可能含有身分的意義，而「中」則無，「賈」字二形用法的分別在武丁時代已經形成。因此本文也傾向將甲骨文中「多賈」、「賈某」、「某賈」與作爲人名的「賈」作區分。而《花東》26、63「自賈乞」的「賈」也作「中」，與「入」、「來」之類記事刻辭中常見的「中」不同，很可能是與「多賈」、「賈某」身分相同的人物。

關於「多賈」、「賈某」、「某賈」的身分問題，過去曾有不少討論，或認爲是職官名，或認爲是族氏名，可參《詁林》頁 1885～1887、2855～2857。其中李學勤之說值得注意（當時李先生從舊說釋賈爲宁），在《殷代地理簡論》中他將甲骨文與金文並論，認爲「宁」義近「亞」，其義近於「族」，而「宁某」、「某

〔註18〕白玉崢，《契文舉例校讀‧卜事第三》（台北：藝文印書館，1988），頁 285。原題爲〈契文舉例校讀（五）〉，《中國文字》第33冊，頁36。《詁林》引用此說之出處有誤。

〔註19〕《殷墟甲骨文五種記事刻辭研究》，頁117。

〔註20〕本文傾向將此「賈」解釋爲地名，應該與馬的交易、貢納有關。

宁」的「宁」應該都是族名。〔註21〕其後朱鳳瀚也認爲：

> 甲骨刻辭中又有宁㐬、宁䖝、宁夲、宁壴之稱，不論「宁」後一字
> 是氏名還是私名，宁皆以理解爲氏名爲妥。故以上諸「宁某」，卜辭
> 又合稱「多宁」，當如伊藤道治所言多宁是宁的集團。單稱「宁」，
> 則可能是言這個集團，也可能是言其族長。〔註22〕

《詁林》之外還有張亞初與王貴民的看法也值得一提，二說發表於關於商代職官、制度的通論性研究中，前者認爲「多宁」、「宁壴」的「宁」可能是治藏方面的職官，後者認爲「宁（貯）」、「多宁」是內廷職事。〔註23〕可見釋爲「族」之說並未得到學界的普遍認同。其後由於對金文相關字、詞研究的發展，產生了很多新的論述，最重要的是李學勤對金文「賈」字的探討，李先生在〈重新估價古代文明〉一文中曾提到「『賈』字的識出，使大家看到卜辭、金文都有關於商賈的記載」，〔註24〕已經改變原先的看法，學者也多引用李說將卜辭中「多賈」、「賈某」、「某賈」解釋爲職官人物，何景成、嚴志彬、趙鵬、陳絜對此都有綜合性的探討，分別從族氏銘文、甲骨文人名格式、商周姓氏制度等角度切入，皆認爲「賈」爲官名，而前三者從李學勤解釋爲商賈，後者從舊說釋爲「貯」，解釋爲司儲藏之官。〔註25〕而「賈」字在金文中常作爲氏族徽號，此一問題何、嚴、陳三家則以「以官爲氏」解釋此一現象。

如前所述，本文亦同意李說，基本上若甲、金文一脈相承，則承認金文「賈」字商賈方面的字義，便很容易將「商賈」之類人物的探討上溯至甲骨文「多賈」、「賈某」、「某賈」之類人物，不過如此推論至少還有兩個基本問題要探討：其一是甲骨文中是否有用作「交易」之類動詞的「賈」；其二是「多賈」、「賈某」、「某賈」若爲職官人物，則從卜辭中是否能看出他們與「商賈」

〔註21〕《詁林》，頁 2856。

〔註22〕《商周家族形態研究（增訂本）》，頁 36。

〔註23〕〈商代職官研究〉，《古文字研究》第 13 輯，頁 91；《商周制度考信》，頁 190。

〔註24〕〈重新估價古代文明〉，《李學勤學術文化隨筆》（北京：中國青年出版社，1999），頁 11。

〔註25〕詳見《商周青銅器族氏銘文研究》，頁 63～70；《商代青銅器銘文研究》，頁 120～121；《殷墟甲骨文人名與斷代的初步研究》，頁 66；《商周姓氏制度研究》，頁 147～150。

有關的特定職務。

首先，關於「賈」是否有動詞用法可舉以下辭例說明：

　　☑方貞：令㷲奠子（？）𠙵（賈）。八月。　　《合》6049

　　☑大貞：令㷲奠子（？）𠙵（賈）☑。　　《合》23534

　甲申卜☑貞：令㷲☑。　　《合》3285

　☑〔辰〕卜，爭貞：令蒿（郊）𠙵（賈）雞貝、邑☑。　　《合》18341

　賈宓（金）。　一　《花東》314

陳絜將《合》6049、18341 的「賈」解釋爲動詞「儲藏」，《合》6049、18341
關鍵部分的釋文爲「令（命）㒸子、酉子宁」、「令（命）亳宁雞、貝、邑」，
[註26] 認爲「㒸子」、「酉子」、「亳」爲人名。如此則二辭的「賈」從語序來看
似可視爲動詞。《合》18341 的「蒿」字一般釋爲「亳」，此從李學勤釋爲「蒿」。
[註27]「雞」字甲骨文中一般爲商王田獵地名，也有一例殘辭「燎雞」不知是
地名還是祭品（相關辭例參《類纂》，頁 1224），本文第四章第二節「畣」處
曾提到「蒿卤」有「王賜蒿畣貝」（《集成》5397），「畣貝」指「畣」此人或
此地之貝，可知此「雞貝」也可能指「雞」地之貝。《合》18341 應可解釋爲
命「郊」此人「賈」「雞貝」、「邑」等物，「賈」似可作動詞。而《合》6049
的釋讀則可商，李學勤曾指出《合》6049、23534 同文，其釋文爲「令㒸子、
奠子宁」，應該是將「奠子」視爲人物，[註28] 則「宁」可視爲動詞。裘錫圭
也舉此二辭，其釋文爲「令㷲奠子賈」，將「子賈」解釋爲被奠者，又認爲「子
賈」非稱子的貴族，而是某種賈人，如《合》3099、4525 的「豢賈」。[註29]
黃天樹先生又補上《合》3285 一版，且由於「子賈」的「子」字特殊（詳下
圖），黃先生也作了一番比較，認爲是子的異體，字形同《合》22246「乳」
字的子。茲列舉相關字形如下：

[註26]《商周姓氏制度研究》，頁 148～149。

[註27] 詳見〈釋郊〉，《綴古集》（上海：上海古籍出版社，1998）。

[註28]〈殷代地理簡論〉，《李學勤早期文集》，頁 236～237。

[註29]〈說殷墟卜辭的「奠」──試論商人處置服屬者的一種方法〉，《中央研究院歷史
　　語言研究所集刊》64.3，頁 670。

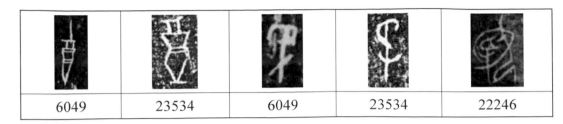

| 6049 | 23534 | 6049 | 23534 | 22246 |

由以上比對可知所謂「酉」字確爲「奠」字，但所謂「子」字頭部明顯爲上有勾形的「◖」「◖」，與「乳」字子形之「◖」有別，該字未必爲「子」，本文對此字暫存疑，而對此辭的詮釋基本從裘說，即命「孚」此人奠置「子（？）賈」，「子（？）賈」爲「某賈」之類人物，「子（？）」或爲人、地、族名（某賈之辭例見下文），而「賈」非動詞。《花東》314「灾」字爲黃天樹先生所釋，黃先生認爲「賈金」指交換青銅原料。[註30] 綜上所述，「賈」字在《合》18341、《花東》314 中疑似作動詞，但即便如此，從辭例來看仍無法確認字義爲何。

其次，作爲身分用法的「多賈」、「賈某」、「某賈」也可舉以下辭例說明：

今二月宅東寢。

乙酉卜，其多 Ħ（賈）王再（稱）。　　《合》13569

壬申貞：羍（登）多 Ħ（賈）吕（以）鬯于大乙。

☐卯。

壬申貞：多 Ħ（賈）吕（以）鬯羍（登）于丁。卯叀（惠）☐。

癸酉貞：乙〔亥〕酒，多 Ħ（賈）吕（以）鬯于大乙，鬯五，卯牛☐五，卯牛一，小乙鬯三，卯牛☐。

丁丑貞：多 Ħ（賈）吕（以）鬯又（侑）伊＝（伊尹）。

丁亥貞：多 Ħ（賈）吕（以）鬯又（侑）伊尹龜示。茲用。　　《屯南》2567

甲戌貞：乙亥酒，多 Ħ（賈）于大乙，鬯五，卯牛，祖乙鬯五☐，小乙鬯三☐。　　《英》2400 [註31]

癸丑貞：多 Ħ（賈）其征（延）又（侑）勻歲于父丁，牢又一牛。

〔註30〕〈花園莊東地甲骨中所見的若干新資料〉，《黃天樹古文字論集》，頁452。

〔註31〕林宏明指出《屯南》2567與《英》2400字體、卜問內容相同，且干支相連，很可能爲同文卜辭並有所省略。見《小屯南地甲骨研究》，頁214～215。

戊午貞：叔多屮（賈）吕（以）𨛜自上甲。

《綴集》86（《合》32114+《屯南》3673）〔註32〕

癸丑卜，□貞：翌乙卯多屮（賈）其征（延）陟𨛜自圍。　《合》19222

癸丑卜貞：翌丁巳多屮（賈）☑。　《合》19221

甲寅貞：乙卯其征（延）多屮（賈）更（惠）竝吕（以）☑。　《屯南》4366〔註33〕

☑乙卯多屮（賈）其征（延）陟☑。

☑翌丁巳多屮（賈）其征（延）乃屮（侑）☑。　《合》19220

☑翌丁巳□屮（賈）其□乃屮（侑）☑。　《合》4712〔註34〕

壬子卜：子吕（以）帚（婦）好入于狀，子乎（呼）多屮（賈）見（獻）于帚（婦）好，叡（肇）新八。　一

壬子卜：子吕（以）帚（婦）好入于狀，子乎（呼）多卸（御）正見（獻）于帚（婦）好，叡（肇）新十，生（往）𥥆。　一二三四五　《花東》37

乙亥卜：弜乎（呼）多屮（賈）見（獻）。用。　二　《花東》255

乙亥卜：其乎（呼）多屮（賈）見（獻），丁侃。　一

乎（呼）多屮（賈）眾辟，丁侃。　一　《花東》275+517【蔣玉斌綴】

屮（賈）峇入。　《合》2386

屮（賈）夻入。　《合》9380

屮（賈）牪入。　《合》39785

（「賈壴（壹）」的相關辭例將於下文討論「賈壴（壹）」處引用，此從略）

☑戋（翦）𢏩屮（賈）。　《合》19946正

〔註32〕彭裕商的《殷墟甲骨斷代》（北京：中國社會科學出版社，1994）有同樣的綴合（頁319）。蔡師哲茂指出此版同文例見《合》32113、32115、32517、《屯南》4460，參《綴集》，頁379。《合》32517有與本版「癸丑日」同文卜辭。

〔註33〕此條卜辭未見於《屯南》4366釋文，於「補16」中補上（《屯南》，頁1164）。

〔註34〕疑本版與《合》19220為同文例。

庚午卜，出貞：王岦曰：呂（以）⚡𠥓（賈）齊呂（以）。　《英》1984

丙寅卜，㪔貞：叀（惠）█令取豙𠥓（賈）。三月。　　《合》3099

貞：叀（惠）█令取豙𠥓（賈）三月。　　《合》4525

貞：乎（呼）取蒿（郊）𠥓（賈）。　《合》7061 正

己巳卜，我貞：事（使）狅𠥓（賈）。

𠥓（賈）不隻（獲）。卬（孚）。　　《合》21586+《乙》5235【蔡哲茂綴】
〔註35〕

辛巳☐並𠥓（賈）奇（孽），不☐。　《合》21968

戊戌卜，王貞：余氽立員𠥓（賈）史眔視奠終夕。印（抑）。　　《英》
1784

庚辰卜，貞：壹亡若。

庚辰卜，貞：█𠥓（賈）亡若。　　《英》1911+《合》21896【蔣玉斌綴】
+《合》21898【蔡哲茂加綴】〔註36〕

　　關於《合》13569 韓江蘇認爲是多賈向王獻貢品的卜問。〔註37〕從《合》
19946 正「觔⚡賈」、《英》1984「以⚡賈」來看，「⚡賈」是被「觔」、「以」的
對象，可知「某賈」爲一詞，而《合》3099、4525、7061 正「取某賈」中的「某
賈」則是被徵取的對象，《合》7060 有「☐戒取賈」一辭，「取賈」也可能爲「取
某賈（或賈某）」之省。〔註38〕而「觤賈」、「並賈」、「員賈」、「█賈」也應爲「某
賈」格式，其中「█賈」與「壹」（即「賈壹」，詳下文）對貞，說明兩者身分

〔註35〕〈甲骨文研究二題〉「（一）甲骨新綴八則」，《中國文字研究》總第 10 輯，第 6 則。
　　　疑所舉第二辭的「賈」爲「狅賈」之省。

〔註36〕見蔣玉斌，〈子卜辭新綴三十二例〉，《古文字研究》第 26 輯，頁 130；蔡哲茂，〈《殷
　　　契遺珠》新綴第二則〉，發表於「先秦史研究室」網站（http://www.xianqin.org/xr_html/
　　　articles/jgzhh/441.html），2006 年 12 月 26 日。

〔註37〕《殷墟花東 H3 卜辭主人「子」研究》，頁 227。

〔註38〕陳絜將「戒取賈」、「取郊賈」、「使觤賈」與《合》21870 的「史入賈」相提並論，
　　　解釋「入」爲「納」，似乎是將這些「賈」視爲名詞（《商周姓氏制度研究》，頁 149），
　　　本文認爲前三例爲被取者，至於「入賈」也可能是「入於賈地」。陳說雖與本文看
　　　法不同，但其解釋也很合理，故存異於此。

可能相同，黃天樹先生曾將此字釋爲「罤」，認爲「罤賈」、「並賈」就是罤地、並地的商賈。〔註39〕此外，上文所引《合》28089 正、《合補》9264 有「㠱賈」，此「賈」字從貝，且「㠱」字爲與軍事有關的身分稱呼，因此本文認爲此「賈」字可能爲人名。〔註40〕

　　花東卜辭中的「多賈」對探討此類人物是否爲職官的問題有所幫助，由於《花東》37 的「多賈」與「多御正」對貞，學者一般認爲「多御正」是職官名，因此朱鳳瀚也對舊說有所修正，認爲「『宁』是氏名還是職事之稱，尚難確知」，〔註41〕而何景成、嚴志斌也都從此對貞關係認定「多賈」是官名。〔註42〕從上引卜辭來看，王卜辭的「多賈」參與祭祀，也有貢納、獻禮（《合》13569）的記錄，而花東卜辭中「多賈」的工作多爲日常禮儀，如上舉向婦好與武丁獻禮。另外還有個別人物「賈壴」從事葬禮相關事務的例子，如《屯南》2438 的「葬沚或」一事（詳下文「賈壴」處）。從目前所見卜辭來看，「多賈」、「賈某」多從事貢納、獻禮之事，也參與多種禮儀，又某些「某賈」是被徵取者，而花東卜辭的「多賈」由於被子呼令，學者多視爲子家族的私臣，〔註43〕而趙鵬認爲「賈」或爲職官之類，未必一定是商王或子的私臣。〔註44〕這類人物似乎在職務上有某種同質性，其被商王徵取貢物、貢納祭品以及從事獻納之事，多少與「賈」從事「交易」的行爲有點關連。不過卜辭中的「賈壴（壴）」也經常參與戰爭之事，且「某賈」從事的活動並無一定，也包括戰爭之事，這類「賈」的確切涵義似乎仍有待研究。然而是否能從這些人物職務的不定性否定「多賈」、

〔註39〕〈非王卜辭中「圓體類」卜辭的研究〉，《黃天樹古文字論集》，頁 104～105。此字下文還會討論。

〔註40〕趙鵬指出黃天樹先生認爲是「該地之賈」，引用片號誤爲《合》29418，見《殷墟甲骨文人名與斷代的初步研究》，頁 66。

〔註41〕《商周家族形態研究（增訂本）》，頁 608。

〔註42〕《商周青銅器族氏銘文研究》，頁 67；《商代青銅器銘文研究》，頁 120。

〔註43〕魏慈德視爲「家臣」，見《殷墟花園莊東地甲骨卜辭研究》，頁 92。林澐認爲「很有可能是『子』家族供養的私家商賈」，見〈花東子卜辭所見人物研究〉，《古文字與古代史》第 1 輯，頁 25。朱鳳瀚則認爲「多賈」可能是子家族的成員，見《商周家族形態研究（增訂本）》，頁 608。

〔註44〕〈從花東子組卜辭中的人名看其時代〉，《中國社會科學院歷史研究所學刊》第 6 集，頁 4。

「賈某」、「某賈」爲職官人物？似乎也未必。嚴志斌指出：

> 如果從職司而論，商代青銅器銘文中的職官似沒有十分明確的司
> 掌，即多數職官的職司都有重合之處，如牧、戌、射、犬、馬、亞、
> 田、衛的職司就很接近，而且還常見其相互之間有配合行動，就目
> 前所見材料，幾乎所有職官都有從事戰事之責。當時對職司只有相
> 對性，而無專一性。〔註45〕

若其說成立，則這種現象應該會與卜辭中的職官人物一致，而「賈」一般從事
祭祀、行禮或獻納之事，但同時有戰爭、田獵或其他活動的狀況，也就不足爲
奇了。

綜上所述，甲骨文作爲身分的「多賈」、「賈某」、「某賈」雖不能百分之百
肯定一定是職官人物，但從以下四點來看其作爲職官的可能性仍大於族名，即：
1. 有疑似動辭的「賈」字；2.《花東》37 的對貞說明「多賈」可能是職官名，
一般認爲多名「賈某」稱「多賈」，而《英》1911+《合》21896【蔣玉斌綴】+
《合》21898【蔡哲茂加綴】中「某賈」、「賈某」（壴）對貞說明二者身分可能
相同，則「多賈」、「賈某」、「某賈」可能是同類人物；3.「多賈」、「賈某」、「某
賈」可能負責關於貢納與禮儀方面的職務；4. 金文「賈」的用法多與交易、商
賈有關。因此本文暫將「賈」解釋爲職官名，至於甲骨文中此官是否職司商賈
貿易之事，仍有待考證。

2. 卯、鼎、朕

花東卜辭中刻於甲橋正面的記事刻辭還有一種只刻一字的特殊形式。分別
爲「卯」（《花東》23、60、146、318、396）、「鼎」（《花東》249）、「朕」（《花
東》119、173、367）。「卯」、「鼎」刻於左甲橋上，「朕」刻於右甲橋下。關於
「鼎」字，姚萱指出，原釋文認爲此字是「貞」字，且〈論殷墟花園莊東地 H3
的記事刻辭〉一文中也未將此字列入，不過該字位置與「卯」相同，應爲記事
刻辭，恐不能讀爲「貞」。〔註46〕可從。

〔註45〕 《商代青銅器銘文研究》，頁 121。

〔註46〕 《初步研究》，頁 198。魏慈德有同樣看法，見《殷墟花園莊東地甲骨卜辭研究》，
　　　　頁 97。方稚松亦從此說，見《殷墟甲骨文五種記事刻辭研究》，頁 69、199。而趙
　　　　鵬則認爲「鼎」字沒有把握確定爲人名，見《殷墟甲骨文人名與斷代的初步研究》，

　　只刻一字的記事刻辭在花東卜辭中有很多，除「卯」、「鼎」、「朕」之外，還有下文將會討論的：反面甲橋刻辭的「封」（《花東》71）、「舥」（《花東》62）、「壴」（《花東》201）、「亞」（《花東》500）、「𠂤」（《花東》121），以及反面甲尾刻辭的「疋」（《花東》329）。此類卜辭應如何理解，學者有不同的看法。

　　《花東‧釋文》中對「卯」與「朕」的說法為：

　　　「卯」字的反面無對應的鑽鑿灼，屬甲橋記事刻辭。過去此類刻辭大多見於甲橋之反面。在 H3 卜甲中，左橋刻「卯」字，還有 60（H3:208）、146（H3:466）、318（H3:972）、396（H3:1262），共 5 片。卯，在卜辭中有用為人名的例子，如「叀卯令」（《人》944）、「令卯」（《粹》196）在此片，卯是進貢龜甲的人。值得注意的是，23、60、146、396 四片，大小較接近，甲橋較窄，均屬 C 型。可能是「卯」同一次進貢的卜甲。

　　　卜辭的朕字，一般用作代詞，義為「我」、「我們」、「我的」，「我」指占卜的主人而言。此片僅一字，刻於甲橋，其反面無鑽鑿，屬甲橋記事刻辭。是貢納龜甲的人名。173（H3:537）、367（H3:1180）的右橋，也發現「朕」字刻辭。[註47]

〈論殷墟花園莊東地 H3 的記事刻辭〉一文中進一步日：

　　　H3 甲橋與甲尾刻辭的「某」（一字），在賓組記事刻辭中屢見。但賓組記事刻辭以貞人的簽名為主，……非貞人的普通人名很少，……。H3 甲橋與甲尾刻辭的單個名詞有壴、亞、疋、卯、朕等，這幾個字，在 H3 卜辭中，均不作為貞人名出現。我們推測，這些人名，是進貢龜甲的人的名字。[註48]

所謂「貞人簽名」即一般所謂的「史官簽名」，方稚松有相關討論，指出此類人

　　頁 294。

[註47]　《花東‧釋文》，頁 1567、1607。「卯」字相關諸版中《花東》318 版也與其他四版大小相近，〈論殷墟花園莊東地 H3 的記事刻辭〉中已補上，另外與「朕」有關三版大小也相近，見《2004 年安陽殷商文明國際學術研討會論文集》，頁 41。

[註48]　〈論殷墟花園莊東地 H3 的記事刻辭〉，《2004 年安陽殷商文明國際學術研討會論文集》，頁 43。

名的身分應該是甲骨的保管者，基本與貞人名同，刻寫者應非「貞人（史官）」本身。〔註49〕魏慈德認爲「卯」、「朕」、「鼎」、「疋」這類人物與《屯南》3028「乙未矣乞肩六自辛，則」的「則」之類人物一樣，應該是「負責管理甲骨者的簽名」。〔註50〕韓江蘇則將此類卜辭一律視爲省略了動詞，皆解釋爲貢納或整治甲骨的人物，較爲特殊的是認爲「朕」「應當爲H3主人『子』之自稱，應是『子』檢視或整治甲骨的記錄」。〔註51〕

就「卯」、「鼎」、「朕」三字而言，方稚松認爲「卯」、「鼎」未必爲貢龜記錄，但應屬於記事刻辭，〔註52〕可能是因爲刻寫位置特殊的緣故。「朕」刻於右甲橋下緣，本文第四章第一節「庚」處曾提到《花東》403的「庚咸卯」是記事刻辭，刻寫位置正同「朕」（如右圖），則「朕」代表什麼意義還很難確定。不過基於《花東・釋文》與〈論殷墟花園莊東地H3的記事刻辭〉中所指出有「卯」的五版龜版大小相近，有「朕」的三版龜版亦然，顯然「卯」、「朕」是代表這些甲骨具有某種共通性的標誌，最有可能的還是人名，因此本文還是傾向將此三者視爲人名，而不論他們是貢納者還是其他與處理甲骨有關的人員，都可視爲臣屬於子者。韓江蘇指出「卯」在武丁時代非常活躍，尤其是此人與「周」、「壴」都有互動（《合》8454、《屯南》3418）。〔註53〕顯然「卯」應該也在殷西，是同時臣屬於商王與子者。趙鵬也指出賓組卜辭的《合》9150有「朕以」，〔註54〕也可說明「朕」爲人名。

（二）甲橋刻辭反面

首先要討論的是有動詞「入」的記事刻辭，涉及的人物包括𡵂、周、屰、𢀛、史、庚、㞒等七人，庚、㞒的討論分別見本文第四章一、二節。其次是「某+數字」以及只有一字的記事刻辭，包括：我、侖、封、𦨶、壴（賈壴）、

〔註49〕《殷墟甲骨文五種記事刻辭研究》，頁146～153。

〔註50〕《殷墟花園莊東地甲骨卜辭研究》，頁98。

〔註51〕《殷墟花東H3卜辭主人「子」研究》，頁279。

〔註52〕《殷墟花園莊東地甲骨卜辭研究》，頁69～70。

〔註53〕《殷墟花東H3卜辭主人「子」研究》，頁229。

〔註54〕〈從花東子組卜辭中的人物看其時代〉，《中國社會科學院歷史研究所學刊》第6集，頁22。

亞、⊥，其中「我」於本文第四章第二節討論，「𦨶」見於下節。還有「乞」
者「莽」與「示」者「大」，分別於上文及本文第四章第一節討論。

1. 𡘃

花東反面甲橋刻辭中有人物🌲，辭例如下：

　　🌲入十。　　《花東》91

　　🌲入十。　　《花東》399

　　🌲入十。　　《花東》436

《花東‧釋文》中曰：

　　🌲爲人名或族名。本片刻辭意謂，🌲一次貢納十塊龜甲。在賓組
　　卜甲中，亦有🌲貢龜甲的記錄，一次貢龜數目有一（《合集》1076
　　乙反）、五（《合集》3979 反）、二十（《合集》9220 反）、五十（《合
　　集》13338 反）等。〔註55〕

學者已指出此人與賓組記事刻辭中常見的🌲爲同一人，如：

　　🌲。在卜辭中是常見的人物。據《殷墟甲骨刻辭類纂》一書的統計，
　　有關🌲的卜辭達一百九十多條，屬於賓組卜辭的一百六十多條。🌲
　　是武丁時殷王朝的重要臣僚，卜辭稱之爲「小耤臣」、「小眾人臣」，
　　管理農事、眾人，還爲王出巡、征伐等。他經常向殷王朝貢納各種貢
　　品，龜甲是其中的一項。如《合集》1076 乙反「🌲入一」，9221 反
　　「🌲入十」，13338 反「🌲入五（引者按：應爲五十）」等。〔註56〕

因此此人的存在可確定花東卜辭時代相當於賓組卜辭。〔註57〕

花東卜辭中還有🌿字，辭例如下：

　　丁丑卜：其𢏛（彈？）于🌿，叀（惠）入人，若。用。子𠂤（占）曰：
　　女（毋）又（有）𢀜（孚），雨。　一二三四五六七八　《花東》252

〔註55〕《花東‧釋文》，頁 1596。

〔註56〕〈論殷墟花園莊東地 H3 的記事刻辭〉，《2004 年安陽殷商文明國際學術研討會論文
　　　集》，頁 44。《殷墟花東 H3 卜辭主人「子」研究》也有相關討論（頁 250）。

〔註57〕參〈簡論「花東子類」卜辭的時代〉，《黃天樹古文字論集》，頁 153；《殷墟甲骨文
　　　人名與斷代的初步研究》，頁 299～300。

戊寅卜：自帶其見（獻）于帚（婦）好。用。　二　《花東》451

癸亥：子坒（往）孞（于），攺（肇）子丹一、盥龜二。　一　《花東》450〔註58〕

上三版該字分別作、、。《花東‧字表》將字放在「龜部」，對此字的解釋是「地名，其字不識」，〔註59〕將、視爲異字。韓江蘇進一步認爲即射侯之「侯」字，曰：「把侯作地名用，完全符合甲骨文的句法。但《花東》252 與《花東》451 中的辭義仍無法解釋」。對《花東》252「其（彈？）于」的解釋爲，動詞「彈」字義爲「拉弓射箭」，「根據字形及所出現的場合，應該是弓箭所射之侯」，並以「作冊般銅黿」爲佐證，又解釋《花東》451「自帶」的「自」爲「親自」，「帶」爲「以絲線織成的布帛而裝飾成侯」。〔註60〕本文認爲此說可商。首先，在卜辭中或爲祭祀動詞，如：

癸亥卜，方貞：翌丁卯酌（酒）牛百于☒。　《合》9410 正

癸卯卜，貞：卪百、牛百☒。　《合》13523 正

就算指彈射活動，「其于」解釋爲在地進行彈射活動也無不妥。至於字象黿之形並無根據，且若以象形字爲「侯」，則可作「射侯」之物甚多，指稱「射侯」之物必多，何以僅見字？若僅見字是符號化後的結果，又

〔註58〕 本辭原釋文爲「子往于，攺子丹龜二」而認爲「子丹」是人名（《花東‧釋文》，頁 1733）。魏慈德認爲即賓組卜辭的「丹伯」（《殷墟花園莊東地甲骨卜辭研究》，頁 82），韓江蘇認爲此辭「攺子丹黿二」可與《花東》294「丁族鄡宅」對照，「子丹」與「丁族」指人物，「」是子丹之名，也是武丁的族屬（《殷墟花東 H3 卜辭主人「子」研究》，頁 297～381）。陳劍指出，「丹」下有「一」，原漏釋，應爲「肇子丹一、盥龜二」，「盥龜」又見於《花東》449（〈說花園莊東地甲骨卜辭的「丁」——附：釋「速」〉，《甲骨金文考釋論集》，頁 91）。趙偉也認爲「『一』字非兆序。『丹一』和『龜二』並爲『攺子』的物品」（《校勘》，頁 63），姚萱亦從陳說，並認爲「丹」應指「丹砂」（《初步研究》，頁 362）。從拓片與照片看，「丹」下之「一」都非常明顯，並非兆序。花東卜辭無「子丹」此人。

〔註59〕 《花東‧字表》，頁 1869；《花東‧釋文》，頁 1663。

〔註60〕 《殷墟花東 H3 卜辭主人「子」研究》，頁 379～383。

爲何專用{字}代表「射侯」？其聲音與「侯」之關聯爲何？皆不易解釋。且文獻
所載之「侯」自有其形制，也看不出與{字}有何關聯。〔註61〕「自＋某人或某地＋
某物」解釋爲「來自某人或某地的某物」本十分合理，且解釋爲「親自」，則「自」
於句首也難通讀卜辭。姚萱指出：

> 「自{字}帶」即來自「{字}」之帶，《花東》48和416號第4、5辭有
> 「自丁糵（黍）」，即來自「丁」之黍，「自」字用法相同。{字}是地
> 名和族名、人名，又見於《花東》252和450董珊先生認爲，見於
> 花東和賓組、歷組卜辭的人名、族名『{字}』，即『{字}』字的線條化
> 寫法，此說似可信。花東卜辭和王卜辭都多見「{字}」獻納物品的記
> 錄。〔註62〕

林澐也認爲{字}是{字}的簡體，曰：

> 金文中常見此族的徽號（《金文編》附錄上224），《殷墟花園莊東地
> 甲骨》中的字表把它們分列爲兩個字是不對的。他向子一次貢納十
> 見龜版。在H3中只見到三件，可見花東卜辭被發現的只是一部分
> 而已。〔註63〕

本文同意{字}、{字}一字的看法，則見於《花東》252、450、451的{字}看作地名
較爲適當，或即{字}族居地。另外，{字}字容易讓人聯想到圓體類的{字}字，相關
辭例如下：

> 庚辰卜，貞：壴亡若。
> 庚辰卜，貞：{字}屮（賈）亡若。　　《英》1911+《合》21896【蔣玉斌綴】
> ＋《合》21898【蔡哲茂加綴】

{字}字《詁林》中曰：「字不可識，其義不詳」。〔註64〕《類纂》、《殷墟甲骨文字
表》都列在「其他」類，《新編甲骨文字形總表》則列在「{字}」部，將此字視爲
鳥形，不過增訂版的《甲骨文字形表》改歸入「{字}」部，而將《花東》451{字}也

〔註61〕關於「侯」的討論，可參劉道廣，〈「侯」形制考〉，《考古與文物》2009.3。

〔註62〕《初步研究》，頁127。

〔註63〕〈花東子卜辭所見人物研究〉，《古文字與古代史》第1輯，頁31。

〔註64〕《詁林》，頁3475。

歸於此部，🔣、🔣二字並列於部末，🔣（🔣）字諸形歸於「大」部。〔註65〕又黃天樹先生將此字釋爲「罕」，認爲「罕賈」就是「罕」地的商賈。〔註66〕比照卜辭中見「某賈」之例，🔣字應爲人、地、族名，而《花東》451 該字作🔣，其中也有兩條橫畫，與🔣之差僅在後者少了一個🔣形、字體較圓潤，頗疑🔣即🔣，都是🔣（🔣）的異體。

　　舊有卜辭中的🔣多見於賓組與歷組卜辭中，學者已指出多組賓、歷二組事類相同的辭例，也說明了賓組與歷組卜辭時代有所重疊，趙鵬有詳細的整理，包括「屰來羌（以羌、入羌）」、「令屰省向」、「王令屰葬我」、「王令屰以子方奠于並」四個事件。〔註67〕其中「王令屰葬我」非常重要，〔註68〕相關辭例如下（前四版賓組，後四版歷組）：

（1）乙亥卜，爭貞：惠邑、並令🔣（葬）我于屮𠂤。一月。

　　　丙子卜，宁貞：令🔣🔣（葬）我于屮𠂤。囗（肩）〔註69〕告不🔣（婚）。

　　　《醉古集》208（《合》17168+17171）

（2）丙子□貞：令□我于屮𠂤，囗（肩）告不🔣（婚）。　　《合》17169

（3）貞：🔣不其囗（肩）告其🔣（婚）。十一月。　　《合》17170

（4）己卯卜，宁貞：今日𠂤、🔣令🔣（葬）我于屮𠂤。乃𠬧屮□。　　《合補》2551（《合》296+10048）

（5）丙子貞：王叀（惠）🔣令🔣（葬）我。　　《合》32829

〔註65〕《類纂》「部首檢索」，頁 3424；《殷墟甲骨文字表》，頁 319；《新編甲骨文字形總表》，頁 93；《甲骨文字形表》，頁 89、30。

〔註66〕〈非王卜辭中「圓體類」卜辭的研究〉，《黃天樹古文字論集》，頁 104～105。

〔註67〕《殷墟甲骨文人名與斷代的初步研究》，頁 186～189。

〔註68〕胡厚宣曾將「我」解釋爲殷王，見胡厚宣，〈釋🔣〉，《甲骨學商史論叢初集（外一種）》，頁 519。韓江蘇也認爲「我」指商王，是第一人稱代詞，見〈甲骨文中的「我」〉，《河北大學學報（哲學社會科學版）》2004.5，頁 40。從相關卜辭來看「葬我」之地爲「屮𠂤」，雖不知爲何地，從名稱看可能在「屮」地，與軍事有關，商王葬於此地不合理，「我」應該是名爲「我」之人。

〔註69〕張玉金釋爲虛詞「通」，指出此字「祇能出現在謂語動詞是表示客體行爲變化的語句裏，僅表示可能的語氣」，見《甲骨文語法學》，頁 39。

（6）□〔子〕貞：□叀（惠）🌿□因（葬）我。　　《合》32831

（7）丙子貞：🌿王叀（惠）令因（葬）□。　　《合》32830

（8）丙子〔貞〕：王□並□因（葬）。

　　　丙子貞：王叀（惠）令🌿因（葬）我。

　　　丁丑貞：王□🌿令因（葬）我。

　　　己卯貞：今日王令🌿因（葬）我。　　《屯南》2273

林宏明綴合的《合》17168+17171 非常有意義，他指出：

> 這一組綴合，「並」和「吳」不但銅時在屬於歷組的《屯南》2273
> 這一版出現，而且也同時在屬於賓組的《合集》17171+17168 這一
> 版出現，而這都是在干支相合且辭例少見的「王令吳葬我」中，干
> 支既相合且卜問的事項一致，「令某人葬我」在卜辭中並不是經常出
> 現的辭例，由此可知，從裘錫圭先生提出、李學勤、彭裕商兩位先
> 生補充，加上這組新的綴合，說這個例子是歷組和賓組卜辭同時同
> 卜一事比較確切的例子，應該是可以成立的。〔註70〕

花東卜辭中有「葬韋」一事，可能是商王令子葬韋，若出現於王卜辭中，也應
該是「王令某（或子）葬韋」之類的辭例，受商王命令辦理喪葬之事的屵與子，
都是雄霸一方者，而被葬的「韋」、「我」地位也應不低，關於人物「韋」將於
本文第七章第二節討論。

　　將王卜辭與花東卜辭的屵作比較會發現，王卜辭中的屵直接受到商王的命
令辦事，花東卜辭中除了見於記事刻辭外，未見子與屵直接互動的例子。朱鳳
瀚曾指出：

> H3 甲橋刻辭中有記錄入貢龜甲的氏名（或人名）及入貢數量的。氏
> 名中有屵、亘等商人強族，……如果由屵等強族貢入的龜甲不是由
> 王室轉予的，則像這類貴族還要向 H3 卜辭之「子」貢納占卜所用
> 龜甲，也可證他確實在出身於王族的貴族中地位甚高。〔註71〕

〔註70〕〈歷組與賓組卜辭同卜一事的新證據〉，《2004 年安陽殷商文明國際學術研討會論文
　　　　集》，頁 76～77。

〔註71〕〈讀安陽殷墟花園莊東出土的非王卜辭〉，收於《商周家族形態研究（增訂本）》，
　　　　頁 602。

對花東記事刻辭之貢龜來源問題，劉一曼與曹定雲曾經提出一個問題，即應該如何解釋同見於王卜辭與花東卜辭記事刻辭中的人物？這些龜版是王的占卜機構贈與子的，還是這些人直接向子貢納的？他們以屰、周、我爲例，曰：

> 盡管 H3 甲橋上的貢龜人名與賓組相似，但字體風格與刻辭位置有
> 別，因而可以推測，H3 的卜甲並非來自王的占卜機關，而是「子」
> 單獨接受外地的貢龜。〔註72〕

魏慈德也認爲很多花東卜辭記事刻辭的人物都有入龜於王的記載，可見花東卜辭卜甲來源與王卜辭相同。〔註73〕本文也同意此說。

綜上所述，從屰向子貢納龜甲與帶以及子能在該地行禮來看，屰也臣屬於子，但此人與商王互動較爲密切，是服屬於商王朝的異族，地位在武丁與子之下。

2. 周、屰、弋、史

除了「屰」以及前文提到的「庚」、「屋」之外，其他反面甲橋刻辭用貢納動詞「入」的還有：

周入三（四）。　　《花東》327

屰入六。　《花東》20

屰入六。　《花東》83

弋入五。　　《花東》425

史入。　《花東》133

史入。　《花東》231

（1）周

花東卜辭有人物「中周」，學者或認爲「中周」即此「周」，本文認爲二者應分別討論（詳本文第七章第二節）。舊有卜辭中的周非常活躍，趙鵬對相關資料有詳細的整理，〔註74〕黃天樹先生與趙鵬都指出賓組一類的《合》3183 反甲

〔註72〕〈論殷墟花園莊東地 H3 的記事刻辭〉，《2004 年安陽殷商文明國際學術研討會論文集》，頁 48。

〔註73〕《殷墟花園莊東地甲骨卜辭研究》，頁 96。

〔註74〕《殷墟甲骨文人名與斷代的初步研究》，頁 363～364。

有「周入十」與花東的「周入四」時代相近、事類相同。〔註75〕上文提到劉一曼與曹定雲曾以岑、周、我爲例，說明同見於王卜辭與花東卜辭記事刻辭中的人物應該是直接向子貢納，可知周此人同時向商王與子貢納龜甲。

武丁中期的𠂤組小字類與𠂤賓間類卜辭中，〔註76〕商王朝曾與周發生戰爭，分別爲：

癸卯卜：其克𢦏（翦）周。四月。　　《合》20508

己未卜：弗敦周。　　《合》6824

而武丁晚期到祖庚時代的賓出類、賓組三類、歷組二類卜辭中又有「撲周」之事，此戰爭可能在祖庚時期，最早只能上及武丁晚期，相關卜辭的連繫由裘錫圭與黃天樹先生提出，趙鵬整理爲兩組事件，〔註77〕茲引述並補充如下：

第一組：

癸未卜，爭貞：令旃呂（以）多子族璞（撲）周。凵（贊）王事。　　《合》6814

癸未卜☒令旃☒族璞（撲）周。凵（贊）王事。　　《合》6815

☒〔卜〕㱿貞：令旃比𠁣侯璞（撲）周。　　《合》6816

☒以多☒𠁣侯☒璞（撲）周。凵（贊）王☒　　《合》6817

貞：叀（惠）令𤔲比璞（撲）周。

貞：隹（唯）𤔲。五月。　　《合》6822

☒𤔲令☒侯璞（撲）周。五月。　　《合》6821

叀（惠）𤔲令周。

叀（惠）備令周。

〔註75〕〈簡論「花東子類」卜辭的時代〉，《黃天樹古文字論集》，頁155；《殷墟甲骨文人名與斷代的初步研究》，頁298。典賓類也有「周入」的紀錄，見《殷墟甲骨文五種記事刻辭研究》，頁229。

〔註76〕黃天樹先生指出𠂤賓間類主要於武丁中期，與𠂤組小字類關係密切，但𠂤組小字類與賓組卜辭關係密切，有延伸到武丁晚期的跡象，𠂤賓間類與賓組卜辭較疏遠，見《殷墟王卜辭的分類與斷代》，頁123、125、167。

〔註77〕《殷墟甲骨文人名與斷代的初步研究》，頁185。

　　叀（惠）🔣令周。　　《合》32885

第二組：

　　丙寅卜，爭貞：舌凡🔣罪☐。

　　貞：令多子族罪犬侯璞（撲）周，凵（贊）王事。

　　貞：令多子族比𠀉（兀）罪亙🔣，凵（贊）王〔事〕。　　《合》6813　（《洹
　　寶》101+《合》5451+6820 正+17466【蔡哲茂、黃天樹綴】同文）

　　☐辰貞：令犬侯☐凵（贊）王事。　　《合》32966

　　己卯卜，尒貞：令多子族比犬侯璞（撲）周。凵（贊）王事。五月。　　《合》
　　6812 正

由於在花東卜辭中周與商王朝是友好狀態，賓組一類的「周入十」與花東卜辭
「周入四」的時代很可能在「窮周」、「敦周」之後，「撲周」之前，大致在武丁
中期到晚期之間，[註78] 可能花東卜辭的時代下限未及撲周事件。

　　另外，周似乎與多子族關係密切，除了花東卜辭中周向子貢納，商王命多
子族參與對周戰爭，還有在婦女卜辭曾出現「婦周」此人（《合》22264、22265+
《乙補》7387【蔣玉斌綴】），是非王家族的多婦之一，可能是嫁到商王室的周
族女子。還有一例賓組三類的卜辭是商王命周向多子「乞牛」的例子：

　　甲午卜：叀（惠）周气（乞）牛多子☐。

　　甲午卜，宁貞：令周气（乞）牛多〔子〕☐。　　《合》3240+4884【黃
　　天樹綴】[註79]

[註78]　賓出類爲沒有署名賓組貞人或出組貞人者，時代基本爲祖庚時期，上限爲武丁晚
　　　　期。出組卜辭上限在祖庚時期，黃天樹先生對賓組、出組、歷組卜辭的時代有精
　　　　簡的結論：「和時代早的歷組一類有同卜一事現象的，主要是賓組一類、典賓類，
　　　　而賓組三類是沒有的；反之，和時代較晚的出組一類、歷組二類有同卜一事現象
　　　　的，賓組一類是沒有的，典賓類有一些，而大量的是見於賓組三類。上述這些現
　　　　象說明：賓組一類是賓組中時代最早的，大約是武丁中、晚期之物。典賓類次之，
　　　　主要是武丁晚期之物，其下限有小部分延伸到祖庚時期。賓組三類時代最晚，主
　　　　要是祖庚之物，其上限有小部分上及武丁晚期，其下限有可能延伸至祖甲之初。」
　　　　見《殷墟王卜辭的分類與斷代》，頁 104。

[註79]　〈甲骨綴合九例〉，《黃天樹古文字論集》，頁 261。

內容即商王命周向多子求取牛牲，〔註80〕可能是周尚未叛亂時或平定周亂之後的事。這也說明周可能經常往返於商王與多子之間，因此同時有向商王與多子貢納之事。同時臣屬於商王與子的周爲殷西大族，董珊認爲武丁時期的「周」應該是妘姓之周而非姬周，可參。〔註81〕前文曾提到殷西大族眉也臣屬於子，並與子關係密切，而盍、伯或都對子有貢納之事，顯然子在殷西有一定的影響力。

（2）屰、㐂

花東卜辭中有人物「屰」、「㐂」，分別向子貢納了六版與五版龜甲。㐂此人於花東卜辭中首見，是臣屬於子的人物，而屰也見於王卜辭與其他非王卜辭。《花東・釋文》中曰：「在賓組卜辭中有『㞷（並）入十』（《丙》43），㐂可能是㞷的省寫。」〔註82〕劉一曼、曹定雲有如下補充：

> 屰和逆（屰之繁體）均見於賓組卜辭中，用爲人名（貞人名）、地名等。如《後下》11.5「壬辰卜屰貞：今〔夕〕亡〔禍〕？」逆。亦見於甲橋刻辭中，如《合集》270 反「逆入十」殷代銅器中，有以「屰」爲銘文的器物，如《集成》17.10632－17.10634 等。多數學者認爲，這類銅器上的銘文，是氏族名。〔註83〕

《合》270 反一版黃天樹先生歸於典賓類早期，〔註84〕而屰爲賓組卜辭的貞人，黃先生指出「屰」卜之卜辭中四版爲賓組三類（《合》3933、3934、16600、《明

〔註80〕季旭昇曾將「乞」字解釋爲「貢獻」、「致送」，蔡師哲茂則指出此「乞」字應該是單純的求取義，指商王令周向多子求取牛，見〈甲骨文釋讀析誤〉，《第十三屆全國暨海峽兩岸中國文字學學術研討會論文集》頁 166～169。黃天樹與方稚松則將第一辭補爲「甲午卜，〔□貞〕：惠周〔令〕气（乞）牛〔于〕多子」認爲「乞」應爲「乞求」義，見〈甲骨綴合九例〉，《黃天樹古文字論集》，頁 261 與《殷墟甲骨文五種記事刻辭研究》，頁 59。

〔註81〕見〈試論殷墟卜辭之「周」爲金文中的妘姓之琱〉，「復旦大學出土文獻與古文字研究中心」網站。

〔註82〕《花東・釋文》，頁 1566。

〔註83〕〈論殷墟花園莊東地 H3 的記事刻辭〉，《2004 年安陽殷商文明國際學術研討會論文集》，頁 44。

〔註84〕〈簡論「花東子類」卜辭的時代〉，《黃天樹古文字論集》，頁 155。

後》333），一版爲歷組一類（《合》33917），可見兩組卜辭有同代關係。〔註85〕
屰族與商王室互動頻繁，相關事類趙鵬已有詳細的整理，〔註86〕茲不贅述。其
中提到婦女卜辭的「嫁女」一項本文認爲是非王家族族長向屰族求取女奴的卜
問，相關討論詳見本文第六章第一節「妾」處。另外還有一版賞賜屰的卜問：

　　　壬寅：易（賜）屰五 、十戈、十弓。　　《合》22349

綜上所述，屰在武丁晚期擔任商王朝的貞人，同時也與商王室的非王家族有往來。

（3）史

　　上文所舉屰、周、屰、 等人「入」的數量都有明確記載，而史則只有
「史入」，刻於反面右甲橋。對此種形式的記事刻辭，方稚松指出：

> 這種動詞後無數字者，張秉權《甲橋刻辭探微》一文認爲其數當爲
> 「一」字，故可省略。這種理解我們是不贊成的。我們認爲這種刻
> 辭只是表明此版龜甲是由「某」貢入而已，並不能代表「某」這次
> 只貢納了一版。像上面所舉的《花東》兩片「史入」之例應該是「史」
> 一次貢納的，是同批貢納的多次記錄，而不當理解爲「史」貢納有
> 兩次，每一次只貢納一個。〔註87〕

〈論殷墟花園莊東地 H3 的記事刻辭〉一文與魏慈德都認爲「史」是族氏名，
可能就是出土於山東滕州前掌大遺址商代青銅器上的「史」族人。〔註88〕舊有
卜辭中「史」入龜、示骨的記錄分別見於《合》20645（甲尾）、《合》7381 臼、
3226 臼，可見「史」也是同時臣屬於商王與子的人物。

3. 侖、封

　　花東卜辭的記事刻辭中有一類省略動詞的例子，如「我」、「侖」、「封」等，
應該是省略了「入」或「示」之類動詞。〔註89〕「我」見本文第四章第二節「我

〔註85〕　《殷墟王卜辭的分類與斷代》，頁 168。

〔註86〕　《殷墟甲骨文人名與斷代的初步研究》，頁 3763～77。

〔註87〕　《殷墟甲骨文五種記事刻辭研究》，頁 76。

〔註88〕　〈論殷墟花園莊東地 H3 的記事刻辭〉，《2004 年安陽殷商文明國際學術研討會論文
集》，頁 44～45；《殷墟花園莊東地甲骨卜辭研究》，頁 96。方稚松則視「史」爲
職官人物，見《殷墟甲骨文五種記事刻辭研究》，頁 116

〔註89〕　〈論殷墟花園莊東地 H3 的記事刻辭〉，《2004 年安陽殷商文明國際學術研討會論文
集》，頁 43。

人（附：我）」處。「□」、「封」的辭例爲：「□十」（《花東》138、242、272、417、447）、「封十」（《花東》172），「封」也有僅刻一字的例子，見《花東》71，皆刻於反面左甲橋。

關於□，《花東·釋文》中曰：

> □，本作□，字在左橋。意謂□一次貢納十塊龜甲，省去動詞「入」字。本書 242（H3:714 反）、272（H3:793 反）、417（H3:1308 反）、447（H3:1383 反）與本片同辭。[註90]

此人貢納的十版龜甲在花東卜辭中出現了五片。魏慈德曾指出：

> 「□」字與黃組卜辭中常見「□巫九□」的「□」當是一字，該字在王卜辭中因「今」「□」兩部件經常寫得太開而被誤認爲是「今□」二字。李學勤曾以爲「□巫九□」一語只見於胛骨，且「□」從各得聲，推測其乃讀爲《說文》訓禽獸骨骼的「骼」字，又進一步推測其爲戰爭卜辭的習語。《青銅器與古代史》（台北：聯經出版事業股份有限公司，2005 年 5 月），頁 152。[註91]

而「□」此人貢龜則僅見於花東卜辭。

關於「封」，《花東·釋文》在 71 版考釋中曰：

> 封，本作□。著錄所見封字的形體作 □ □ 或 □，上從屮，下從土。甲骨文的土字有幾種寫法，其中一種下部作 △ 形，所以此字義當隸作封。

> 此字位於左甲橋，其左側有一豎刻道。「封」可能指此版卜甲爲封（人名）所貢納的，或指卜甲來自封地。[註92]

花東卜辭的封字作 □（《花東》71）、□（《花東》172），基本上底部是有弧度的，韓江蘇摹爲平直筆畫的 □，認爲「與王卜辭中的『封』字作『□』、『□』等寫法有異。因此，暫定 H3 卜辭之封爲新見人、族名」[註93] 卜辭「封」字

〔註90〕《花東·釋文》，頁 1613。

〔註91〕《殷墟花園莊東地甲骨卜辭研究》，頁 95。

〔註92〕《花東·釋文》，頁 1588～1589。

〔註93〕《殷墟花東 H3 卜辭主人「子」研究》，頁 279。

下「土」形多塡實，留空者如 ▢ 、▢ 、▢ （《合》24248+24377+24478【白玉崢綴】〔註94〕） ▢ （《合》32287） ▢ （《屯南》2510）， ▢ （《屯南》2964） ▢ （《屯南》3398），與花東的 ▢ 、▢ 下部並無顯著不同。因此本文仍將此字隸爲「封」。

關於人物「封」，〈論殷墟花園莊東地 H3 的記事刻辭〉已指出卜辭中有人名「宰封」也有地名「封」，〔註95〕又《屯南》2510、2964 有「封人」，可知「封」在卜辭中人、地、族名用法都有，而「封」納貢之事僅見於花東卜辭，舊有卜辭未見。

4. 壴（賈壴）

除了「封」以及於下節討論的「𦎫」（《花東》62）以外，僅刻一人名的例子還有：「壴」（《花東》201）、「亞」（《花東》500）、「止」（《花東》121），此三人應該都是貢龜者之名。以下先討論「壴」。

（1）花東卜辭中的壴、賈壴

關於「壴」，《花東・釋文》中曰：

> 字刻於右橋。壴爲貢納龜甲之人。在賓組卜辭中，有關壴貢納龜甲的記事刻辭有十多例，辭爲「壴入」、「壴入三十」、「壴入二十」、「壴入十」、「壴入五」、「壴入二」。本版只記「壴」，省去動詞及入龜數量。〔註96〕

劉一曼、曹定雲在〈論殷墟花園莊東地 H3 的記事刻辭〉中改爲「左橋」，〔註97〕韓江蘇認爲「壴」可能是向子貢納龜甲或整治甲骨的人物。〔註98〕王卜辭中的壴

〔註94〕〈簡論甲骨文合集〉，《中國文字》新 14 期（1991），頁 192。

〔註95〕〈論殷墟花園莊東地 H3 的記事刻辭〉，《2004 年安陽殷商文明國際學術研討會論文集》，頁 45。所引《佚》272 應爲 271 之誤，該版有地名「封」，《佚》271 即《合》24248，白玉崢已將之與《合》24377、24478 綴合。

〔註96〕《花東・釋文》，頁 1639。

〔註97〕〈論殷墟花園莊東地 H3 的記事刻辭〉，《2004 年安陽殷商文明國際學術研討會論文集》，頁 41。

〔註98〕《殷墟花東 H3 卜辭主人「子」研究》，頁 226。

也經常出現在記事刻辭中，包括入龜與示龜之事，〔註99〕趙鵬指出王卜辭中貢龜、示龜的記錄都屬賓組一類和典賓類，〔註100〕也顯示花東卜辭可能早到賓組一類的時代。

學者一般認爲「壴」即「賈壴」，〔註101〕相關辭例如下：

己未卜，鼎（貞）：中（賈）壴又（有）疾，亡〔延（延）〕。　一

己未卜，才（在）[字]：其延（延）又（有）疾。　一　《花東》264

乙卜，鼎（貞）：中（賈）壴又（有）囗，弗死。　一

乙卜，鼎（貞）：中周又（有）囗，弗死。　一

乙卜，鼎（貞）：二卜又（有）求（咎），隹（唯）見，今又（有）心戁（畏）〔註102〕，亡囧（憂）。　一　《花東》102

關於「賈壴」，《花東・釋文》中曰：「宁，官名；壴，國名或人名。『宁壴』即爲擔任『宁』官之『壴』國諸侯。」〔註103〕前文曾對甲骨文的「賈」、「賈某」、「某賈」、「多賈」有相關討論，基本認爲後三者可能是職官名。朱鳳瀚認爲此「賈壴」當是「多賈」之一，從子對此人疾病的關心來看，可能是子家族的成員；魏慈德認爲「多賈」是子家族的家臣，而「賈壴」爲花東卜辭中所見「多賈」之一；林澐認爲花東卜辭的「多賈」可能是子家族私家的商賈，而認爲賈壴是子家族私家的「多賈」之一。〔註104〕三家基本上認爲「賈壴」是子家族的家族成員或僚屬。而趙鵬認爲花東卜辭的賈壴就是王卜辭的賈壴，未必是子家族的私家職官。〔註105〕

〔註99〕可參《殷墟甲骨文五種記事刻辭研究》，頁228、238。

〔註100〕《殷墟甲骨文人名與斷代的初步研究》，頁299。

〔註101〕《殷墟花園莊東地甲骨卜辭研究》，頁96；《殷墟甲骨文人名與斷代的初步研究》，頁295；〈花東子卜辭所見人物研究〉，《古文字與古代史》第1輯，頁26；《殷墟花東H3卜辭主人「子」研究》，頁226。

〔註102〕此字張榮焜、沈培讀爲「畏」。分別見《殷墟花園莊東地甲骨字形研究》，頁74～75；〈殷卜辭中跟卜兆有關的「見」和「告」〉，《古文字研究》第27輯，頁67。

〔註103〕《花東・釋文》，頁1668。

〔註104〕《商周家族形態研究（增訂本）》，頁608；《殷墟花園莊東地甲骨卜辭研究》，頁92、96；〈花東子卜辭所見人物研究〉，《古文字與古代史》第1輯，頁25、26。

〔註105〕〈從花東子組卜辭中的人名看其時代〉，《中國社會科學院歷史研究所學刊》第6

其實即使認爲多名「賈某」可稱爲「多賈」，又認爲花東卜辭的「多賈」是族長子的私臣，花東卜辭的「賈壴（壴）」也未必是子家族「多賈」其中一人。舊有卜辭中「壴」、「賈壴」多見，爲商王的臣屬，其中可能有與花東卜辭的「賈壴」爲同一人者，黃天樹先生舉出以下此例：

丁卯卜，王貞：𠀠（賈）壴𠙵（肩）凡（興）㞢（有）疾。　《合》9650

認爲與《花東》264、102 可能是同一件事。〔註 106〕蔡師哲茂與裘錫圭都曾指出卜辭中的「肩興有疾」是卜問病情能否好轉，〔註 107〕《花東》264 卜問「有疾亡延」、「延有疾」，即賈壴的疾病是否會「延」（即是否會久病不癒，也等於卜問「是否不會好轉」），與《合》9650 卜問「肩興有疾」（即卜問疾病「是否會好轉」）應該是對同樣狀況用不同的方式表達。王卜辭中也有對同一個人卜問「延有疾」與「肩興有疾」的例子，即：

貞：集㣔（延）㞢（有）疾。　《合》13737

戊寅卜，㱿貞：集𠙵（肩）凡（興）㞢（有）〔疾〕。　《合》13886

本文同意《合》9650 的賈壴即花東卜辭的賈壴，則花東卜辭的賈壴可能不是子私家的「多賈」之一。

（2）關於「口」的問題

關於「弗死」，本文第四章第一節「射告、南」處已有相關討論，暫將之視同「不死」。而「有口」的「口」應如何理解，可進一步討論。《花東・釋文》在 102 片考釋中曰：「本片 1、2 辭的『口』字，可能指口部有疾，『口』字後省略去疾字。或者，口字借爲災咎之義。」〔註 108〕韓江蘇認爲「口」指災禍之義，〔註 109〕二說皆從過去對「口」字的解釋。此「有口」應與舊有卜辭中常見的「作

集，頁 4。

〔註 106〕〈簡論「花東子類」卜辭的時代〉，《黃天樹古文字論集》，頁 154。

〔註 107〕詳見〈殷卜辭「肩凡有疾」解〉，《屈萬里先生百歲誕辰國際學術研討會論文集》。關於「凡」釋爲「興」的看法，沈培曾表示裘先生很早就有同樣的意見，惜未行諸文字，而「興」省爲「凡」的情況正如卜辭中「登」可省作「𣅀」、「豆」一樣。見〈殷墟花園莊東地甲骨「𣅀」字用爲「登」證說〉，《中國文字學報》第 1 輯，頁 52。

〔註 108〕《花東・釋文》，頁 1599。

〔註 109〕《殷墟花東 H3 卜辭主人「子」研究》，頁 226、268。

口」、「無口」等詞同類，相關卜辭如下：

　　　貞：勿薰多口，亡囧（憂）。

　　　多舌（或言），亡囧（憂）。

　　　又（有）乍（作）余（？）口千。　　《合》22405

　　　丙子子卜：隹（唯）丁乍茲口。　　《合》21740

　　　丙戌子卜，貞：我亡乍（作）口。　　《合》21727

　　　乙酉卜，刣貞：我亡乍（作）口。　　《合》21615

　　　辛巳卜，刣貞：亡乍（作）口。　　《英》1897

　　　甲子卜，貞：帚（婦）周不𧻕（延）。

　　　□寅，貞：疾𧻕（延）

　　　甲戌，貞：亡疾。

　　　甲戌，貞：呂。

　　　甲戌卜：亡口。

　　　甲戌卜：亡口。允不。　　《合》22265+《乙補》7387【蔣玉斌綴】〔註110〕

　　　壬寅卜：<u>亡口</u>。

　　　<u>亡入疾</u>。　　《合》22392

　　　辛丑卜：亡口。

　　　辛丑卜：亡疾。

　　　丙午貞：多帚（婦）亡疾。

　　　丙午貞：多臣亡疾。　　《合》22258

　　　癸巳卜，貞：帚（婦）妟亡至口。　　一

　　　癸巳卜，〔貞〕：帚（婦）妟〔亡〕疾。　　《合》21552+22251+22277 中
部（《乙》8727+8993）【白玉崢改綴】+《歷拓》11039【彭裕商遙綴】+R41146

〔註110〕蔣玉斌，〈殷墟第十五次發掘 YH251、330 兩坑所得甲骨綴合補遺〉，發表於「先
秦史研究室」網站（http://www.xianqin.org/xr_html/articles/jgzhh/445.html），2007
年 1 月 15 日，第 10 組。

【蔡哲茂加綴】〔註111〕

甲申卜：令豚宅正。　一

叀（惠）征（延）宅正。　一

又眔豚亡口。　一　　《合》22322+《乙補》7417【蔣玉斌綴】〔註112〕

過去對以上卜辭中的「口」字主要有三類看法：

（1）疾病：溫少峰、袁庭棟認爲「至口」爲口腔腫痛之疾。〔註113〕

（2）口舌之禍：持此說者有饒宗頤、李學勤、王貴民、連邵名、宋鎭豪。
　　〔註114〕李、王、連、宋四家特別舉《合》22405「多口」、「多舌」以
　　證「多言肇禍」義。

（3）災禍之類：徐中舒認爲是「災禍之義」，沈培也有類似看法。而李宗
　　焜則認爲「口」與「疾」相類，但非指特定疾病，本文也列於此類。
　　〔註115〕

另外還有姚孝遂將「多口」、「作余口千」之「口」解釋爲「人口」，未爲學界採

〔註111〕白玉崢，〈殷墟第十五次發掘成組卜甲〉，《董作賓先生逝世十四周年紀念刊》（台
　　　北：藝文印書館，1978），頁 140；蔡哲茂，〈殷墟文字乙編新綴第八則〉發表於
　　　「先秦史研究室」網站（http://www.xianqin.org/xr_html/articles/jgzhh/616.html）。《合》
　　　22249 與《合補》404+《乙補》7344【林勝祥、蔣玉斌綴】+《乙補》7385【林勝祥加綴】（見
　　　〈甲骨綴合新例〉，《中國文學研究》第 26 期，第 4 組）+《乙》8792【蔣玉斌加綴】（見〈殷墟第十
　　　五次發掘 YH251、330 兩坑所得甲骨綴合補遺〉）二版「癸巳卜」之同文例分別爲
　　　二卜與三卜，爲成套卜辭。

〔註112〕《殷墟子卜辭的整理與研究》，頁 223。《合》22323、22324 同文例分別爲二卜與三卜，
　　　爲成套卜辭。

〔註113〕《殷墟卜辭研究——科學技術篇》，頁 310。

〔註114〕饒宗頤，《殷代貞卜人物通考》，頁 700～701；李學勤，〈帝乙時代的非王卜辭〉，
　　　《李學勤早期文集》，頁 108；王貴民，〈試釋甲骨文的乍口、多口、殉、葬和誕
　　　字〉，《古文字研究》第 21 輯（2001）；連邵名，〈殷商卜辭與洪範五行傳〉，《學術
　　　集林》第 8 卷（1996），頁 143～144；宋鎭豪，〈商代的疾患醫療與衛生保健〉，《歷
　　　史研究》2004.2，頁 6～7。

〔註115〕《甲骨文字典》（成都：四川辭書出版社，1989），頁 87；《殷墟甲骨卜辭語序研
　　　究》，頁 84；〈從甲骨文看商代的疾病與醫療〉，《中央研究院歷史語言研究所集刊》
　　　72.2，頁 351。

納。﹝註116﹞基本上卜辭中有卜問「口疾」或「疾口」，指口腔的疾病，學者已指出與「作口」、「無口」之類卜問中的「口」意義不同，﹝註117﹞故（1）說不可從。關於（2）說，最近李學勤進一步指出甲骨文中的「亡口」、「亡至口」意義應該與《尚書‧盤庚上》的「逸口」、「逸言」相當，就是因失言而引起禍患的意思，「至」可讀為「逸」。而「作口」的「作」可讀為「詛」，「『作口』即詛言，指詛咒的話」。﹝註118﹞此說於音理、用法皆可說通，但若參照相關卜辭，仍稍有可商之處。

沈培將《合》21740「唯丁作茲口」與《合》14184「貞：帝其作我孽」、《合》7845 正「☒敵貞：洹其作茲邑憂」二辭比較，認為：

> 「作茲口」的「口」大概含有「災害」意。卜辭還有我亡作口（21615）的說法，「口」的用法大概與「禍（？）」很相近（引者按：禍字本文釋為「田（憂）」）。﹝註119﹞

從「作某口」與「作口」來看，對照卜辭其他「作＋某＋災咎字」與「作＋災咎字」的辭例，這些「作」未必可以讀為「詛」，如卜辭中常見的「作憂」（參《類纂》頁 827～828）、「作害」、「作孽」（參《類纂》頁 1240～1241）、「作艱」（參《類纂》頁 1078）等，而「口」也應該是某種災咎方面的字，並且此種災咎可能是他人（包括祖先）或其他外力所造成。蔣玉斌綴的《合》22322＋《乙補》7417 頗能說明這種狀況，蔣先生指出「又」、「豚」、「征」等人常作為做同一件事情的備選人物，可能是「多臣」之類，﹝註120﹞該版卜問子命令「豚」、「征」宅正，又卜問「又」、「豚」「亡至口」，應該是「宅正」之事可能會造成某種災禍，即「口」是因「宅正」所致。另外，在上引卜辭中，「口」多與「疾」並卜，其中蔣先生綴的《合》22265＋《乙補》7387 與《花東》264、102 還同時卜問「疾」是否「延」，顯然「口」的狀況跟「疾延」有關。再看《合》22392，「亡口」與「亡入疾」對貞，「口」與「入疾」性質應該相近，「入疾」可能與「出

﹝註116﹞《詁林》，頁 682。

﹝註117﹞李宗焜、宋鎮豪皆有說，花東卜辭中也有不少子患「口疾」的卜問，見《花東》149、220、247。

﹝註118﹞李學勤，〈甲骨卜辭與《尚書‧盤庚》〉，《甲骨文與殷商史（新一輯）》，頁 1～3。

﹝註119﹞《殷墟甲骨卜辭語序研究》，頁 84。

﹝註120﹞《殷墟子卜辭的整理與研究》，頁 51～52。

疾」相對,「出疾」表示離開疾病,有疾病痊癒之義,〔註121〕則「入疾」或指疾病侵入之義。因此本文對「口舌之禍」的說法仍持保留的態度,認爲還是以(3)類說法較合宜,或許「口」很可能是與遭受疾、患有關的狀況,屬於被動產生,就疾病方面而論,《合》22392 可能是與疾病狀況有關的徵兆,《合》22265+《乙補》7387 與《花東》264、102 可能是久病不癒的瀕死徵兆。此一初步推測,仍需進一步論證,而「口」應讀爲何字,暫存疑待考。

綜上所述關於賈壹、中周「有疾」、「有口」的狀況,或可作如下假設,即《花東》264 卜問此二人的疾病是否會延續,又在《合》9650 卜問「賈壹」疾病是否能好轉,《花東》102 是由於無法好轉而有「口」的狀況發生,遂卜問「弗死」。

(3) 關於「二卜有咎」的問題

《花東》102 卜問「賈壹」與「中周」二人「有口,弗死」之後還有「二卜有咎,唯見,今有心魃,亡憂」的卜問,此辭必然與「有口,弗死」的卜問結果有關。最近沈培對甲骨文中作「現」義的「見」字有新說,將裘錫圭釋爲「咎」的「求」字釋爲「祟」,認爲「見」是卜兆之「祟」有所顯現,對本辭「二卜有祟(本文釋爲「求(咎)」)」的解釋爲「『祟』在第二次占卜的卜兆中有所『顯現』」,並讀「魃」爲「畏」。〔註122〕蔡師哲茂也曾對此類「見」字也曾提出看法,認爲卜辭中「有咎」之後出現「艱有現」方面的詞句,是指「有咎之後有艱出現」,〔註123〕以下試對相關辭例的解釋提出一些討論。茲將相關卜辭分爲二類(僅舉代表例)。

〔註121〕關於卜辭中「出疾」的解釋,詳見蔡師哲茂的〈讀契札記五則〉,發表於嘉南藥理大學通識教育中心、中國文字學會主辦,「第十九屆中國文字學全國學術研討會」(台南:嘉南藥理大學,2008 年 5 月 24～25 日)。巫稱喜曾有〈甲骨文「出」字的用法〉一文,提到徐中舒的《甲骨文字典》歸納「出」字字義中有「發生」、「發現」之義項,而將「出疾」的「出」歸到此義項下,並解釋「出疾」爲「生病」之義,見《古漢語研究》1997.1,頁 29。事實上《甲骨文字典》此義項所舉爲「出雨」、「出虹」之類辭例(頁 682～683),巫先生對「出疾」的「出」何以可釋爲「發生」之義並無進一步討論,本文認爲蔡師哲茂之說爲是,且從「入疾」與「出疾」相對也可知「出疾」應非「生病」之義。

〔註122〕〈殷卜辭中跟卜兆有關的「見」和「告」〉,《古文字研究》第 27 輯,頁 67。

〔註123〕〈釋殷卜辭的「見」字〉,《古文字研究》第 24 輯(2002),頁 96。

第一類爲卜問一旬之中有無憂患之事的「旬無憂」辭例：

癸未卜，設貞：旬亡〔囚（憂）。王固（占）曰：屮（有）〕求（咎），其屮（有）來艱。气（迄）至七日己〔丑〕允屮（有）來艱自西，堂戈〔化乎（呼）〕告曰：舌方圍于我奠☒壬辰亦有來自西，岀乎（呼）☒圍我奠，戈四☒。　　《合》584 正反+9498 正反【蕭良瓊綴】

癸酉卜，爭貞：旬亡囚（憂）。王固（占）曰：屮（有）求（咎），屮（有）夢。左告曰：屮（有）奉（達）芻自🜚（溫）〔註124〕，十又二人。　　《合》137 正+7990 正+16890 正【蕭良瓊綴】

〔癸未卜，□貞：旬〕亡囚（憂）。王固（占）曰：屮（有）求（咎），屮（有）夢，其屮（有）來艱☒七日己〔丑〕允屮（有）來艱自〔西〕，堂戈化乎（呼）告〔曰：舌〕方圍于我示☒四日壬辰亦有來自西，岀乎（呼）告☒。　　《合》137 反+7990 反+16890 反【蕭良瓊綴】

還有一種「王占曰：餘有咎，有夢」的辭例（《合》10405 正、10406 正），「餘」字字義目前無法確定。〔註125〕省略的表達如：

☒固（占）曰：屮（有）求（咎），其屮（有）來。气（迄）至亡我☒。　　《合》6778 反

癸丑卜，爭貞：旬亡囚（憂）。☒屮（有）求（咎），艱。九日辛☒。　　《合》7139

占辭也可省「有來艱」之類詞語，直接接驗辭，如：

癸亥卜，爭貞：旬亡囚（憂）。王固（占）曰：屮（有）求（咎）。五日丁未才（在）辜圍羌。　　《合》139 反

癸丑卜，設貞：旬亡囚（憂）。王固（占）曰：屮（有）求（咎）。五（缺刻日字）丁巳鬃囚（殂）。　　《合》17076

也有在占辭中指出此旬特定人物（叔光、陌業）會有憂患之事的辭例：

王固（占）曰：屮（有）求（咎），叔光其屮（有）來艱。气（迄）至六日戊戌允屮（有）🜚才（在）爰囚，才（在）☒麓亦焚卣三。十一

月。　　《合》583 反

〔癸卯卜〕，徉〔貞〕：旬亡囚（憂），王固（占）曰：<u>虫（有）求（咎），</u><u>陷業其虫（有）</u>☐四日丙午允虫（有）來〔娃〕☐友唐告曰：舌方☐入于莧☐。　　《綴集》135（《合》6065+8236）

另外，與卜問「旬無憂」類似，還有一種針對單一事件之卜問：

丙申卜，㱿貞：來乙巳酚（酒）下乙。王固（占）曰：酚（酒）隹（唯）虫（有）求（咎），<u>其虫（有）哉（異）</u>。乙巳酚（酒），明雨，伐，既雨，咸伐，亦雨，改卯鳥（候）星（晴）。　　《合》11497 正（《合》11498 正同文，「明」字前缺「酒」字）

從上引卜辭來看，可以說明占辭「有咎」與驗辭之間的詞語，如：「有來艱」、「有夢」、「有夢有艱」、「某人有來艱」、「有異」之類，應該是基於「有咎」這種兆象，針對卜問的問題所作的預測。如卜問一旬內是否無憂，而兆象表示有咎，提出會有憂患之事到來、有夢、有異象發生等狀況的預測，由於無法確指會發生什麼事，只能作概括性的預測，而驗辭則記載實際發生的事。《合》11497 正的例子是最好的說明，在對特定事項的卜問中，「有咎」前可以標明卜問之事「酒」，其後的「有異」是進一步說明「進行該事時會有異象」，果然驗辭就記載了酒祭後日「雨」的狀況，不斷進行「伐」祭卻仍持續下雨，最後用「改卯」的方式天氣就候忽放晴了。〔註126〕而「有夢」、「有夢，有艱」的例子較為特別，「有夢」本身未必指該旬所發生的憂患之事，也可能是凶兆，商代卜辭的內容顯示在商人的觀念中「夢」與現實生活中的事有關，〔註127〕說明「有夢」暗示會有事情發生，如蔡師哲茂曾舉：

貞：多鬼夢，叀（惠）☐見（現）。

貞：多鬼夢，叀（惠）言見（現）。

庚辰卜，貞：多鬼夢，叀（惠）疾見（現）。　　《合》17450

〔註126〕「哉」為陳劍所釋，「鳥」為李學勤所釋，該辭相關討論見張玉金，《甲骨文語法學》，頁 50〜51，以及黃天樹，〈讀契雜記（三則）〉，《黃天樹古文字論集》，頁 224〜225。

〔註127〕卜辭中夢往往導致禍患，但也偶有吉夢的卜問，見宋鎮豪，〈甲骨文中夢與占夢〉，《中國古代文明研究與學術史》，頁 10。

可知「疾」是因「鬼夢」出現的，〔註128〕卜辭中「有某夢」的卜問非常多，茲不具引。

綜上所述，本文認爲「有咎」是對卜兆的判斷用語，說明該卜呈現負面的兆象，針對的是卜問之事，其後的「有來艱」、「有夢」、「有異」之類詞語是表示可能會有哪一類事情發生。在占辭中不會清楚說出會發生什麼事，因此占卜主體也可能會針對「有艱」、「有夢」、「有異」等預測再進一步提出選項來卜問，如同前面所舉《合》17450 對「鬼夢」會導致何種狀況的卜問。

而「有咎」之後也有「見艱」之類詞語，如：

王固（占）曰：坐（有）求（咎），坐（有）見媤。隹（唯）丙〔不吉〕囗。《合》584 反+9498 反【蕭良瓊綴】

囗坐（有）見。其隹（唯）戊不吉。　《合》16313

癸酉旬〔卜囗貞：旬〕亡〔囚（憂）。王固（占）〕曰：坐（有）求（咎）囗見。五日〔戊〕寅夕〔𠦪（向）己〕卯囗。　《合》16941

囗坐（有）求（咎），媤坐（有）見。囗。　《合》7189 正

也是對「旬無憂」或特定事件卜問的卜兆判斷，沈培將「見」解釋爲「卜兆顯現」，本文則依據以上對「有咎」後接「有來艱」、「有夢」、「有異」之類詞語的看法，認爲「艱有見」、「有見艱」等也是針對所卜問的問題，而非卜兆，仍可解釋爲「會有憂患之事出現」，如同《合》17450「有夢」後會有「疾」、「言」之類負面的狀況出現，「艱現」應該也是類似的表達方式。

第二類爲命辭內容有「卜有咎」之卜問，應即「此卜有咎」或「某卜有咎」之類意思，可能是針對之前卜問事項之占辭「有咎……」作進一步卜問，在此種進一步卜問中，「有來艱」、「有夢」、「有異」之類詞語多省去。從以下辭例可知「卜有咎」可能指之前某人的卜問或之前對某事的卜問其結果爲「有咎」：

（1）辛未王卜曰：余告多君（尹）曰：朕卜又（有）求（咎）。　《合》24135

〔辛〕未王卜〔曰〕：余告〔多〕君（尹）曰：朕〔卜〕吉。　《合》24137

〔註128〕〈釋殷卜辭的「見」字〉，《古文字研究》第 24 輯，頁 96。

（2）丙午卜，出貞：歲卜屮（有）求（咎），亡征（延）。　《合》26096

（3）乙卜，鼎（貞）：中（賈）壴又（有）囗，弗死。　一

　　　乙卜，鼎（貞）：中周又（有）囗，弗死。　一

　　　乙卜，鼎（貞）：二卜又（有）求（咎），隹（唯）見，今又（有）

　　　心毗（畏），亡囧（憂）。　一　《花東》102

（1）之《合》24137 李學勤疑與《合》24135 為一版之折，卜問內容即王與多
君商討王之前對某事的卜問，其結果是「有咎」、「吉」。[註129]（2）的「歲卜
有咎」可能如《合》11497 正卜問「酒祭」是否有咎，是表示對歲祭的卜問結
果是有咎。《花東》102 則是對上二卜（或第二次卜問）的結果進行卜問。由於
卜問結果是不好的，因此此辭卜問的是占卜主體面對不好的結果是否無憂。此
例「有咎」後的「唯見」並未省去，「唯見」表示「有囗，其死」之類「艱」的
狀況必會出現，子對「中周」、「賈壴」（或其中一人）會死的卜問結果感到憂心
才會卜問「今有心畏，亡憂」。《綴集》128（《合》26097＋《英》2186）的「卜
有咎，惠丁之（？）夸（孽？）見」特別標明會發生的事為「丁之（？）夸（孽？）」，
可能也是類似的表達方式。其他相關辭例如下：

　　　☑卜屮（有）求（咎），非左。王裸☑。　《合》15836

　　　貞：卜屮（有）求（咎），亡囧（憂）。　《合》16954

　　　丁丑貞：卜又（有）求（咎），非囧（憂）。　《合》34708

　　　壬午卜，吳貞：卜又（有）求（咎），才（在）茲入，又（有）不若。　《合》
22592

　　最後，依據以上討論，本文對《花東》102「二卜有咎，唯見，今有心畏，
亡憂」一辭作如下詮釋，即：此二卜（或第二次占卜）占卜結果是「有咎」，指
之前卜問的「有囗，弗死」呈現負面的兆象，會有災咎之事發生，「唯見」表示
將有不好的狀況出現（或即「有囗，其死」），因此子對此占卜結果惶惶不安，
才會卜問子有「心畏」的現象是否無憂。

　　（4）花東卜辭與舊有卜辭的「壴（賈壴）」

　　花東卜辭中的賈壴與《合》9650 的賈壴很可能是同一人，而舊有卜辭中的

〔註129〕〈釋多君、多子〉，《甲骨文與殷商史》，頁 13。

壴（賈壴）非常活躍，趙鵬已有詳盡的整理，〔註130〕此人在王卜辭中常替王辦
事，是商王呼令的對象，多從事軍事活動，也有負責葬事與「省向」的記載，如：

　　☑壴屮（贊）王事。　　《合》5449 正

　　貞：勿乎（呼）屮（賈）壴罘☑。　　《合》3508 反

　　乎（呼）弝、壴正。　　《合》4805 正

　　貞：壴乎（呼）來。　　《合》4814 正

　　勿乎（呼）壴。　　《合》4842 正

　　令壴歸。　　《合》4843

　　甲申卜：勿乎（呼）壴比囗。　　《合》4944

　　貞：叀（惠）壴乎（呼）視于囗（崇）〔註131〕。　　《合》8092

　　☑貞：壴允喪臼。　　《合》32914

　　壬申卜：王令囗吕（以）子尹立于帛。

　　壬申卜：王令壴吕（以）束尹立于臺。　　《屯南》341

　　庚午貞：壴吕（以）沚。

　　辛未貞：王令並吕（以）毲于嫩。

　　辛囗貞：囗吕（以）☑于斳。

　　辛未貞：壴吕（以）沚。　　《屯南》1047

　　丁未卜：令屮（賈）壴囗（葬）〔註132〕沚或。

　　令囗囗（葬）。

　　☑令囗（葬）沚或。　　《屯南》2438

　　☑壴囗（葬）沚或。

　　令囗囗（葬）沚或。　　《綴集》68（《合》32881+《英》2444）

〔註130〕《殷墟甲骨文人名與斷代的初步研究》，頁 415～417。

〔註131〕從陳劍所釋，詳見〈釋「琮」及相關諸字〉，《甲骨金文考釋論集》。

〔註132〕蔡師哲茂指出此字可能為「葬」之異體，〈甲骨文「葬」字及其相關問題〉，《第三
　　　　屆國際中國古文字學研討會論文集》，頁 123～124。

　　庚子卜：令峚省亩。

　　叀（惠）皁令省亩。

　　叀（惠）並令省亩。

　　叀（惠）甴（賈）壴令省亩。

　　叀（惠）馬令省亩。　　《屯南》539（《合》33237 同文）

壴（賈壴）除了受到花東卜辭的子關心以外，也經常受到商王與其他商王室非王家族族長的關心，如：

　　☑壴坣（往）沚，亡囲（憂）。　　《合》7996 甲

　　貞：壴其坣（有）囲（憂）。　　《合》9811 正

　　癸卯卜，貞：壴亡囲（憂）。　　《合》32913

　　乙☐貞：壴亡若。　　《合》22412＝4845

　　庚辰卜，貞：壴亡若。　　《英》1911+《合》21896【蔣玉斌綴】+21989【蔡哲茂加綴】

後二例分別為午組卜辭與圓體類卜辭。

　　將王卜辭與花東卜辭的壴（賈壴）作比較會發現，王卜辭中此人直接受到商王命令辦事，花東卜辭與其他非王卜辭則是對他表示關心的卜問，此人還出現在花東卜辭的記事刻辭中，可見此人同時對商王與花東族長子有貢納之事，代表身為商王重臣的壴（賈壴）也有提供龜甲給子的義務。從他被命令葬重臣沚或來看，就像上文提到葬「我」的「峚」及花東卜辭葬「韋」的「子」一樣，其地位一定不低，此人受到多位非王族長的關心，足見其重要性，或許此人即商王朝「多賈」之長也未可知。另外，上引卜辭顯示壴與沚關係特別密切，嚴志斌也因此將金文的壴列於西方氏族，〔註133〕《合》8469 中又有壴、周同見一版之例，饒宗頤曾指出：「《英》2425：『伐周、壴、戲（盧）方。』《前編》兩見『執周、壴』，以壴與周同列，知壴地必近周。」〔註134〕所舉《英》2425（見上圖）是

〔註133〕《商代青銅器銘文研究》，頁 156。

〔註134〕〈殷代西北西南地理研究的定點〉，《第三屆國際中國古文字學研討會論文集》，頁

壴地在西方的確證。顯然壴（賈壴）也與其他殷西大族崖、釒、伯或、周一樣同時臣屬於商王與花東族長子，足見子對殷西有很大的影響力。

　　5. ⼟、亞

　　「亞」見於《花東》500 反面左甲橋，「⼟」見於《花東》121 反面右甲橋。「⼟」字不識，[註135] 可能是貢龜者之名，此人未見於舊有卜辭。而「亞」此人身分爲何，《花東・釋文》認爲「當爲國名或人名。爲『亞』貢龜之記載」。[註136] 〈論殷墟花園莊東地 H3 的記事刻辭〉一文中曰：

> 在甲骨卜辭中，亞用爲官名、爵稱、人名（或貞人名）、地名等。亞，作爲貞人名、人名見於武丁時代的卜辭，如《佚》825「壬子卜，亞貞：☐？」《鐵》37.1「庚申卜貞：亞亡不若？」在卜辭中，有「亞」向殷王朝貢獻物品的記載，如《合集》914 正「亞以來」，來，指麥類作物。[註137]

趙鵬則指出王卜辭中此人貢龜的記錄只有賓組的《合》5702「亞入」一條，此人相關活動趙鵬在「殷墟甲骨文所見人名列表（部分）」有詳細整理，將花東的「亞」與人物「亞侯」相提並論。[註138] 花東卜辭的「亞」僅此一見，從他與子的貢納關係來看，應該臣屬於子，也是同時臣屬於商王與子的人物。

二、其他部位

　　此類人物只有甲尾反面的「疋」。

（一）甲尾反面

　　1. 疋

　　8。說又見〈殷代地理疑義舉例——古史地域的一些問題和初步詮釋〉、〈殷代歷史地理三題〉，《九州》第 3 輯，頁 65～67。

〔註135〕《花東・釋文》（頁 1067）、〈論殷墟花園莊東地 H3 的記事刻辭〉（頁 41）都指出似楷書「⼟」，實非「⼟」字。

〔註136〕《花東・釋文》，頁 1750。

〔註137〕〈論殷墟花園莊東地 H3 的記事刻辭〉，《2004 年安陽殷商文明國際學術研討會論文集》，頁 45。

〔註138〕《殷墟甲骨文人名與斷代的初步研究》，頁 300、458～459。方稚松將「亞」視爲職官名。見《殷墟甲骨文五種記事刻辭研究》，頁 116。

　　《花東》329 有人物「疌」，刻於反面右甲尾，爲記事刻辭。《花東‧釋文》中曰「爲貢龜之國族名或人名」，〔註139〕前文提到〈論殷墟花園莊東地 H3 的記事刻辭〉一文認爲「疌」非貞人，應非史官簽名之類刻辭。〔註140〕根據方稚松的整理，甲尾刻辭格式有四，即：「某」、「某入」、「某入若干」、「某來」四種，一般刻於正面右甲尾，以第二類最常見，而甲尾刻辭還有記錄貢入地點以及單刻貞人名的例子，還有《花東》462 只記數目「三十」並刻於反面左甲尾的特殊辭例。不過方稚松也指出：

> 「疌」可能是貢納龜甲的人名，骨臼刻辭《合》2362 有「疌示三屯。
> 賓」，甲橋刻辭《合》5549 反、《合補》317 反、2304 反都有「疌」。
> 〔註141〕

「疌」也常見於武丁時代，趙鵬對此人的活動有詳細的分類與整理，可參。就與花東卜辭的「疌」相同事類的卜問來看，趙鵬指出王卜辭中「疌」此人「示龜」的記錄只見於典賓類，即《合》2362 臼與《天》45b 二版，〔註142〕可知此人也是同時對商王與花東族長子都有貢龜的記錄的人物。

第二節　花東卜辭所見貞卜人物考

一、同版關係

（一）爵凡、𠂤〔註143〕、女、征、肉、逪、商

同版關係中還有「子」、「三子」、「配」，相關討論見本文第二章、第三章。

1. 特殊的「某貞」、「貞某」辭例

爵凡。　　一

𠂤鼎（貞）。（或「鼎（貞）：𠂤。」）　　二三

〔註139〕《花東‧釋文》，頁 1694。

〔註140〕〈論殷墟花園莊東地 H3 的記事刻辭〉，《2004 年安陽殷商文明國際學術研討會論文集》，頁 43。

〔註141〕《殷墟甲骨文五種記事刻辭研究》，頁 85。

〔註142〕《殷墟甲骨文人名與斷代的初步研究》，頁 299、447。

〔註143〕關於𠂤字的問題參本文第三章第二節「子𠂤」處。

鼎（貞）：女。　二

鼎（貞）：征（延）。　二

三子鼎（貞）。　三　《花東》205

鼎（貞）：🦴。　一

爵凡鼎（貞）。　一

子鼎（貞）。　二

子鼎（貞）。　一

女鼎（貞）。　一

🦴鼎（貞）。　二　《花東》349

🦴鼎（貞）。　一

配鼎（貞）。　一

鼎（貞）：肉。

鼎（貞）：🦴。　二

鼎（貞）：迺。　一

鼎（貞）：丙（商）〔註144〕。　一

鼎（貞）：爵凡。　一一　《花東》441

　　《花東‧釋文》中認爲此三版「某貞」、「貞：某」之辭爲同時所刻，字體似爲習刻，〔註145〕姚萱在《初步研究‧附錄二》中將此三版內容繫聯在一起。〔註146〕張世超指出花東卜辭有一類僅有「某貞」者，不記日期，也無命辭內容，由於這些刻辭所在甲骨是正式施用過的，且有卜兆，故不同意「習刻」之說。又認爲這些刻辭並非同時發生之事，也不宜將之繫聯。而他注意到「爵凡」、「女」、「🦴」三者同時有「某貞」、「貞：某」，尤其是《花東》441 的「🦴貞」是「🦴進行貞問」，「貞：🦴」是「貞問🦴的吉凶」，同見一版且分屬一、二卜，因此推測此類卜辭是「貞問個人休咎凶的紀錄」，「某貞」是省略了命辭，「命辭

〔註144〕《初步研究》指出即「商」字，原釋文未釋。

〔註145〕《花東‧釋文》，頁 1641、1700、1729。

〔註146〕《初步研究》，頁 395～396。

是一種程式性套話，因此不必記錄下來」，並認爲《花東》122 的「金子貞：其有艱」是此類貞問的完整形式。〔註147〕

再看上引三版中出現的人物，《花東》205 有：爵凡、𠂤、女、征、三子；《花東》349 有：爵凡、𠂤、子、女；《花東》441 有：爵凡、𠂤、配、肉、迺、商。這些人物中，三子、爵凡、子、女、𠂤、配有「某貞」的格式，其中「爵凡」、「女」、「𠂤」也有「貞：某」的格式；「征」、「肉」、「迺」、「商」只有「貞：某」的格式。基本上出現在「某貞」格式中的「爵凡」、「女」、「𠂤」自然爲貞人無疑，「征」、「肉」、「迺」、「商」是被貞問的對象，依據張先生的推測，似也可將這些人物視爲貞人，不過目前所見花東卜辭中尚未出現此四人出現在「某貞」形式中，只有「延」此人韓江蘇提到王卜辭中有也有名爲「延」的貞人（《合》9735、11761），而韓江蘇將「征」、「肉」、「迺」、「商」都視爲貞人。〔註148〕

由於此四人出現在《花東》205、349、441 三版同時有「某貞」、「貞某」的特殊辭例中，本文也比照「爵凡」、「女」、「𠂤」的狀況，暫視之爲貞人。不過是否其他版的「貞：某」的狀況都能比照此三版，本文仍從嚴解釋，如下文要討論的「貞：大」。事實上，婦女卜辭中多見「貞：某」的內容，如：〔註149〕

（1）貞：帚（婦）婞。　三　《合》22215（《合》22278+22216【蔣玉斌綴】可能是同套一卜）

（2）貞：帚（婦）周。　三　《合》22264

（3）貞：水。　一

（4）丁亥貞：豐。　一

（5）乙卯卜，貞：子𠂤。　一　《合》22288（《合》22289、22290 爲同套二、三卜）

（6）壬寅貞：啓。　一

（7）貞：啓弟。　一

〔註147〕〈殷墟花園莊東地甲骨字跡與相關問題〉，《古文字研究》第 26 輯，頁 42。

〔註148〕《殷墟花東 H3 卜辭主人「子」研究》，頁 242。

〔註149〕參《殷墟子卜辭的整理與研究》，頁 61、65、67、68。

（8）壬寅貞：帚（婦）婡。　一　　《合》22135+22263【蔣玉斌綴】

（9）乙卯卜，貞：子啓亡疾。　二

（10）乙卯卜，貞：罜。　二

（11）乙卯卜，貞：介。　二　　《合》22283　（《合》22282+《綴續》
479【蔣玉斌綴】、22284 爲同套一、三卜）

婦女卜辭中卜問「婦某」之吉凶常見，（1）、（2）可視爲卜問婦婡、婦周之吉
凶，從上舉諸例可知，命辭只有人名應該是卜問個人吉凶，最完整的是（9）「干
支卜，貞：某人亡疾」，有省爲「干支貞：某人」，也有省爲「貞：某人」。應非
該人物自貞。

　　最後，再稍微談一下「爵凡」，此人見於《花東》205、349、441。朱歧祥
認爲《花東》349 的爲「凡爵」合文，應讀爲「貞：凡爵」。〔註150〕彭邦炯由於
其對行款的理解，認爲《花東》349、441 爲「貞凡爵」，

因而認爲《花東》205 爲「凡爵」。但《花東》441 該版
「貞：卩」、「貞：商」行款皆由上而下，爵凡該辭亦應
爲「貞爵凡」（右圖），而《花東》349 該版上半行款除
由上而下之外，皆由右而左，「爵」、「凡」、「貞」三字
亦由由而左，應讀爲「爵凡貞」。又「爵凡」此人亦見
於《合》19791，與「章」同見一版，很可能與花東卜
辭的「爵凡」爲同一人。〔註151〕

2. 關於「大」是否爲貞人的問題

　　《花東》307 有「貞：大」一辭，格式與此類「貞：某」相同，獨自一版，
未與其他人物同版。《花東·釋文》認爲「貞大」可能是「大貞」的倒文，韓江
蘇先生從之，〔註152〕趙鵬也斷爲「大，貞」，認爲此「大」是貞人，並將《花
東》247 斷爲「癸丑卜，大：叙弜禦子口疾于妣庚」，「大」在前辭中，認爲卜

〔註150〕《校釋》，頁 1026、995。

〔註151〕《殷墟花園莊東地甲骨卜辭研究》，頁 90；《殷墟甲骨文人名與斷代的初步研究》，
　　　　頁 297。

〔註152〕《花東·釋文》，頁 1687；《殷墟花東 H3 卜辭主人「子」研究》，頁 220。

辭中尚未見「大叙」之說。〔註153〕

　　從行款看本辭爲「貞大」，是否爲「大貞」之倒不容易確定，下文提到的「友貞：子金」就是由「友」貞問的子金的吉凶，「貞：大」也可能省略了貞人名。上舉婦女卜辭中也多見「貞：某」之例。考量花東卜辭未見「大貞」之辭，暫將此辭讀爲「貞：大」。前文提到大常因疾病受到子的關心，子也爲他行禦祭（《花東》299、76、478），「貞：大」也可能是子對大的吉凶表示關心的卜問。而花東卜辭中也有子對豐、妻表示關心的卜問，如：「子貞：☑豐亡至憂」、「貞：妻亡其艱」（《花東》505），「貞：大」也可能是「貞：大亡艱」之類的省略。

　　另外，《花東》247 該版其他卜辭的前辭格式都是「干支卜」，而此卜一旬後又再卜問「癸亥卜：弜禦子口疾，告妣庚。曰：瘥，告」，該辭或許也可斷爲「癸丑卜：大叙，弜禦子口疾于妣庚」，可能是說「大叙」之後不要爲子的口疾向妣庚行禦祭，如《花東》228「惠大歲又于祖甲」、「惠小歲改于祖甲」，是在「大歲」、「小歲」後「又」、「改」之類，又同日有「乙丑卜：叙弜子弗臣」，命辭首字也是「叙」，由於此字字義尚無合理的說法，是否「大叙」、「叙」可獨立成辭只能暫存疑待考，而該辭「大」應在前辭還是在命辭，本文也暫存疑。

　　（二）子冥（金）、友

　　「冥」作⊡，黃天樹先生釋爲「金」，〔註154〕此從之。上章第三節提到「我人屮友子金」與「子金南」（《花東》455）是子派子金南行的卜問，《花東》247也卜問「子金其往，亡災」。可知子金爲子的臣屬。而子金也是花東卜辭中的貞人，與貞人友同見於《花東》2、152。《花東・釋文》中指出此二人爲新見之貞人，子金此一人物首見於花東卜辭，出現次數僅次於子。〔註155〕

　　1. 作爲貞人的子金、友

　　從以下幾版內容可知子金、友爲貞人：

　　　子冥（金）鼎（貞）。　一　《花東》6

　　　冥（金）子鼎（貞）：其又（有）䕫（艱）。　一　《花東》122

〔註153〕《殷墟甲骨文人名與斷代的初步研究》，頁 297、502；〈從花東子組卜辭中的人物看其時代〉《中國社會科學院歷史研究所學刊》第 6 集，頁 9。

〔註154〕〈花園莊東地甲骨中所見的若干新資料〉，《黃天樹古文字論集》，頁 452。

〔註155〕《花東・釋文》，頁 1556。

癸酉，子宍（金），才（在）<u>𢎿</u>：子乎（呼）大子䚘（禦）丁宜，丁丑王入。用。來戰（狩）自䍙。　一　《花東》480

壬寅卜，子宍（金）：子其屰<u>𐤖</u>于帚（婦），若。用。　一　《花東》492

丙辰卜，子宍（金）：其昀（勻）糦（黍）于帚（婦），若，侃。用。　一

丙辰卜，子宍（金）：<u>叀（惠）今日昀（勻）糦（黍）于帚（婦），若。用</u>　一　《花東》218

丙辰卜：<u>子其昀（勻）糦（黍）于帚（婦），叀（惠）配乎（呼）。用</u>。一

丙辰卜，子宍（金）：<u>丁生（往）于黍</u>。　一

不其生（往）。　一　《花東》379

友鼎（貞）：子宍（金）。　一

友鼎（貞）：子宍（金）。　一　《花東》2

友鼎（貞）：子宍（金）。　一　《花東》152

《花東》480、492、379、218 四版的「子金」斷在前辭中。姚萱指出《花東》480、492、379 的前辭形式應爲「干支卜，某，在某」、「干支卜，某」，「子金」在前辭中，其中《花東》492「子金子」、《花東》379「子金丁」的「子」、「丁」都是人名，應斷開，《花東》379 由對貞的「不其往」用「不」可知「往于黍」的人是占卜主體「子」所不能控制的，即武丁。〔註156〕不過《花東》218 的子金姚萱認爲是命辭內容，張世超則認爲是前辭。〔註157〕本文同意張說，《花東》218、379 是卜問子向婦好求取黍，分別卜問子「其勻黍」、「惠今日勻黍」、「惠配呼（勻黍）」，由子金擔任貞人。《花東》87 有「庚申卜：<u>子益商</u>，日不雨。孚」、「庚申卜：<u>惠今庚益商</u>，若，侃。用」可參照。

2. 子金受到子的關心──「干（支）卜：子金」之辭例
花東卜辭中有大量「干（支）卜：子金」這樣的辭例，如：

甲卜：子宍（金）。　一　《花東》80

〔註156〕《初步研究》，頁 61～62。

〔註157〕《初步研究》，頁 288、393；〈殷墟花園莊東地甲骨字跡與相關問題〉，《古文字研究》第 26 輯，頁 43。

甲卜：子炅（金）。　　一

庚卜：子炅（金）。　　一　　《花東》469

甲子卜：子炅（金）。　　一　　《花東》474

甲寅卜：子炅（金）。　　一　　《花東》247

乙卜：子炅（金）。　　一　　《花東》453

乙卜：子炅（金）。　　二　　《花東》140

丁亥卜：子炅（金）。　　一

丁亥卜：子炅（金）。　　一　　《花東》55

戊卜：子炅（金）。　　《花東》419

己卜：子炅（金）。　　一　　《花東》75

己卜：子炅（金）。　　一

庚卜：子炅（金）。　　一一　　《花東》337

庚卜：子炅（金）。　　一　　《花東》235

庚卜：子炅（金）。　　《花東》560

庚子卜：子炅（金）。　　一　　《花東》416

壬卜：子炅（金）。　　一　　《花東》183

壬卜：子炅（金）。　　一

壬卜：子炅（金）。　　一　　《花東》384

　　張世超認為此類卜辭是子金擔任卜人，貞問個人吉凶之卜問。〔註158〕前文提到婦女卜辭中也有許多此類卜辭，命辭中的人名應該是受到關心的對象，而對花東卜辭中這些卜問，應該也是對子金表示關心。如《花東》247「甲寅卜：子金」同版有「丁亥卜：<u>子金其往，亡災</u>」，顯示子確實對子金有所關心，《花東》55 與《花東》247 可繫聯，〔註159〕該版有「丁亥卜：<u>子金</u>」，應該就是《花東》247「丁亥卜：子金其往，亡災」之省；又《花東》416「庚子卜：<u>子金</u>」

〔註158〕〈殷墟花園莊東地甲骨字跡與相關問題〉，《古文字研究》第 26 輯，頁 43。

〔註159〕有同文例「己丑：歲妣庚牝一，子往漢禦」，參《殷墟花園莊東地甲骨卜辭研究》，頁 159 與《初步研究》，頁 424。

同版有「庚子卜：子利其〔有〕至艱」，可能前者是「庚子卜：<u>子金其有至艱</u>」之類卜問的省略。《花東》140「乙卜：子金」同版也有「□卜：子金◨」之殘辭。另外，子金也曾「有疾」，姚萱指出以下二版之驗辭有此記載：〔註160〕

　　　乙卯卜：其卲（禦）大于癸子，曹犿一，又𢐗。用。又（有）疾。　一二三　《花東》76

　　　乙卯卜：其卲（禦）大于癸子，曹犿一，又𢐗。用。又（有）疾，子冈（金）。　一二三　《花東》478

本文認爲「干支卜：子金」、「干卜：子金」的卜問應該都是子對子金吉凶狀況表示關心的卜問，是否爲子金自卜，本文持保留態度。另外，《花東》90有一辭僅「子金。一」二字，趙偉指出此辭原釋文漏摹漏釋卜兆「一」，應補。〔註161〕從照片看，確實前有卜兆，後有鑽鑿，或許也是卜問子金吉凶之辭。

3. 子與子冈非一人

　　最後，還有一個問題需要說明，朱歧祥在《花東》305「子其舞」、「子戠，弜舞」的對貞關係中認爲：

　　　二辭正反對貞。子或即「子戠」的省稱。294版亦見「子其告狀」、「子戠弜告狀」成組對句的用法。花東子與同坑的子戠、子冈是否同一人的異稱，存疑待考。（《花東》305）〔註162〕

關於「子戠」，本文同意陳劍釋爲「待」，於第三章第二節已有討論。而朱歧祥在247片考釋中認爲從「丁丑卜：子其往田，亡害」與「丁亥卜：子金其往，亡災」來看，「子金」可能是「子」的全稱，並從三方面認爲有二者同爲一人之證據。〔註163〕第一，「相同的文例」：所舉例證爲《花東》218、379「子勾黍」之卜問，前文已有討論，本文認爲《花東》218 子金屬於前辭，且即便命辭子金與子相對也可能是選貞的狀況。又舉《花東》6「子金貞」與《花東》143「子貞」，花東卜辭中「某貞」之例甚多，並不能證明「子金」就是「子」。第二，「子與子冈大量見於同版」：所舉例證皆爲「干支卜：子金」、「干卜：子金」、「子

〔註160〕《初步研究》，頁 75～76。

〔註161〕《校勘》，頁 19。

〔註162〕《校釋》，頁 1012、1021。

〔註163〕《校釋》，頁 1003～1004。

金」之例，除了一例《花東》379「子金丁往于黍」、「子其匄黍」，前文也已討論，本文同意姚萱所論子金應在前辭，且即便不是前辭，也可能是子要派去匄黍之人，如同子配。而命辭只有「子金」之例前文也有討論，本文認爲此類卜辭卜問子金吉凶，可能是子對子金表示關心的卜問，故見於同版並不能說明「子金」就是「子」。第三是「『子』『子囗』有共同接觸的人、地。如子癸（474、478）、𠂤（480）」，而有共同接觸之人地無法直接證明是否爲同一人物。

另外，《花東》492 有「壬寅卜，子金：子其屰𡥀于婦，若。用」「子金」、「子」同見一辭，若將子金斷在命辭，則同一人不僅出現兩次，還用不同名稱，難以解釋。而本文從姚萱將子金斷爲前辭，若子金與子爲一人，則命辭之子可用第一人稱如「余」。又非王卜辭中也未見前辭用占卜主體之名「子某」的例子。可知「子金」、「子」非一人。

（三）亞奠（奠、侯奠，附：小臣）、終、𠂤

戊卜：戹（侯）奠其乍（作）子齒。　一二

戊卜：戹（侯）奠不乍（作）子齒。　一二　　《花東》284

丙卜：隹（唯）亞奠乍（作）子齒。

丙卜：隹（唯）小臣乍（作）子齒。　一

丙卜：隹（唯）帚（婦）好乍（作）子齒。　一

丙卜：丁樷（虞）于子，隹（唯）亲齒。　一

丙卜：丁樷（虞）于子，由从中。　一　　《花東》28

戊卜：叀（惠）奠钌（禦）生（往）匕（妣）己。　一

〔戊〕卜：叀（惠）奠钌（禦）生（往）匕（妣）己。　二　　《花東》162

鼎（貞）：奠不死。　一　　《花東》186

壬戌奠卜：𥎦（擒）。子囗（占）曰：其𥎦（擒）一鹿。用。　二　　《花東》295

癸卯卜，亞奠鼎（貞）：子囗（占）曰：𠂤，用。　一

癸卯卜，亞奠鼎（貞）：子囗（占）曰：𠕋（終）卜，用。　一

甲辰：歲匕（妣）庚家一。　　一　　《花東》61

𦨶。　　《花東》62

庚戌卜：子于辛亥𣲰。子𠙵（占）曰：𦨶卜。子尻。用。　　一二三　　《花東》380

乙酉卜：入肉。　　二

乙酉卜：入肉。子曰：𦨶卜。　　二　　《花東》490

關於「𦨶」、「終」，《花東‧釋文》中曰：

叺，本作𠙵，人名。

終卜，指最後一卜。當時卜問一事，往往數次占卜，「終卜用」，指按其最後一次占卜行事。（《花東》61）

叺，爲甲橋刻辭，人名。（《花東》62）

𦨶，本作𦨶，H3 新出之字。此字從「舟」從「人」。《廣韻》：「𦨶，古文服字。」（《花東》380）

𦨶，古文「服」字（《花東》490）〔註164〕

　　朱歧祥指出四字都應作「𦨶」，《花東》61「𦨶」後省「卜」字，並將「𦨶」釋爲「前」，「𦨶卜」指「子判斷以前一卜兆爲宜」，與「終卜」相對。〔註165〕姚萱也指出「叺」字誤釋與《花東》61「𦨶」字後省略了「卜」的問題，不同的是認爲「𦨶」、「終」是人名，並推測此種前辭直接接占辭的例子，很可能應將占辭視爲命辭，即卜問是否要採用「子占曰：終卜」、「子占曰：𦨶（卜）」的占斷。〔註166〕事實上，《花東》61 反面《花東》62 右甲橋有記事刻辭「𦨶」字，〔註167〕故韓江蘇也據此認定𦨶爲人名。〔註168〕趙鵬指出作爲人名的「𦨶」

〔註164〕《花東‧釋文》，頁 1585、1710、1748。

〔註165〕《校釋》972、974～975、1043、1029。

〔註166〕《初步研究》，頁 15、70～71。

〔註167〕姚萱認爲此字與正面「𦨶用」之辭相對，較一般甲橋刻辭靠裏，很可能不是記事刻辭，而是與正面有關的卜辭，見《初步研究》，頁 71。趙鵬提到方稚松認爲此「𦨶」可能是正面占卜的驗辭，見〈從花東子組卜辭中的人物看其時代〉，《中國社會科學院歷史研究所學刊》，頁 6。

〔註168〕《殷墟花東H3卜辭主人「子」研究》，頁 244。

也見於歷一類《合》32777 的「子觚亡憂」。〔註169〕本文同意觚爲人名，與之相對的「終」也應爲人名。上節提到反面甲橋刻辭只刻一字者如「壴」、「亞」在王卜辭中都有貢龜之例，「封」在花東卜辭也另有「封十」之例，或許《花東》61、62 此版龜甲就是觚送來的。

關於「亞奠」，《花東》61 中他是貞人，《花東》295 該辭也爲他所卜，《花東·釋文》中認爲二者是同一人，〔註170〕花東卜辭的「亞奠」即「奠」，而朱歧祥也已指出《花東》28、284 作子齒的「亞奠」、「侯奠」也是同一人，侯爲爵稱。〔註171〕林澐認爲「侯奠」表明他是方國首領，並有如下看法：

> 奠可能就是亞奠，正如前面討論「子」的僚屬中發又稱射發一樣。
> 奠也參加占卜事務，「子」也關心他的生命，還有向妣已禦祭的例子，
> 這些都和發、量等僚屬一樣。但是奠或亞奠沒有受「子」呼令的占
> 卜，也許和「子」的地位比較平等。歷組王卜辭中稱「多田亞任」
> （合 32992），亞和田、任（通「男」）並舉，侯、田、男都是諸侯
> 之名號，故亞和侯並不是相差懸殊的官職，亞奠和上面舉出的侯奠
> 也有可能是同一個人先後任職的變化。〔註172〕

林先生對「侯」、「亞」的看法基本觀點來自其早期的〈關於早期銅器銘文的幾個問題〉與〈甲骨文中的商代方國聯盟〉二文，何景成有進一步闡述，舉《花東》卜辭「亞奠」、「侯奠」以及卜辭「啓侯」、「量侯」、「犬侯」在金文中有對應的「亞啓」、「亞量」、「亞犬」，說明『亞』和『侯』是性質相似的一種稱呼」，並認爲「亞」可能是職官。〔註173〕關於甲骨文的「侯」、「亞」爲何種身分，裘錫圭曾指出甲骨文的「侯」與「田」、「牧」、「衛」一樣經歷過「由職官演變爲諸侯的過程」，曰：「大概由於侯本是駐在邊地保衛王國的主要武官，地位重要，掌握的武力也強，所以從職官發展成爲諸侯的過程比田、衛等完成的早。」〔註174〕

〔註169〕《殷墟甲骨文人名與斷代的初步研究》，頁 307。

〔註170〕《花東·釋文》，頁 1684。

〔註171〕《校釋》，頁 966。

〔註172〕〈花東子卜辭所見人物研究〉，《古文字與古代史》第 1 輯，頁 33。

〔註173〕《商周青銅器族氏銘文研究》，頁 31～33。

〔註174〕〈甲骨卜辭中所見「田」、「牧」、「衛」等職官的研究〉，《古代文史研究新探》，頁 357。

目前學界一般視「侯」爲爵稱，而對甲骨文的「亞」較無一致的看法。〔註175〕
本文同意「奠」、「亞奠」、「侯奠」是同一人，「侯」爲爵稱。而「亞」或許是某
種代表「官長」之泛稱，如「多馬亞」爲「多馬」之「亞」，稱「侯」與稱「亞」
可以並存。

　　奠作爲貞人，受到子的關心，又有侯的身分，在「作子齒」事件中還與婦
好、武丁並列，顯然地位不低，王卜辭中奠有作人、地名者，也有稱「侯奠」、
「子奠」者，很可能與花東卜辭的奠是同一人。而小臣此一稱呼於甲骨文中常
見，不少地位很高的人物，如「𠦪」、「𣆚」，或等於後世的大臣，也有一般的
職事人物，如「小丘臣」、「小耤臣」之類，〔註176〕花東卜辭所見人物中，𣆚、
𠙵二人在王卜辭中都有小臣的身分，至於「小臣」的稱呼在花東卜辭中僅見於
《花東》28，與亞奠、婦好、武丁並列，身分不明，但地位應該不低。〔註177〕
韓江蘇認爲：

> 小臣的職別有高有低，大到可以廢立國君（如伊尹）、內專祭祀外
> 管征伐（如武丁時期的小臣禽），小到可以作爲祭祀的犧牲（《合》
> 629）。商代後期，邊境上的諸侯國首領也稱小臣。可見，小臣指
> 商王朝的官吏。婦好爲武丁的第一個嫡妻。因亞奠、小臣、婦好
> 等並列占卜，由此看出，此版卜辭中的小臣地位在亞奠之上、婦
> 好之下。若「作子齒」與西周時期的「冠禮」爲一回事，亞奠、
> 小臣可以被看作是武丁時期商王朝的官吏，那麼，亞奠、小臣即
> 爲《禮記・冠義》所稱的筮賓或《儀禮・士冠禮》所稱的有司、
> 贊。〔註178〕

關於「作子齒」，本文認爲應該是對子作某種負面的事（參本文第二章第一節）。
而占卜順序是否能反映地位，恐怕也需要證據證明。

〔註175〕關於「亞」，可參趙鵬的《殷墟甲骨文人名與斷代的初步研究》，頁86～87。趙鵬
　　　　認爲可能是某種貴族身分，而嚴志斌認爲甲骨文與金文中的「亞」可能都是職官，
　　　　而從墓葬資料來看，「亞職者」身分級別並不完全相同，應與「侯」分開來看，見
　　　　《商代青銅器銘文研究》，頁98～103。

〔註176〕詳見《甲骨文字釋林》，頁308～311。

〔註177〕〈花東子卜辭所見人物研究〉，《古文字與古代史》第1輯，頁24～25。

〔註178〕《殷墟花東H3卜辭主人「子」研究》，頁171。

二、個別出現

此類人物有兂、行、受、夫、🦅、利、阣、發、莉，後四人分別見本文第三章與第四章，此從略。

（一）兂

花東卜辭有貞人兂，辭例如下：

兂鼎（貞）。　一

兂鼎（貞）。　一　　《花東》464

鼎（貞）：兂不死。　一

鼎（貞）：兂。（也可能是「兂貞」）　　《花東》78

兂是賓三類卜辭中常見的貞人，[註179] 也多見於賓三類記事刻辭中所謂「史官簽名」處。[註180] 黃天樹先生指出在典賓類早期卜辭《合》734 正中曾占卜兂是否殙（暴死）之事，認為與《花東》78 同事，[註181] 蔡師哲茂綴合了一組同事卜辭，並有進一步論述，相關辭例如下：

己巳卜，敵貞：兂不⿴（殙）。王固（占）曰：吉。勿⿴（殙）。

己巳卜，敵貞：兂其〔⿴（殙）〕。

貞：𤰔不殙。

貞：𤰔其殙。　　《合》734 正

丁卯卜，宁貞：𤰔不⿴（殙）。王固（占）曰：吉□⿴（殙）。

貞：𤰔其⿴（殙）。

貞：☑王固（占）曰☑⿴（殙）。

貞：兂其⿴（殙）。　　《合》17085 正

〔註179〕《殷墟王卜辭的分類與斷代》，頁 72。

〔註180〕《殷墟甲骨文人名與斷代的初步研究》，頁 458。關於「史官簽名」，方稚松指出此類人名的身分應該是甲骨的保管者，基本與貞人名同，刻寫者應非「史官」本身，最好不要用簽名、簽署之類的稱謂，見《殷墟甲骨文五種記事刻辭研究》，頁 146～153。

〔註181〕〈簡論「花東子類」卜辭的時代〉，《黃天樹古文字論集》，頁 154；《殷墟甲骨文人名與斷代的初步研究》，頁 302。

貞：允不☒（殙）。

允其☒（殙）。

戊辰卜，爭：王固（占）☒勿☒（殙）。

貞：孔其☒（殙）。

貞：孔不☒（殙）。　　《合》17105 正+《乙補》275+5512+5716+5737【張秉權綴】+合 17084【蔡哲茂綴】

婦好入五。

王☒吉。　　《合》17105 反甲+《乙補》276+5513+5717+《乙》6591

蔡師哲茂曰：「合 17085 正（乙 3405+3385）、合 734 正（丙 438）與本組綴合占卜事類相同，干支丁卯——戊辰——己巳前後相連，應該是同一件事三天連續占卜。」〔註182〕占辭顯示卜兆被判斷爲「吉，勿殙」，無驗辭故不知實際狀況爲何，但有可能後來沒有死，而在稍晚的賓組三類卜辭中還多見貞人允的占卜活動。此一事件說明花東卜辭與典賓類卜辭時代有重疊，且二允爲同一人。不過趙鵬除了舉出《合》734 正與《花東》78 同事之例，還將《花東》78、464「允貞」和賓三類的《合》6812 正的「己卯卜，允貞：令多子族比犬侯撲周。山（贊）王事。五月」視爲一事，未必成立。上章「周」的討論中曾提到花東卜辭有周貢納的記事刻辭，子與周的關係應該還在友好狀態，「撲周」之事可能發生在花東卜辭存在的時代之後。《花東》78 同版二辭分別與典賓早、賓三同事，似不太合理。

　　至於允何以既是商王的貞人又是子的貞人，有幾種可能：其一是此人約在武丁中期左右爲子的貞人，其後爲商王的貞人；〔註183〕其二是允貞的卜辭是商王帶著允到子處時，由允貞問，再由子的占卜系統刻寫並保存；〔註184〕其三是

〔註182〕〈YH127 坑左右背甲成對文例研究——附錄：甲骨新綴十五則〉，發表於北京大學考古文博學院與陝西省考古研究所合辦的「鳳鳴岐山——周文化國際學術研討會」（西安：2009 年 4 月 8 日～11 日）。

〔註183〕〈從花東子組卜辭中的人物看其時代〉，《中國社會科學院歷史研究所學刊》第 6 集，頁 9。

〔註184〕黃天樹先生指出非王卜辭前辭中有由王主持貞卜的現象，認爲可能是「商王在宗族居地住地巡視並進行占卜活動時，由宗族占卜機構所契之物……王卜辭的字體

如韓江蘇認爲子的地位可命令商王的貞人。〔註185〕以上推測都需進一步驗證，目前出土的花東卜辭僅此二版，資料並不充分，尙不足以論定何者爲是。

（二）行

花東卜辭的「行」字見於以下四版：

☑子☐立☐行。　二

弜立☑。　二　《花東》1

行。　一

行。　一　《花東》73

辛巳：子其告行于帚（婦），弜吕（以）。　一

弜告行于丁。　一　《花東》211

丙卜：丁乎（呼）多臣复（復），囟非心，于不若，隹（唯）吉，乎（呼）行。　一　《花東》401

《花東》1 辭殘可不論，《花東》73 學者多認爲是貞人，〔註186〕出組卜辭中也有貞人「行」，與此非同一人，韓江蘇認爲花東卜辭的「行」或爲其祖先。〔註187〕《花東》211、401 爭議較大，《花東·釋文》中認爲《花東》211「告行」之行爲人名，〔註188〕姚萱認爲「告行」是報告出行之事，〔註189〕趙鵬列爲人名但仍存疑，〔註190〕韓江蘇將兩版的行都視爲人名。〔註191〕以下稍作討論。

中也存在少量占卜主體爲『非王』的非王卜辭」，見〈重論關於非王卜辭的一些問題〉，《黃天樹古文字論集》，頁 72。其後黃先生又找出王卜辭中疑似爲子貞之卜辭，如《懷》434+《合》21375、《合》6963、6799，見〈談談殷墟甲骨文中的「子」字〉，《古文字研究》第 27 輯。由此推測，或許商王巡行地方時也帶著自己的貞人在當地占卜也未可知。

〔註185〕《殷墟花東 H3 卜辭主人「子」研究》，頁 245～246。

〔註186〕魏慈德，《殷墟花園莊東地甲骨卜辭研究》，頁 93；趙鵬，《殷墟甲骨文人名與斷代的初步研究》，頁 448；韓江蘇，《殷墟花東 H3 卜辭主人「子」研究》，頁 232。

〔註187〕《殷墟花東 H3 卜辭主人「子」研究》，頁 149。

〔註188〕《花東·釋文》，頁 1643。

〔註189〕《初步研究》，頁 287。

〔註190〕《殷墟甲骨文人名與斷代的初步研究》，頁 448。

　　花東卜中有「告某人（或某事）于某人」之類辭例，有時也可用「人」代表此人之事，如：

　　　　壬卜：卜宜不吉，子弗燊（遭）又（有）蠚（艱）。　一

　　　　壬卜：帚（婦）好告子于丁，弗□。　一

　　　　癸卜：子其告人亡由于丁，亡昌（以）。　一　　《花東》286

　　　　戊寅卜：舟嚨告𪖌，丁弗櫨（虞），侃。　一二　　《花東》255

本文第二章第二節、第四章第二節曾提到此二例，前者是將「卜宜不吉」或「人無由」之事向丁報告，後者是舟嚨來告「𪖌以琡」之事，省爲「子」、「𪖌」，可見「行」確有可能爲人名。但也不能排除「行」可能作動詞「出行」。卜辭中有：

　　　　己丑：王不行自雀。　　《合》21901

　　　　弜行。　《合》33033

　　　　弜行☑。　　《屯南》300

應該可以解釋爲動詞出行之義。故對《花東》211 的「行」是否爲人名本文暫存疑。《花東》401 各家釋文差異頗大，主要在於「丁乎多臣复囟非心于不若」的斷句與辭意解釋理解不同。《花東・釋文》爲「丁乎多臣復西，非心于不若？」〔註192〕韓江蘇從之，解釋爲「丁命令多臣再到西（土）從事王事，『子』心臟（或腹中）不順？」又認爲後面的「呼行」是命令「貞人行」前去之義。〔註193〕姚萱於斷句、字詞的解釋都不同，斷句爲「丁呼多臣复，囟非心、于不若」，原釋文之「西」字此解釋爲虛詞「囟」，主要由於此字與花東常見的「西」字不同，而從《花東》395+458【方稚松綴】的「囟有事」與《花東》288 的「其有事」相對，也可知應爲「囟」，〔註194〕可從。關於花東卜辭的「囟非心」，馮洪飛舉出《花東》409「丁卜：子令，囟心」與之對比，〔註195〕也可知「囟非心」很

〔註191〕　《殷墟花東 H3 卜辭主人「子」研究》，頁 149、232、256。

〔註192〕　《花東・釋文》，頁 1716。

〔註193〕　《殷墟花東 H3 卜辭主人「子」研究》，頁 232、256。

〔註194〕　《初步研究》，頁 349、347。

〔註195〕　《殷墟花園莊東地甲骨虛詞初步研究》，頁 60。

可能應該獨立成詞。故姚萱之釋文較合理。至於「丁呼多臣復」很容易解釋，《花東》416「子呼射發復取有車」可茲對照，此「復」本文第四章第一節「大、發（射發）」已有討論，即返回之義，與「歸」義近。本辭可解釋為子對「武丁命令多臣返回」之事的卜問，此多臣或即武丁派至子處辦事者，而「凶非心，于不若，唯吉，呼行」之「凶非心」尚無合理解釋，此辭大致可以解釋為此事會不會不順利，卜問結果吉則命多臣出行。如此則「行」為動詞。綜上所述，本文認為此四版之「行」只有《花東》73 可解釋為貞人。

（三）受、夫、𠂤

受鼎（貞）。　一　《花東》191

夫鼎（貞）。　一　《花東》57

辛亥𠂤卜：家其匄又（有）妾，又（有）畀一。　一　《花東》490

《花東·釋文》中指出貞人「受」、「夫」為卜辭首見，[註196] 卜辭中的「受」有作為族邑名、人名者，如：

辛未余卜，貞：受歸。　《合》21595

貞：受歸。　《合》21656

丁丑子卜，亡歸受。　《合》21658

□子卜，我□受乎（呼）。　《合》21843

受不雉王眾。　《合》26884

☑受其追方。叀（惠）☑。　《合》28014

王弜令受爰𣃟里（壅）田于童。　《屯南》650

☑受人亡災。　《屯南》880+1010【蕭楠綴】[註197]

前三例為子組卜辭，此「受」也是被召回者，常耀華對此類「卜歸卜辭」有詳細的研究，本文第四章第一節「邑人」處已有引述，「受人」即該族邑之「邑人」。《屯南》650 該辭的討論詳見本文第四章第一節「大、射發」處。另外，曹定雲也曾提到 1966 年河北磁縣下七垣挖掘出殷代墓葬，發現帶有「受」字銘文之

〔註196〕《花東·釋文》，頁 1583、1635。

〔註197〕蕭楠，〈《小屯南地甲骨》綴合篇〉，《考古學報》1986.3。

青銅器，並引卜辭中的「受」說明武丁時已有「受」族。〔註198〕綜上，花東卜辭之「受」應與此「受」同族。

「夫」是卜辭中常見的人、地名，韓江蘇已有相關整理，指出其臣屬於商王，對商王貢納，其地也供商王田獵。〔註199〕花東卜辭的「夫」亦當出自此族。而作爲貞人的「夫」非於花東首見，趙鵬指出《英藏》619 有「壬寅卜，夫：不其啓小。十月」此辭、《合》22530 有「夫貞」，〔註200〕可證。

字《花東・釋文》曰：「疑之異構，故釋『老』」，〔註201〕而林澐曰：

《殷墟花園莊東地甲骨》釋文認爲是的異構，這個意見可取。

但把釋爲「老」是不對的，應從裘錫圭先生釋爲「瞽」商周時代多利用盲人作樂師，「子」的家族。作爲強勢家族可能有私家的「瞽」。〔註202〕

不過裘先生指出瞽字作、等形，其特徵爲：

將象目眶下部的線條去掉，就變爲，如將象眸子的部分也一併去掉就變成了。對「目」字作這樣的改變，應該是爲了表示目有殘疾、目不能見。〔註203〕

而字並無此特徵，也無一般「老」字強調的頭髮之形，故暫不隸定，存以待考。

最近陳煒湛又提出另一種解釋，仍將釋爲「老」，而由於此字刻於「亥」、「卜」之上（右圖），故認爲也可能爲「辛亥卜：老家……」。〔註204〕不過非「老」字，卜辭中亦無「家」一詞。至於補刻的問題，本文提出

〔註198〕《殷墟婦好墓銘文研究》，頁 29～30。

〔註199〕《殷墟花東 H3 卜辭主人「子」研究》，頁 235～236。

〔註200〕〈從花東子組卜辭中的人物看其時代〉，《中國社會科學院歷史研究所學刊》第 6 集，頁 8。

〔註201〕《花東・釋文》，頁 1748。

〔註202〕〈花東子卜辭所見人物研究〉，《古文字與古代史》第 1 輯，頁 26～27。

〔註203〕《關于殷墟卜辭的「瞽」》，《2004 年安陽殷商文明國際學術討論會論文集》，頁 1。

〔註204〕〈讀花東卜辭小記〉，《紀念徐中舒先生誕辰 110 周年國際學術研討會論文集》，頁 32。

另一種推測，「辛」、「亥」、「家」三字大小比例、字與字的空間都正常，反而「卜」字特別小且偏下，頗疑「🜚」、「卜」二字都是補刻，不論其順序為「🜚卜」還是「卜🜚」，都可將🜚視為貞人，後者可斷為「辛亥卜，🜚：家其匄有妾，有畀一」。